河出文庫

八犬伝 下

山田風太郎傑作選 江戸篇

河出書房新社

◎目次

八犬伝　下

虚の世界　犬士出現（承前）……7
実の世界　神田同朋町……45
虚の世界　犬士漂泊……82
実の世界　神田同朋町……144
虚の世界　犬士漂泊……183
実の世界　神田同朋町……235
虚の世界　犬士漂泊……280
虚実冥合　四谷信濃坂……343
解説　縄田一男……412

八犬伝　下

八犬士

孝(こう)の珠を持つ　犬塚信乃(いぬづかしの)

義(ぎ)の珠を持つ　犬川荘助(いぬかわそうすけ)

忠(ちゅう)の珠を持つ　犬山道節(いぬやまどうせつ)

信(しん)の珠を持つ　犬飼現八(いぬかいげんぱち)

悌(てい)の珠を持つ　犬田小文吾(いぬたこぶんご)

礼(れい)の珠を持つ　犬村大角(いぬむらだいかく)

智(ち)の珠を持つ　犬坂毛野(いぬざかけの)

仁(じん)の珠を持つ　犬江親兵衛(いぬえしんべえ)

虚の世界 犬士出現(承前)

十

それから、さらに一年たった秋のある夕方。

犬士の一人、犬飼現八(いぬかいげんぱち)は、下野国真壁郡(しもつけのくにまかべごおり)のある村の茶屋に休んでいた。

彼もまた、上州荒芽山(じょうしゅうあらめやま)で別れ別れになった同志と、それからまだ見ぬ犬士を求めて、あちこちを歩きまわっていたのだ。目的はその通りだが、別に彼には、諸国の名ある剣士を訪ねて腕だめしをする、というたのしみもあった。この間、彼はしばらく京都で、剣禅一如(いちにょ)を求めて大徳寺の一休禅師のもとに参禅していたこともある。

そして、いま通りかかったその村の茶屋で、現八は茶をのみながら、ふと壁に六つ七つ、半弓(はんきゅう)がかけてあるのを見て、そのわけをきいた。

すると、茶屋の老夫婦がいうには、ここから五、六里はいったところに庚申山(こうしんやま)という奇岩絶壁の山があり、その中をゆかねばならぬ旅人もあるが、だいぶ以前からしばしば山中でゆくえ不明になる者があるところから、客の所望に応じてこの手づくりの半弓を売っているのだ、という返事であった。

するとふいに婆さんが、

「こうれっ」

と、さけんで、足もとを走って外へ出かけた猫をおさえて、抱きあげた。

そのとき、道のむこうから異様なものが近づいてくるのを現八は見た。くるのは、馬に乗った武士である。が、そのあとから、十数匹の猫がついてくるのだ。しかもそのいずれもが、赤い口をあけて鳴き声をあげたり、のどを鳴らしたりしている。

馬上の武士は、年は四十半ばであろうか、そでなし羽織にどんすのはかま、くちひげをはやして実に森厳な容貌をした人物で、威風堂々といいたいが、あとにつれている供が十数匹の猫とは？

あかあかとした秋の斜陽の下に、その異形(いぎょう)のむれは、あり得べからざる妖しい影となって前を通りすぎていった。

「あの人は何だ」

と、あとを見送って現八はきいた。爺さんは答えた。

「この近くの赤岩(あかいわ)村というところにお住まいの、赤岩一角(いっかく)先生でございます」

「なに？　赤岩一角……？」

現八の眼が宙に静止し、ふいに愕然として、

「その赤岩先生が、猫をつれて、どこへゆくのだ？」

「赤岩先生は、なんでもこの下野きっての剣の達人でいらっしゃるそうで、こんな田舎に道場をお作りになり、あちこちから指南をねがってくる人がたえないほどのお方でございますが、それでもなおご自分はご不満とかで、月にいちどはああしておひとりで、いま申した庚申山へお出かけになり、何やら修行なされるそうでございます」

「猫は何のためだ」

「いえ、あれは村の猫で……このときにかぎらず、赤岩先生がおうちを出られると、どういうわけか村じゅうの猫がかけ出してきて、そのあとを追うのでございます。これ、うちの猫もこの通りで。――」

婆さんに抱かれた猫は、一角先生の遠ざかったほうへ赤い口をあけて、狂ったように身をもがいていた。

「庚申山へいって、ひとりでどんな修行をするのだ」

「わかりませぬ。お帰りはいつも翌日になってからでございますが、いくら剣の達人でも、あの庚申山にひとりで一夜を過ごされるとは何という勇気のあるお方か、と、私どもはおじけをふるっております」

「ふうむ。……赤岩……一角先生がのう。……」

その名を、以前に現八の耳にとどめたものがあった。犬塚信乃(いぬづかしの)だ。

二年前、行徳(ぎょうとく)から大塚へおもむく途中、また戸田から荒芽山へ落ちてくる途中――犬士たちは、改めて自分たちの過去を語りあったのだ。

その中で、現八は、自分が古河(こが)の名剣士といわれた二階松山城介(にかいまつやましろのすけ)晩年の弟子であったことを打ちあけ、その自分と芳流閣(ほうりゅうかく)で対等以上にわたりあった信乃の剣法が、ただ我流で修行したものとは思えない、というと信乃は、そういえば自分は少年のころ、大塚村で剣法道場をひらいていた赤岩一角という先生に学んだことがある。自分ではまったく野の剣法だと思っていたが、やはり基本は赤岩先生に作られたものかも知れない、といった。

さらに、その赤岩先生はおぬしの師二階松先生の教えを受けたくて古河にいったのだが、当時おりあしく二階松先生は長い旅に出られていた。そこでその帰国を待って赤岩先生は大塚に住んでいたのだときいたが、ついにその機を得ず、むなしく故郷の下野へ帰られたと記憶している、と話した。

そうか、ここがその赤岩先生の故郷か。いや、あれが当の一角先生か。

それにしても、信乃は——赤岩一角のことについてそんなにくわしくしゃべったわけではないけれど——それでも、その話の中の赤岩先生は、自分の師の二階松先生をしたっていたという意味で、親近感こそあれ、いま見たような妖しい影をひいた人物ではないような印象であったが。……

ましてや、信乃は、その赤岩一角が猫をこわがる名剣士だ、などということは話さなかった。もしそれをきいていたら、現八はいよいよ、あの猫のむれをひきいた一角先生に首をひねったにちがいない。

ふっとまた思い出した。

「赤岩先生には、息子さんがありはせんか」

信乃はたしか、その赤岩に自分と同年輩の息子があって、それといっしょに修行した、というようなことをいった。彼は先生より、その少年時の友人のほうになつかしさを感じていたようであった。

「よくご存知でございますな。ございます、角太郎（かくたろう）さまとおっしゃる若先生でございます」

と、こんどは婆さんが答えた。

「その人も、いまいっしょにお住まいか」

「いえ、それが……別の、玉返しの里というところに、たったひとりで庵（いおり）をあんで」

「庵？　そんな年ではあるまいが」

「左様でございます。何ともおきのどくな若先生で……お母さまは、その昔一角先生が剣術修行に出られた旅先で亡くなられ、赤岩先生はまだ子供でいらした角太郎さまをつれて帰っておいでになりました。ご帰国後、二度目の奥さまをお迎えなされ、大変お美しい、おやさしい方でございましたが、これも先年亡くなられ、おととし三度目の奥さまをおもらいになりました。これがどうも、あまりよろしくない女のようで」

爺さんがあわてて叱った。

「これ、婆さん、旅のお方にいらざることをしゃべるものではない」

「いえ、あの女は、赤岩先生ともあろうお方が、とんだおめがねちがいじゃと、私ゃ見ておるんじゃ」

いわずにはいられない、という婆さんの顔であった。

「角太郎さまは先年、それはそれはお美しい花嫁さまをおもらいなされて、仲むつまじうお暮らしでござりましたのに、おとしその女がはいりこんでからは、ことあるごとにお二人の仲を裂くような仕打ちをして、とうとうこの夏のはじめお二人はお別れになり、ただいま角太郎さまは、いまいった庵にひとりお暮らしなのでござります」

「そうか」

現八はうなずいて、のこりの茶をすてた。

「爺、あの半弓をひとつもらおうか」

「えっ、何になされます」

「おれもその庚申山にのぼってみようと思う」

「およしなされませ、ここに住みなれた私どもでさえ、ゆくのがこわい山へ——まして、これから日が暮れますのに」

「しかし、赤岩先生はゆかれたではないか。さ」

現八は、茶代とは別に三百文を出した。

しかたなく爺さんが出した半弓をかかえて、現八は立ちあがった。

「あの……もし赤岩先生におあいなされても、どうかいま私のしゃべったことはご内聞にねがいますよ」

と、婆さんがすがりつくようにいった。

「そんなことは口にせぬ。おれには関係のないことだ」

と、深編み笠をかぶりながら、現八は答えた。

まったくその通りだが、しかし剣を自分の生き甲斐とする現八は、ふいに何とかして赤岩一角に会ってみたいという望みにとらえられたのだ。かつて自分の師二階松山城介を追ったというこの下野切っての剣の達人に。

十一

庚申山は、聞きしにまさる凄じい山であった。

つづら折りの山道のけわしさにあえぐのはまだ早い。やがて日が落ちてゆくのに従って、右にも左にも、塔のような、やぐらのような、あるいは吊り鐘(つりがね)のような、びょうぶのような奇怪な岩の林立しているのが見えてきた。

道は絶壁をけずったようなものになる。天然自然に石の門となったところがあり、石の橋となったところがある。胸をつく急な場所を上ったかと思うと、地底にはいってゆくような下り坂となった場所もある。

さしもの犬飼現八も、少々後悔してきたほどだ。

日は沈んだ。

それにしても、道はとにかく一本道しかないと思われたが、先にいった赤岩一角先生はどうしたのであろう？　しかし、彼は馬でいったはずだが、ここを馬で通ったのだろうか？　ここまで、帰ってくる馬も、猫のむれも見なかったが。――

――ふと現八は、自分が妙なところにはいりこんでいるのに気がついた。

周囲はぐるりと絶壁にとりかこまれている。ほとんど全山、岩ばかりと思われたのに、あたりは草がおいしげり、足もとはぬかるみに近い。あちこち木はあるが、みな枯木であった。

ここは山中にある巨大な円形の穴の底であった。それに水がたまって湿地帯になっているのだ。

崖の一方の空に、鎌のような三日月がかかっていた。枯木なので、木の枝にとまっている鳥影が見えるが、みなじっと動かない。――ここは冥府ではないか。

いや、生きているものがある。草の底を、ざわめきが走る。現八は足にふれるものを見下ろして、それが何百匹という野ねずみの大群であることを知った。

――ここはいかん。

現八も急に狼狽して、岩壁のほうに眼をもどし、自分がはいりこんだ入口を探そうとした。

――そのとき、異様な音が風に乗ってきた。

猫の鳴き声だ。それも一匹ではない。大群だ。それは次第に近づいてくる。

現八はじっとそのほうを見ていたが、馬に乗った人影を見ると、草の中に身を沈めた。

――赤岩一角どのだ！

いままで、この山のどこで何をしていたのか。まさしく赤岩一角がここにやってきたのである。猫のむれをひきいて。――彼は、長い枯木を一本かかえているようであった。と、それを槍（やり）のようにして、馬上から地を刺した。その尖端（せんたん）に何かくっついて、宙をまわった。それを手に受けて、一角は口へ持っていった。

くいちぎり、かみくだき、しゃぶる音がした。

ねずみだ。野ねずみだ。

赤岩一角は、ねずみを食っているのだ！

馬の足もとで、猫のむれはむろんねずみを追いまわして、むさぼりつづけている。

「はらごが食いたい……はらごが食いたい……」

うわごとのような声が聞こえた。一角の口からだ。

「ねずみのはらごではない……人間のはらごが食いたい……」

蒼（あお）い暗い月光に浮かんだ馬は、これがあの一角が乗っていったものと同じ馬であろうか、四肢は枯木のごとく、尾やたてがみはすすきのごとく、ところどころから灰色の苔（こけ）のようなものがたれている。

そして――赤岩一角の口からは牙（きば）があらわれ、眼は金色にひかっていた。

「人間のはらごが食いたい……」

これは赤岩一角ではない。人間ですらない。まさしく化け物だ！

その金色の眼が、ぎらっとうごいて、現八のひそんだ草のほうにむけられた。

現八は、それまでつがえていた半弓(はんきゅう)を切ってはなした。

矢はねらいあやまたず、馬上の化け物の左の眼にグサとつき刺さった。

「ぎゃお！」

物凄いさけびとともに、一角は片眼をおさえ、馬上につっ伏すと、馬はそのままバシャバシャとぬかるみをはねあげながら、絶壁の一方へ狂奔していった。――あとを猫のむれの鳴き声が追う。

現八は、水をあびたように、汗びっしょりになっていた。

十二

――その夜、無我夢中でその魔界からぬけ出したあとも、岩かげに寝て、あくる日、庚申山を下ったあとも、それは悪夢の記憶としか思えなかった。

現八は赤岩村の赤岩道場を、しかし何くわぬ顔でおとずれ、武者修行の者ですが、先生に是非ご指南をたまわりたいと申しこんだ。あらわれた弟子は、先生はただいまご病気中でござる、と、ことわった。

しばらく考えたあげく、現八は、そこから一里ほどの玉返しの里に足をむけた。

人に教えられて、赤岩角太郎の住居をたずねると、かやの屋根に竹縁をめぐらした文字通りの草庵（そうあん）の中で、しずかにお経をとなえる声が聞こえた。

その読経（どきょう）がやむのを待って、声をかける。

しばらく返事がなかったが、現八が、

「……もしやすると、赤岩どの、あなたは武州大塚村の犬塚信乃という名前をご記憶ではありますまいか。私はその友人ですが。……」

と、いうと、あきらかに驚きの沈黙があって、しばらくして、

「おう、犬塚信乃……なつかしい名だ！」

と、いいながら、当人があらわれた。

年は二十一、二、うすねずみ色の着物に輪げさをつけただけの姿で、さかやきをのばし、髪をわらで結んでいるが、蒼味（あおみ）をおびた顔に眉（まゆ）ひいで、学者のようにものしずかな人物であった。

通された現八は、自分が剣の道で犬塚信乃と知りあったことを述べた。また信乃の父番（ばん）作（さく）がふとしたことで自殺したことや、信乃もまた剣の修行に諸国を遍歴していることを語ったが、犬士としての盟約のことなど、別に口にしなかった。

それでも角太郎は、

「ああ、あのころ、大塚村で信乃といっしょに、父に稽古をつけてもらった時代がいちば

んなつかしい」

と、涙さえたたえてうなずいた。

「ところで……そのお父上に、きょうご指南ねがいたいと思って、さっき赤岩村の道場のほうをお訪ねしたのですが、一角先生はお病気だとのことで……」

と、現八がさぐりをいれてみると、

「父が病気？　それははじめてきいた」

と角太郎は驚き、しかし首をふって、

「いや、私はここにひとり離れ住んでいるので、このごろの父の消息は知りませんが」

といい、暗愁にみちた眼で現八をながめて、

「何にしても、父に教えを受けられることはないのではありますまいか。昔の父なら知らず、いまの父は変わりました」

と、いった。

「父上が変わられた？　どんな風に？」

「されば……まことにいいづらいし、また私にもよくわけがわからないのですが、化け物のような人間に変わったとしかいえません」

と、角太郎はいった。

「だから、いま父に会われても無理です。私としてはこれ以上申すことはない」

「化け物。……」

現八は、昨夜の庚申山の怪異を思い出しながら、

「さっきお訪ねしたときはお病気だときいたが……実はきのう、とある路上で、ちらと赤岩先生をお見かけしたのです。馬でどこか山へゆかれる途中だそうでしたが、奇妙なことに猫の大群をひきつれて」

「それをごらんでしたか？」

と、角太郎は眼を見ひらいた。

「それなのです。父が化け物になったというのは……父は猫にとりつかれたのです」

「猫にとりつかれた？」

「左様。打ちあけて申せば、父は、わが父ながら当代まれな剣人だと思われますのに、ただ一つ奇妙な弱点がありました。猫を異常にこわがるのです」

「ほう？」

「幼少のころから私も、それをこっけいなことに思っておりましたが、それがこっけいではすまなくなったのです。……いまお話しの大塚村におったころ、私の生母が亡くなりまして、父は私をつれて故郷赤岩村に帰ってきました。父はまだ三十代でしたから、すぐに近郷から二番目の妻を迎えました。これは私のまま母ながら、眼もくらむほどの美人でござった。ところがこの人が、自分の家から猫をつれてきたのです。父が猫はいやだといっても、決して手ばなすことをしないのです」

かやの屋根に雨がわたりはじめた。秋のしぐれらしい。

「新しい妻が気にいっていた父は、そのために大変な苦しみを味わったと思います。その上、その猫が、義母にいとわしいまでにまつわりつくのです」

「………」

「ある日、いかに猫とはいえ、もはや見すごしがたい所業があったとかいって、とうとうその猫を斬り殺してしまいました。義母は狂乱状態になり、それからまもなく病んで亡くなりました。父がぶきみな人間に変わったのはそれからのことです」

「………」

「ひそかに、油をペチャペチャなめたり、なま魚を食べたり、そして、夜、何かのはずみで、ふと眼が金色にひかったり……一言でいえば、父は猫の化身のような人間になってしまったのです」

角太郎は、暗然としていう。

「猫へのにくしみ、恐怖、妻への謝罪、悔恨、などがわきたって錯乱状態になったものと思われるが、父がそんな風になったのは、私思いますに……ただそればかりではない。父はそれ以前から、あれほど剣を修行し、またその道に自負しながら、それゆえに猫がこわい、という馬鹿げた弱点を恥じ、悩み、苦しんでいたのです。……それらから解脱する唯一の法として、自分が猫そのものに変わるよりほかはない、そうすればすべての苦しみから救われる……というような心から、自然と猫のような人間に変わったのではないかと思う」

雨の音が、ややはげしくなった。

「もっとも、父は表面的にはそれをかくしてきました。むしろ剣ではいよいよ柔軟性をまし、私の見るところでは、世に父の剣法にまともに立ちあえる人間はおるまいと思う。……が、人にはかくしてもそれ以来、村じゅうの猫が、父の姿を見るとそのあとを追うようになりました」

「…………」

「犬飼どの、わが家の恥ながら、右の通りの次第です、父のところへゆかれるのはよされたがいい」

現八は、昨夜のことを頭によみがえらせて、改めて身の毛もよだつ思いがした。赤岩一角の庚申山ゆきは、心ゆくまで野ねずみを食いたいという、彼の魔の宴(うたげ)ではなかったか？　そして、角太郎がこうまで打ち明けてくれた以上は、と、その怪異について述べようとした。――

十三

そのとき、庭のほうで、ふるえるような女の声が聞こえた。

「あなた。……」

角太郎の顔は動かない。

「あなた……どうぞ会って下さい。私のいうことを聞いて下さい。……」

しかし、角太郎は答えない。

女の声はすすり泣いた。

「私はだれとも密通なんかしていません。ですから、身籠るわけがありません。……」

角太郎は、立っていって、障子をあけた。

垣根の外に、若い女がひとり、蕭条と雨に打たれて立っていた。おみなえしのように哀艶な女であった。

女は角太郎を見ると、ぱっと光がともったような顔色になって、

「ねえ、私のおなかを見て下さい。おねがいです。……」

と、垣根にすがりついた。

「あと半年待とう。それが子供か、子供でないかはそのときにわかる」

角太郎は答え、

「ただいま来客中じゃ。お帰んなさい」

といって、障子をたてた。

「妻のひなぎぬです」

現八を見て、さびしい顔でいう。

「いえ、二タ月ほど前に離別した妻ですが、実家から三日に一日はここへやってくるのです」

しばらくして、雨の中を、すすり泣きの声が遠ざかっていった。

「なぜ、会っておあげにならぬのでござる。ふびんな……」

ちらと見ただけだが、あまりの哀れさに、思わず現八は腰を浮かしかけた。

「いや、少し気がふれておるので。……」

と、角太郎は答えた。

「いつも、私がことわると、ああしておとなしく帰ってゆきます」

「気がふれておる？　いま、身籠るわけがない、とか、おなかを見てくれ、とかいわれたようですが。……」

「あの女は懐胎四ヵ月なのです」

「それを、離別されたとは？」

「この春に、あれの父親が亡くなりましてね。私たちは喪に服して、夫婦の交わりを半年たちました。ところが、その間にひなぎぬは身籠ったのでござる」

「あ！」

「おなかがだんだん大きくなってきた。月のものは、この六月ごろとまったという。私の子であるわけがない。だれの子だときいても、当人はまったくおぼえがないという。それと知って、これは赤岩家の恥だ、と義母（はは）がさわぎ出しました。義母というのは、二年ほど前から、父の三番目の妻となった船虫（ふなむし）という女人（にょにん）ですが」

「船虫。……」

もし犬田小文吾がその名をきいたら、あっとさけんだにちがいないが、荒芽山で別れて以来まだ小文吾と逢ったことのない現八は、ただそうつぶやいただけである。

「そのころ、武蔵のほうからながれてきた女で、あるとき父が足利へいって、そこの酒亭からつれて帰った女人で、黒い猫を一匹つれておりましたが、それにもかかわらず父はこれを妻としたのです。それにもかかわらず、というより、いま申したごとく、猫にとりつかれた父ですから、それもその女人と結びついた機縁かも知れません。何にしても、いまはその方が、私の母であるにちがいない」

「…………」

「それが家の恥だといい出し、父もうなずきました。私とて、これには抵抗できない。とうとう離別したのが二タ月前のこと。……私も、あれこれ悩み疲れ、家を出て、いまこのように草庵住まいをしております」

現八は、きのう茶屋で婆さんが、赤岩家のいまの奥方に加えたしんらつな評語を思い出した。

「ひなぎぬは、ここから半里ばかりの犬村という郷士の娘ですが、父一人、娘一人の家で、その父がいま申した通りこの春に亡くなって、実家に帰ってもあれ一人。……気がふれたのもむりからぬと思い、哀れにも思うのですが」

角太郎はゆらゆらと首をふって、

「何はともあれ、あれの懐胎が腑におちぬかぎりは、私もひなぎぬをどうすることもできないのです」

現八も、このきのどくな若い世捨て人に、どうしろという言葉を持たなかった。

しばらく草庵は、ただ雨の音につつまれているばかりであった。

やがて現八は、意を決して庚申山の怪異を語った。——

「犬神つきということはきいたことがあるが、猫神つきとはきいたことがない。しかし、犬神がある以上、猫神というものがあってもふしぎではない。いうのもはばかりがあるが、あなたのお父上は、もはや人間ではないものにおなりになっているといわざるを得ない」

と、いったが、またつけ加えずにはいられなかった。

「それでも私は——馬まで異形なものに見えた——あれは悪夢ではなかったか、と思うのです」

きいて、角太郎は瞳孔をひろげたが、しかし悲痛な表情で、

「しかし、あれはやっぱり私の父だ！　幼いころから、手をとって剣を教えてくれた父だ！」

と、うめいた。

その夜、現八はその草庵にとめてもらった。

最初あい見たときから現八は、赤岩角太郎にふしぎな魂の交流をおぼえていたが、枕をならべて寝たことで、もうゆきずりの仲とは思えなくなった。

この角太郎の不幸を、どうしていいかわからないが、とにかくほうってはおけない。

「もういちど道場へ推参してみようと思う」

あくる日の午後、それまで思案していた現八は、決然としていい出した。

「赤岩先生は病気ときいたが……私の射(う)ちこんだ矢傷が気がかりだ」

「それでは、私もゆきましょうか」

「いや、ひょっとして赤岩先生が、庚申山で私を見ていられたら……あなたと私といっしょにゆくのはまずい。とにかく私がようすをうかがってきて、それをあなたに報告しよう」

角太郎はうなずいたが、

「まちがっても、父と争って下さるなよ」

と、いった。

「いまの父は、妖剣士(ようけんし)ともいうべき人になっておりますぞ」

「わかった」

「また一方、父に万一のことがあったら、私も困る」

「わかった。では」

十四

現八は赤岩村にもどって、赤岩道場をおとずれた。

門弟が玄関にあらわれて、「貴公か、きのう先生はお病気だと申したのを忘れたか」と、かんしゃくを起こしたようにいった。

門内には、りっぱな鞍をおいた馬が、五、六頭つながれていた。客らしい。

現八はやむなく門を出て、「しかし、このまま追っぱらわれるのも芸がないが」と腕ぐみして歩いていると、背後から呼んで走ってくる者があって、ふりかえるといまの門人であった。

「御浪人――立ち合うてやろうといわれる方がある」

「ほ？」

「ただし、先生ではない。むかしお弟子であった方が、たまたま御来訪中であったのじゃが――それでもよいか？」

とにかく赤岩道場にはいることが先決である。

ひき返して、道場に通されると、田舎風の門人らしい男たちが十数人ならんでいたが、一見しただけでそれとはちがう四人の武士が座っていた。

赤岩一角の姿は見えない。

「剣術修行の者じゃと？」

と、髯（ひげ）をはやした男がいった。

「されば、下総（しもうさ）浪人の犬飼現八と申す若輩です」

「おれは長尾判官（はんがん）景春どのに仕える八党東太（はっとうとうた）という者だ。縁あって赤岩先生に師礼をとってておる。相手になってやろう」

と、おうへいにいって、木刀をとって立ちあがった。

はじめから、試合をする、というより、面白半分に旅の武芸者を打ちすえてくれる、という態度であったが、数合のうちに、逆に現八に打ちすえられると、「おや！」という顔で、二番目の男が出てきて、これも一撃のもとに眼をまわしてしまった。

「あとお二人、いっしょにかかられて結構」

と、現八は微笑した。

「それより、お師匠をお呼びねがったほうがいい」

しかし、そういったとき、道場の奥の入口から、三人の男女がはいってきた。

その一人はまさしく赤岩一角であったが、白い絹を頭巾（ずきん）のようにして、ななめに左眼をおおっているのを見て、現八はぎょっとした。――あれは悪夢ではなかったのだ！

もう一人は、陣羽織にどんすの野ばかま、あごの青い四十なかばの大兵（だいひょう）の人物で、女は黒猫を抱いたうばざくら、というより、濃艶（のうえん）無比の女であった。

そのとき、二人の武士が、狂ったような声とともに木刀で打ちかかってきた。

その二本の木刀ははじけとび、二人の武士はのけぞり、ころがった。

「や？」

と、眼をむいて、陣羽織の武士は棒立ちになり、うめいた。

「長尾家にさるものありと聞こえた籠山逸東太（こみやまいっとうた）の四天王ともあろうものを――き、きさま、何者だ？」

籠山逸東太。――その名をきいた者があの犬坂毛野であったら、これまた、あっとさけんだにちがいない。

十八年ほど前、彼が千葉自胤の次席家老であったころ、首席家老の相原胤度を殺したが、千葉家秘蔵の名笛名剣を何者かに奪われ、その失態に立往生して、狼狽のあまり逐電した男であった。

それでも少数の郎党をつれて、関東各地を放浪したが、二年ほどのちたまたまこの地を通りかかって、下野できこえた剣士赤岩一角の道場破りをこころみて、千葉家切っての使い手を自負していたが、たちまち打ちすえられてしまった。

さしあたって、ゆくところもないままに、彼ら一党はこの道場に弟子入りし、やがて逸東太はその師範代にまでなった。

そのころ、越後から上野にかけて勢力を持っていた長尾家から、赤岩一角の雷名をきいて召しかかえたいという話があった。

一角はしかし、自分はまだまだ武芸を修行せねばならぬと存じておる。さしあたって古河の大剣士二階松山城介のもとに参じたい望みがあるから、と、ことわって、代わりに籠山逸東太を推薦した。

――赤岩一角が武州大塚村に住んで、犬塚父子とつきあったりしたのは、そのあとのことだ。

なっている。

で、長尾家に奉公することになった籠山逸東太はその後出世して、いまは侍大将にまで

それが、主命の旅で、きょうこの近くを通りかかったついでにここに立ち寄った。右のような旧縁のゆえもあるが、久しぶりに一角に稽古をつけてもらって、こちらの剣技の練達ぶりを知ってもらおう——ひょっとしたら、いまはこっちのほうが強いかも知れない——くらいに思ってやってきたのだが、あいにく一角先生は眼を負傷して試合ができぬという。

白絹で片目をつつんだ一角は、弓の稽古をしているうち、まとにあたった矢がはねかえってこの始末、と苦笑した。

で、それは残念——と、いいつつ、昼から酒をくみかわしているところへ、武芸修行の旅の侍がやってきた。——それも二度目だという。

武芸自慢では主人に劣らぬ四人の家来が、これこそほんとうの酒のサカナ、少し遊んでやりましょう、と道場へやってきた結果がこのありさまであった。

きさま、何者だ？　とは、きいたが、無名にひとしい旅の武芸者だということはわかっている。それだけに、この男を、生かして外へ出すことはゆるしがたい。

「おれが相手になる。しかも、真剣でじゃ」

と、籠山逸東太はいい、朱鞘(しゅざや)の刀に手をかけてすすみ出ようとした。

「待て」

じいっと現八を見ていた赤岩一角が、手でそれを制して、

「おぬしでは歯がたたぬ相手じゃ。……わしにまかせられい」

と、それに代わって歩み出た。

「若いの、ぬけ」

と、いって、一刀の鞘をはらった。

現八も反射的に抜刀したものの——心の中は惑乱している。

あれでも私の父だ、まちがっても父と争って下さるなよ、父に万一のことがあったら私が困る、と、くれぐれも念をおした角太郎の言葉が耳によみがえったのだ。

が、いまその一角と相対して、現八は背にじわんと汗がにじみ出すのをおぼえた。

角太郎はまた、こうもいった。いまの父は妖剣士ともいうべき人になっておりますぞ。

——

言葉では表現できないが——現八は、しずかに立っているこの相手に、人間ではないけだもののしなやかさと跳躍力を感じとった。いや、それが未発のうちに、全身呪縛されるのを感じた。

しかも。——

いま、たった一つの赤岩一角の眼が金色にひかり出し——現八は、催眠術にかかったように、頭がふらっとした。

一角の剣があがろうとした。その刹那、

「おおっ、庚申山！」

現八は絶叫していた。あの庚申山で見たこの人物の金色の眼を思い出したのだ。

そのとたん、一角のほうが愕然と呪縛されたように立ちすくんだ。

現八は背を見せて逃げ出した。道場の中は総立ちになった。

籠山逸東太がさけんだ。

「のがすな、追え！」

玄関に走り出ると、現八は横にとんで塀の上に跳躍し、さらに屋根に舞いあがった。

外へ奔流のように出た門弟たちは、門の前で左右に分かれて駈けてゆく。

現八は屋根の上を裏手のほうへ逃げて、とび下り、いっさんに玉返しの里へ走った。

十五

「しまった、しまった」

草庵に駈けこんで、現八は手みじかにいままでのことを説明し、

「庚申山の怪事は悪夢ではなかった。父上はたしかに左の眼を怪我しておられる。それはわかったが、このあとどうしたらよいか、おれにもわからぬ。ともかくも拙者はこのことだけを報告し、一応退散しよう」

と、あわただしく立ちあがろうとしたとき、

「待ちなさい」

と、角太郎がいった。

「もうまにあわぬ。追手がきた」

いかにも、ひづめの音さえまじえて、無数の足音がみだれつつ近づいてきた。

「あなたが逃げられることはない。弟子どもなら、私が追い返す。もし父がいるなら、私が話してみよう。いや、このさい、話さねばならぬ」

垣根の外に足音がとまり、ざわめきの中から、

「角太郎」

と、呼ぶ声がした。

角太郎は障子をあけて縁側に出て、垣根の外に馬の手綱をにぎって立っている父の一角を見た。

座敷に座っている現八はまる見えだ。

「その男を出せ」

と、一角はいった。

そのうしろには、まだ馬に乗っている籠山逸東太はむろん、門弟たちがひしめいて、さらに数匹の猫もくっついている。

角太郎はピタリと座って、首をふった。

「この人が、何をしたというのですか。道場破りをされただけで、このさわぎは何ごとで

すか」

「そんなことではない」

赤岩一角は陰々といった。

「わしの眼を矢で射たのはその男じゃ」

「この人が矢で射たのは、父上にとりついた猫に対してです」

角太郎はいった。

「そもそも父上、いかなればかくも怖ろしき天魔に魅入られなされたか。おねがいでござる、どうか昔の父上にもどって下さい。……父上は、十余年前、武州大塚村にいたころ親しくつきあった犬塚父子のことをご記憶ですか。その子の信乃と私は親友でした。そして、この犬飼どのは、犬塚信乃と親友なのです。断じてこの人をひきわたすことはなりませぬ」

「なに？」

一角はうめいた。

「角太郎、お前はわしに腕立てするつもりか」

「そんな気はありません。しかし、現八どのを討つなら、その前に私を殺しなさい！」

角太郎はそばの脇差（わきざし）をとって、鞘のまま垣根の下へ投げ出して、

「なにとぞ父上、あのころの父上に返って下さい……」

と、悲痛な声をふりしぼった。

一角の顔に、苦悶の波がわたった。それは彼の魂にひしめく人間とけものとの格闘によるものであった。

立ちすくむ一角のうしろから、

「角太郎、お前は父上に説教するのかえ？」

と、すすみ出た女がある。黒猫を抱き、もう一人、若い女の手をひいている。

少しおくれてここへきた一角の妻、船虫であったが、若い女のほうを見て、角太郎はさすがにまばたきした。それは彼の妻のひなぎぬであった。

「いま、ここへくる途中、このひなぎぬが往来をふらふらと歩いているのを見かけてつれてきたのじゃ。不義の懐胎をして赤岩家から離別されたこの女が、その後もそなたのところへウロウロやってくるということは、私もきいている」

と、船虫はいった。

「それをまたゆるしておるそなたの気が知れぬ。そなたも、赤岩家の恥ということを知らぬかえ？　そなたに、一角どのを説教する道理はない！」

「あの、私は身籠っているのではありません」

ひなぎぬは哀しい声をさしはさんだ。

「信じて下さい。私が身籠るわけはないのです。……」

「では、その腹はなんじゃ？」

船虫はじろっとひなぎぬの腹を見た。たしかにその腹のふくらみかたはふつうではない。

「これは何かのまちがいです。ああ……私はこの腹を裂いてみせたい！」

ひなぎぬはもだえた。

「腹を裂く。……」

船虫はぶきみな声でつぶやいた。

「そなたが、そうしてくれたら、一角どのの眼がなおるのじゃが。……」

「それは、どういう意味ですか？」

と、角太郎がたずねた。

「私はきいたことがある。眼の矢傷をなおすには、人間の腹の中にある胎児の眼を食えばよい、と。……それをくれれば、何よりの親孝行になるのじゃが。……」

と、船虫はいった。

なんという怖ろしいことを口にする女か。——

悪魔のみぞ知る。この船虫こそ二年前、武蔵の国で犬田小文吾を罠にかけようとして、逆にとらえられたものの、馬加大記（まくわりだいき）の手の者によって姿をくらましたあの船虫なのであった。

どこでどうしたか。この女は、まんまと赤岩一角の三番目の妻になりおおせた。彼女の持つ天性の魔性が、魔人と化した一角と脈波が合ったものだろう。それどころか、一角はいまや船虫の毒に酔っている。

一角の一子角太郎の新妻ひなぎぬの実家犬村家は、郷士だが広い田畑の持主であった。

父一人、娘一人の家で、この春その父が亡くなってからは、犬村の財産は、赤岩家の嫁ひなぎぬのものになった。そこでひなぎぬを追い出し、角太郎を追い出すと、それは赤岩家、従って自分のものになる。

船虫が一角をそそのかして、ひなぎぬを離別し、角太郎を隠栖させたのは、そういう欲からであったが、しかし、それより天性の毒婦たる彼女は、若く美しい夫婦が仲むつまじく暮らしているのががまんできず、これを破壊してやりたいという衝動にたえられなかったのであった。

それにしても船虫は、いま、途方もない、身の毛もよだつことをいい出した。

「たわけたことをおいいなさるな」

それでも、義母は義母として対していた角太郎も色をなしていった。

「ひなぎぬは身籠ってはおらぬといっておるではありませぬか？」

「おや、そなたもそう信じておるのかえ。それなら、なぜ離縁しやった？」

角太郎は絶句したが、一息おいて苦しげに、

「たとえ、懐胎しておったとしても……その胎児を食わせよ、とは……」

「ま、腹の子はともあれ、ならばあそこの男を出しやい」

と、船虫が論理に合わぬことを要求したとき、

「人間のはらごが食いたい。……」

と、一角がうめいた。

ひなぎぬのふくらんだ腹にむけられた眼が、金色の光をおびているのを見て、角太郎がぎょっと息をひいたとき、突然、ひなぎぬがしゃがみこんで、地上の何かに手をさしのばした。

それはさっき角太郎が投げた脇差であった。拾いあげると、鞘をはらう。袖でその刀身をつつむ。

「あなた……見て下さいまし、私は身籠ってなどいません！」

片ひざつくと、衣服をつけたまま――このおとなしく、哀れで美しい女は、そのまま刀身を腹につきたてた。

「あーっ」

さけんで、角太郎はもとより、座敷の現八も躍り出して、庭へとび下りる。

その眼の前で、ひなぎぬは、船虫のほうへむきなおり、わが潔白を見よといわんばかりに、刀身をひきまわした。

そのとたん、噴き出した血潮の中に閃光(せんこう)がまじった。

血は船虫と一角に吹きかかったが、閃光ははっしとばかり一角のあいている金色の一眼を打って、何やら庭にはねかえったものがある。

「ぎゃお！」

さしもの一角が、まるで雷火に打たれたように昏倒(こんとう)した。

それに眼もくれず、角太郎はひなぎぬをかきいだいた。

「ひなぎぬ、これ、ひなぎぬ、何ということをしてくれたのだ？」

「あなた……あかんぼうなど、いないでしょう、よく見て下さい。……」

角太郎は鮮血のあふれる妻の腹をちらっと見て、

「船虫っ」

と、はじめて呼びすてにして、血走った眼をむけた。

「ここへきて、よっくひなぎぬの腹中を見よ！」

しかしこのとき、船虫はもとより、馬上のままの籠山逸東太もほかの弟子たちも、うなされたような眼つきで、地上にたおれた赤岩一角を眺めている。

一角の口は耳まで裂けている。歯が牙（きば）のようにとがってあらわれている。ひげは枯れすすきのように戦慄している。——それはあきらかに猫の相貌としか思えなかった。

いったん気を失ったかに見えた一角の腕が動き出して、爪で地を掻（か）いた。妖しき柔軟さで首をもたげた。

「はらごが食いたい。……」

またもそんな声が聞こえると、まるで宙がえりせんばかりに躍りあがった。その手には一刀がぬきはなたれて、

「ぎゃおっ」

奇怪な咆哮（ほうこう）をあげて、ひなぎぬを抱いた角太郎のほうに跳躍してきた。

「化け物っ」

横に片ひざたてていた現八が、とびかかるもののけのような影を斬った。

切断された両足が地におち、とびちるおのれの血の中に、足なしの赤岩一角はころがりおちて、こんどはほんとうに絶命した。

そのとき角太郎は、船虫が籠山逸東太の馬の鞍にはいあがろうとし、逸東太もそれに応じてひきずりあげたとみるや、手綱をまわして反転するのを見て、

「待てっ」

と、さけんだ。

現八は追おうとして、足で何か蹴った。

それが一個の珠だと知って、彼はたたらをふんで立ちどまった。

「あっ、これは？」

思わず現八はその珠をひろいあげて、

「礼！」

と、さけんだ。

その珠の中に浮きあがっている一文字だ。

十六

馬で逃げてゆく逸東太や船虫や、それを追う弟子たちに眼をやるいとまもなく、現八は、

「これは……これは……どうしたことだ。ここにこんな珠があらわれるとは？」

と、つぶやき、その珠を角太郎にさし出して、

「おう、これは先刻、ひなぎぬどのの腹中からとび出したものではないか？」

と、さけんだ。

「ああ」

角太郎は眼を見ひらき、

「いまこそ思いあたった！　これがひなぎぬが懐胎したかに見えたもとであったのだ！」

と、うめいた。

「実は、この礼の珠は、私が生まれてまもなく、母が加賀の白山（はくさん）に詣（もう）でて、私のまもり袋にいれるため神社の砂利をひとつかみつかんだところ、その中にまじっていたということです、それを大事にまもり袋にいれていたものを、この六月ごろのある日、ひなぎぬが、ふと袋からとり出して珠をしげしげ見ていたところ、たまたまあの船虫がうしろからのぞきこもうとしたので、あわてて珠をのみこんでしまった。……いまにして思えば、それからひなぎぬの腹が大きくなりはじめたのですが……まさか、まさか、その根源がこれであったとは！」

「角太郎どの、あなたは身体のどこかに牡丹（ぼたん）に似たあざを持っておられぬか？」

「ござる、恥ずかしながら、左の尻に」

と、角太郎は答え、ふしんげに、

「しかし、あなたはどうしてそんなことを？」

と、きいた。

現八は眼をかがやかして、前世からの宿縁を持つ犬士たちと、その盟友たるあかしとなる珠とあざのことを語った。

きいて、沈んでいた角太郎の眼もひかりをおびてきた。

「そうか、そうでしたか。……」

と、うなずき、ひざの上の妻を見下ろして、

「ああ、ふびんや、もう息はたえておる。……しかし、見て下さい。ひなぎぬはほほえみを浮かべている。わが妻ながら、その腹中より珠をほとばしらせたとは。……」

と、いって、血まみれの屍体(したい)を抱きしめて、

「これまさしく、いまきいた伏姫(ふせひめ)さまの再現ではないか？」

「その珠のおかげがなかったら、一角どのを倒せなかったでしょう。あいている一眼を珠で打たれて、一角どのが両眼失明しておられたゆえに、助かったのだ」

現八はあらためて戦慄し、

「しかし、あなたの父上を、とうとう斬ってしまった！」

と、頭を下げた。

「いやいや、これはしかたがない。父は、猫がとりついたというより、妖獣(ようじゅう)そのものに変わっていたのですから」

角太郎は首をふったが、

「しかし、あの船虫という女、腹の子を出せとは、父にこびたのでしょうが、それにしても魔神もおもてをそむける破倫無惨のことを平然というやつ。……もはや逃げ去ったものと思われるが、いずれ必ず天誅（てんちゅう）を下してくれる」

と、歯をくいしばって天を仰いだ。そして、

「旅立ちましょう、犬飼どの」

決然と眉をあげて、

「われら八犬士――これで七犬士の名は相わかったが、まだ一人見つからぬ。五犬士のゆくえも知れぬ。それをさがす旅に、私も同行しましょう」

と、いった。

ひなぎぬを涙ながらに葬る。

いとわしき悲痛ともいうべき感情で、父一角を葬る。

赤岩の道場のほうをさぐってみると、果たせるかな籠山逸東太は、現八に打ちすえられた四天王をかごにのせ、かつ、あの妖婦船虫さえつれて、あわただしくいずこかへ逐電したあとであった。

赤岩という姓は、もはや名乗るのも苦痛である、といい、さらにこれからの自分は妻との合体だから、と角太郎はいい、妻の姓をとり、これ以後、犬村、名も大角（だいかく）と名乗ることになった。

こうして二人は穂すすき吹きなびく下野を旅立った。――

時に文明十二年秋十月。

実の世界　神田同朋町

一

馬琴は北斎に、ようやく八犬士出現完了のくだりを語りおえた。

「……驚いたな。どうも」

と、北斎がため息をついた。

「何が？」

「いまきいた犬坂毛野は、まだ珠を出さないが、八犬士のひとりだろ？」

「うむ。……まあ、そうだ」

「これを本にかくと、いつごろ出ることになる？」

「そこらあたりは、さ来年になると思うが。……」

「さ来年、というと、文政十年になるな。八犬伝が世に出たのは文化十一年のことだったから……」

と、北斎は指を折って、

「書き出して十四年めに、やっと八犬士がそろうわけか」

「そういうことになるね」

文政八年九月はじめの夕方である。馬琴は、五十九、北斎は六十七になっていた。

「いや、驚いたのはそのことじゃない」

と、北斎はいった。

「第一集の開巻の口絵に、あんた重信(しげのぶ)に、子供のころの八犬士をかかせたろ？　手をひろげた丶大(ちゆだい)法師に、八人の童子が、子をとろ子とろ遊びをしている絵だった」

「うん」

「その八童子の中に、二人、女の子がまじっていた」

「うん」

「あれが犬塚信乃(いぬづかしの)と犬坂毛野だね。……いや、あのときかかせた女装の犬士犬坂毛野が十四年後に登場するとは驚いた」

馬琴は会心の笑いを浮かべた。

庭むきの軒で、風鈴が鳴っていた。書斎にはまだ木の香がただよっている。

——ここは飯田町中坂(いいだまちなかざか)の家ではない。神田明神(みようじん)石段下にある神田同朋町だ。

馬琴はやっと去年の七月、ここへ移ってきたのである。

家族と別居すること八年。——この前、北斎に八犬伝の腹案を話してからでも五年になる。

医者になった息子の宗伯に開業させるため、神田同朋町に四十坪ばかりの地所を借りて、そこに十六坪ほどの家を作ってやり、その東どなりにこんどまた四十坪ばかり借りて、馬琴の書斎を増築したのだが、これらの費用を捻出するために、八年間別居を余儀なくされたのだ。

その春秋の間には、引っ越し以外にも、当然いろいろの変化があった。

馬琴個人では、残り少なかった髪をそって、坊主あたまにしてしまった。砂糖をなめすぎた酬いで、歯はぜんぶぬけおちて、総入れ歯という始末になった。

この時代、総入れ歯というものがあったかといえば、あった。もとは長崎出島から出たものではないかと思われるが、その後日本人みずからが、蠟石または水牛の角で作った歯、黄楊で作った床の義歯を発明していたのである。ついでにいえば、不完全なものながら、眼鏡も存在した。

家族のほうでは、おとし長女おさきにやっとむこをもらった。もと呉服屋の手代清右衛門という男で、飯田町の家にはこの夫婦を住まわせた。

そして、八犬伝のさし絵も、柳川重信の肺病がひどくなって筆もとれないありさまになったので、渓斎英泉に変わっている。北斎の推薦だ。

だから、この点では北斎との関係はいっそううすれたわけだが、それでも北斎は、何が面白いのか、年に一、二度は飄然とやってきて、いいたいことをしゃべってゆく。相変わらず、富士をめぐって歩いているらしい。

彼は例によって、紙に筆を走らせはじめた。——うつむいたまま、

「ところで、ちょっと首をひねることがあるんだがね」

「何だ」

「化け猫らしいものが出てきたが、ありゃ考えなおしたほうがよかないかね」

「なぜ?」

「犬はいいが、猫はいかんよ」

「だから、なぜよ」

「そこはおいらにもよくわからんが……さようさ、犬と姫君の間に子供が生まれるというのはあんたのひねり出した智恵だろ?　しかし、猫のほうは、昔から化け猫ばなしがあるからさあ」

「いや、人犬交婚は私のほしいままなでたらめの思いつきではない。宋の五代史に出てくるし、日本の太平記にもある。ちゃんとした典拠があるのだ。……」

と、馬琴はむきになっていった。自分の独創より、学識をほこる傾向は、だれにもまして彼は強かった。

「それに、犬を出した小説に、猫を出して何が悪い?」

「まあ、いいよ、いいよ」

北斎は笑って、また紙に墨をちらしはじめた。

「あんた、怪談が好きらしいね。その猫の件といい、伏姫さまの件といい、力二郎、尺八の幽霊といい――弓張月でも、切られた狼の首が大蛇にかみついたり、為朝が白峯で新院の亡霊にあう場面があったわなあ」

「うむ、どうもこのごろ、世間じゃ、いよいよ妖怪ばやりらしい。とにかく読者も怪談をよろこぶようだ」

「なるほど、草双紙でも幽霊の出るやつがよく売れるが……あんたはこの世の怪異を信じないのかね」

「私は、ツジツマの合わないことはきらいだ。……もっとも小説となると、怪談をかくのが自分でも面白いのがふしぎだがね」

「や、できた」

北斎は、かいた絵をさし出した。

受けとって、馬琴は息をのんだ。

庚申山の絶壁の中で、暗い月明に、幽霊のような馬にのった赤岩一角が、枯木にさした野ねずみをくわえている絵だ。一角の顔は、人間とも見え、猫とも見える。小説としてその場面をかいた馬琴が、この初秋の夕ぐれ、ふいにうそ寒い風を感じたほどの凄じさであった。

二

「かいてみると、案外面白いね」

北斎も気にいったようだ。

「化け猫も悪くない。……もっとも、あんたの趣向が、化け猫があぶらをなめるなどというありふれた話とは類を異にしてるせいだろうが」

「北斎老、これを英泉に見せたい」

「怪談といえば」

と、北斎はとりあわず、

「あんた、芝居は好きかね」

と、また話を飛躍させた。

「昔はよく見たが、このごろはついぞ見んな」

「しかし、八犬伝にゃ、あちこち芝居がかったところがあるぜ。道節が火定の穴から出てくるところは花道のスッポンからのセリ上がりに似てるし、網乾左母二郎の色悪ぶりは仮名手本忠臣蔵の定九郎そっくり、また断末魔の房八の述懐ぶりもすこぶる芝居がかってるじゃないか」

「芝居が世に受けてる以上、その趣向をとりいれるのは戯作の手柄だ。しかし私は、ほんものの芝居より、浄瑠璃本から学んだのだ。ほんものの芝居のほうは、ナマミの役者がやってるせいか、ツジツマが合わんところが目立って、どうもついてゆけない。……それで、芝居がどうした」

「三日ほどあと、おいら、芝居を見にゆくことになってるんだがね」

「ほう、お前さんが」

「実は菊五郎が、中村座の桟敷を一つ用意してくれたんでね」

「菊五郎とは、役者の尾上菊五郎か。……どうしたんだ」

「まったくおかしな話さ」

と、いいながら、北斎は馬琴の手から絵をかいた紙をとりもどして、もみくちゃにして、たもとにいれた。

「この五月ごろだ、菊五郎がうちへきた。かごでのりつけて、戸口からはいると、私は役者の尾上菊五郎でございますが、北斎先生におねがいがあって参りました、という。おいらは眼をパチクリさせながら、とにかく、まあ、あがんな、というと、相手は部屋を見まわしてから、いちど外へ出ていった。すぐにもどってきたのを見ると、赤いもうせんをかかえている。どうやらかごにしいてあったやつをとってきたらしい。おいらの部屋があんまりきたないんで、座るに座りかねたんだろ」

北斎はニヤニヤ笑った。

「そのもうせんをしいて、おいらにひとつ、女の幽霊の絵をかいてくれと菊五郎がいうから、おいら、ひとにものをたのみにきて、相手の家がきたないから、自分のもうせんをしくたァ何ごとだ、このぶれい者め、と、どなりつけてやった。すると菊五郎はひっくりかえって、もうせんをはねのけ、前にちらかってた竹の皮の中へ顔をつっこんで、あやまった。——そして、あらためてたのみごとをするから、結局、まあ、きいてやったわけだが、そのお礼に、芝居を見にきてくれという」

「お前さんらしいな」

「で、こんど桟敷を用意してくれたんだが、役者にタダで芝居を見せてもらっちゃ、葛飾北斎の名にかかわる。おいら、ちゃんとお祝儀を作ったよ。急ぎの用だから、笑い絵をかいてね。そばじゃ、あごも例によって笑い絵をかいてる。父娘（おやこ）机をならべて枕絵をかいてりゃ世話はない」

これには馬琴も苦笑した。

「が、よくよく考えると、上等の桟敷に一人座って芝居を見てるってえのも変なもんだぜ。で、いま思いついたんだが、曲亭（きょくてい）さん、お前さんもいって見ないか」

「私も、そんな桟敷に座るのはいやだよ」

「いや、お前さんがゆきゃ、きっとためになる」

「どうして？」

「やってるのが四谷怪談という芝居だ」

やっと、怪談の話にもどった。

「この七月末からやってるんだが、ちかごろの大当たりだそうだ。それが、なんと二日がかりの芝居だってんだ」

「え？」

そういえば堺町の中村座で、この夏から新しい「東海道四谷怪談」という芝居をやっているということは、馬琴も耳にしている。

「なぜ、それが私のためになる？」

「作者が南北だからよ」

「鶴屋南北か」

「知ってるかね」

「逢ったこともないし、芝居を見たこともないが——ずいぶん荒唐無稽な芝居をかく男らしいね」

「あんたと同じだよ。その荒唐無稽なところが」

馬琴は変な表情をした。

「おいらも南北にゃ逢ったことはないが、芝居は、二、三度見たことがある。——あれの芝居はきっとあんたのためになると思うよ。それに、とにかく近来の大当たりってんだから」

「しかし、二日がかりの芝居なんて、はじめてきいたな。堺町へ二日出かけるのは大変だ」

「なに、一日目でつまらなけりゃ、あとはやめたっていいのさ」

結局、馬琴は北斎につき合うことにした。——「怪談」にはたしかに興味を持っている上に、これからかく小説の腹案が一応できて、ほっとしていたせいもある。久しぶりの芝居見物も悪くはない。

三

三日ばかりのち——そのころ、神田同朋町からあまり遠くない本郷金助町の裏長屋に住んでいた北斎が、朝はやく滝沢家にやってくると、馬琴の息子が門のところで待っていた。

「お早うございます。きょうは父を中村座に……」

と、例によって礼儀正しくあいさつしかけて、北斎を見あげ、見下ろし、

「北斎先生、そのお姿のままでお芝居に？」

と眼をまるくした。

北斎はいつもながらのうすよごれたじゅばんに、半纏をひっかけただけの風態だ。

「あ、これでいいのさ、将軍さまのところへゆくんじゃあるまいし」

と、いったが、なに、北斎は、いつか将軍家斉公が鷹狩りの帰り、浅草伝法院に北斎を呼んで絵をかかせたときも、実はこれとあまり変わらない姿で拝謁したのである。その席で彼は、かごから鶏を出し、その足に朱肉をつけて紙の上を歩かせ、あっというまに水に

ながれる紅葉に仕立てたという。

「いま、支度しております。……清右衛門が、かごを呼びにいっております」

と、宗伯はいった。

もう三十ちかいはずだが、相変わらずヒョロヒョロして、蒼白い顔をしている。せっかく医者になって、父親がこの家を作ってやったのに、開店休業のありさまらしい。医者が半病人みたいでは、なるほど患者がこないのもむりはない、と北斎は可笑しくなった。

——実はこれこそ滝沢家にかかる唯一の雲であったのだが、それはまだ、そのうちに消えるかとも思われるうす雲で、それがやがて天を覆うことになろうとは、北斎もまだ気づくべくもない。

家から馬琴が出てきた。これはちゃんと絽の羽織をきている。

彼もまた遠い凶兆に気づかず——娘はすべてかたづき、待望の家族合体を果したところへ、ひさびさの芝居見物とあって、めずらしくはればれした顔色をしている。

と、門のところで朝のあいさつをしていると、ふいに一匹の犬がかけてきて、はげしくほえついた。

「またとなりのアカじゃ。あっちへゆけ、しっ、しっ」

と、馬琴は怖ろしい顔をして、追いのけようとする。犬はまた馬琴ばかりにほえかかる。

「ああ、清右衛門、はやくきてくれ、はやく、はやく」

と、宗伯もあわてて手をふった。

むこうから、二挺のかごをつれてあらわれた四十年配の男が、かごかきから息杖をひったくると、一目散にかけてきて、杖で犬を追いはらった。

「どういうわけか、私を見るとほえおる」

と、馬琴はあらい息を吐いて逃げてゆく犬をにくらしそうに見送った。

「宗伯、ああいうタチの悪い犬は、いつも綱でつないでおけと伊藤家に申しこんでおけ」

北斎が笑い出した。馬琴はじろっと見て、

「何が可笑しい？」

「いやなに、八犬伝の作者が犬を見ること仇敵のごとし、なんて……これが笑わずにいられるか」

馬琴は憮然とした顔でたたずんでいる。

「さ、おのりなされませ」

と、清右衛門が、かごをさした。北斎は首をふった。

「おいらは、いらないよ」

「へ？」

「かごはきらいなんだ」

「でも」

「いままで、どこへゆくにも、かごなんかにのったことはない。曲亭さんだけでいいよ」

清右衛門が困惑した顔で、財布から小粒をつまみ出して、返すかごにわび料としてやろうとするのを見て、馬琴が宗伯に何かささやいた。

「清右衛門、のらないかごに金をやることはないよ」

と、宗伯がいった。

かごには五十九の馬琴だけがのった。

そばについて、六十七の北斎は、長い二本の足でスタスタ歩く。

清右衛門というのは、馬琴の長女のむこで、いまは飯田町の家に住んでいるが、ほとんど毎日こちらの同朋町の家にやってきて走りつかいや庭仕事などをやっているらしい。ていのいい下男だ。しかし宗伯からすれば姉の夫になるわけだが、いつも呼びすてにしている。それをまた馬琴も黙認しているらしい。

滝沢家ってえのは、変わってるなあ、と北斎は首をひねったが、べつに口を出す気はない。

四

――ひさしぶりの外出だ。それもかごなど近来めずらしい。

かごのたれをあげさせたままで、馬琴は興味しんしんとして町を眺めた。書斎でやることがあまりたくさんありすぎて、めったに外に出ないが、元来好奇心は旺盛(おうせい)なほうなのである。

まだ早朝といってもいい時刻であったが、夜があけるとたちまち人が動き出す時代で、往来はすでににぎやかだ。

九月初めといえば後の暦で十月上旬のことだから、朝の江戸の町には白い風が吹いている。

新しい経験のような眼で見るせいか、道ゆく人々の服装がずいぶんはでになったと思う。とくに町家の女のきものや化粧がそうだ。……一方で、貧しげな身なりの人間も恐ろしくふえたように感じる。それも、侍風の男にそれが目立つ。

馬琴は、ときどき宗伯のところへ遊びにくる渡辺登(のぼる)という若い男が、百石(こく)の藩士の家に生まれたというのに、少年のころから惨澹(さんたん)といっていい貧しい生活をしたという話をしたのを思い出した。いまは千石の旗本でも火の車の家が多いらしい。

自分の場合、もう五十年ほどの昔になるが、父は五十石三人扶持(ぶち)であったのに、あれだけ裕福な暮らしをしていた記憶があるのに、ここ十何年かの間に、世の中は急速にくずれてきたように思う。

はでな女たち、おちぶれた武士たち……どちらも馬琴には、にがにがしい変化であった。

「おう、銀八じゃないか」

突然、北斎のすっとんきょうな声がして、立ちどまったようだ。

神田川にかかる和泉橋(いずみばし)の上であった。

ゆきすぎたかごの中から馬琴が首をつき出してふりかえると、橋の上で、北斎が十二、三の少年と立ち話をしているのが見えた。少年は大工らしい風態をして、重そうに道具箱を肩にかついでいた。

あっけないほどすぐ、北斎はそれと別れて追いついてきた。

「孫だ。ひさしぶりにあった」

と、いう。

「孫というと……あの、重信の子か」

「うん」

「大工さん、になったのか」

「うん」

首をまたつき出すと、細い小さな身体に、その身体の半分くらいありそうな道具箱をかついで、フラフラしながら歩いてゆく姿がまだ見えた。

柳川重信が肺病になったことは知っているが、「八犬伝」のさし絵をやめてからだいぶになるので、その子が大工に弟子入りしたなどいうことは、いまはじめてきいた。

「ま、しっかりやんな、といってやったが。……」

「それだけか」

「うん」

歩きながら、北斎は恬然（てんぜん）とうなずく。が、少しは気になると見えて、しばらくしてからこんなことをいった。

「人間、子供のころから放りっぱなしにかぎる。子供のころの苦労ほど、あとになって身の養いになるものはない。あんたもそうだったし、おいらもそうだった。だいいち手の職をおぼえるのは、早ければ早いに越したことはない」

かごから見あげると、不人情を超越した顔をしている。

北斎ってえじじいは、いまさらのことではないが、変わってるなあ、と、馬琴は嘆声を発せずにはいられなかった。

おたがいが、どっちも相手を変なじじいだと思っている。

五

堺町にならぶ芝居茶屋の、指定された一軒にゆくと、話は通じてあったと見えて、すぐに若い衆が小屋に案内してくれた。

小屋は代々中村勘三郎(かんざぶろう)が座元をやっているので「中村座」と呼ぶ。

「あっしゃ、茶屋の者じゃなく木戸番なんでござんすが、菊五郎の旦那からいいつかっておりやした。ご高名な馬琴先生と北斎先生にきていただくとは、役者衆だけじゃなく、あっしども芝居者の冥加(みようが)でござんす」

「中村座」と染めた、いなせな半纏をきて、にがみばしった顔をした若い衆は、そんなお愛想をいった。

二人は、いちばん上等な、舞台にちかい二階桟敷に通された。

相当はやく出かけたはずなのに、芝居はもうはじまっていた。それを一目見て、

「あれ？」

と、北斎は奇声をもらした。

「こりゃ、忠臣蔵じゃないか？」

いかにも舞台でくりひろげられているのは、仮名手本忠臣蔵の大序、鶴が岡社頭の場であった。若狭之助は七代目団十郎で、師直は五代目幸四郎らしい。

「いえ、これも四谷怪談のお芝居なんだそうでございますよ」

と、案内の若い衆がいった。

「では、ごゆるりと」

男は去った。

二人は舞台に眼をむけた。

芝居は、二段目から三段目の殿中刃傷の場へすすむ。

「やっぱり忠臣蔵じゃないか」

と、北斎はつぶやいた。

「忠臣蔵なら見にくるんじゃなかったよ。……おいらはこの芝居は好きじゃないんだ」

馬琴はじろっと北斎を見て、

「私は好きだ。忠臣蔵は、なんど見てもいい」

と、いった。なぜか、芝居の師直みたいな意地悪な表情になっている。

「そりゃ、仁義忠孝屋のあんたの好きな芝居だろうが」

「いや、その話のだんどりが何ともいえんほどうまくできておるからさ。しかも、芝居は定九郎やらお軽勘平やら絵そらごとをまじえておるが、全体としてはまるきり絵そらごとではないのだから感心する。よくまあ、こんな話が実際にあったものだ。この事件がなかったら、江戸期にはいってからの世は、まるでヘソのないかえるの腹みたいにノッペラボウなものになったろう。……」

「八犬伝も及ばんかね」

「及ばん、及ばん。あれはただ虚の物語だが、これは虚と実が溶けあった神品となっておる」

芝居はつづいた。

四段目の判官切腹から、五段目の山崎街道の場へ。——

由良之助、勘平は三代目菊五郎で、定九即は幸四郎であった。

なんと、四谷怪談と銘打った舞台は、昼まで忠臣蔵を、六段目勘平切腹の場まで、悠々とつづけたのである。

さっきの木戸番の男がやってきて、おひるは芝居茶屋のほうへご案内することになっておりますが、もしこちらでお食事なさるなら、お弁当をお運びいたします、といった。

「お茶屋はかんべんしてもらいたい」

馬琴と北斎は、一議もなく弁当を注文した。

午後からやっと、忠臣蔵でない芝居になった。つまり「四谷怪談」序幕「浅草観音額堂の場」である。

一見忠臣蔵とは関係のないような浪人や行商人や乞食などが登場して、話はとりとめがない。

「なんだ、こりゃ？」

北斎は首をかしげ、

「まるで支離滅裂だ。……南北の芝居は支離滅裂なものが多いが、これもその伝か」

と、舌打ちした。

「いや待て、これも忠臣蔵らしいぞ」

馬琴も首をひねり、

「どうやら、討ち入りまでの浪人暮らしに苦労する義士の物語のようだ」

と、いった。

芝居はやがて、忠臣蔵とは縁もゆかりもないどころか、文字通り天国と地獄のちがいのある江戸の淫売宿(いんばいやど)にうごめく女たちを、ブラック・ユーモアをこめてえがき出す。

「ううむ。……」

北斎はうなった。

「曲亭さん、あんたはほんとの地獄宿を見たことがあるかね?」

「いや」

「おいらは、いったことがある。春画をかくためにだがね。……こりゃ、ほんものそっくりさ」

　馬琴だって、例のはたち前の放浪期に、夜鷹などを買ったことがある。しかしそのころは江戸に、いままざまざと再現されているような、退廃のどん底ともいうべき地獄宿など存在しなかったようだ。

　二人は、いままでの義太夫狂言とは一変した――南北の独壇場、というより、独創的ともいうべき、いわゆる生世話物の世界に接したわけである。

　生世話のリアリズムは、二幕目の民谷伊右衛門とお岩の浪宅の場においてきわまる。「現代」の浪人あるいは御家人の惨澹たる生活がそこにえがき出される。伊右衛門は団十郎、お岩と小仏小平、佐藤与茂七は菊五郎、直助権兵衛は幸四郎であった。

　このリアリズムの極致の世界が、突如怪談に変じる。

　彼らは、日本の芝居でいちばんこわい、美女変相図、お岩の髪すきの場面を見た。

　ついで、さらに怪異凄惨な第三幕隠亡堀、戸板返しの場を見て、その日の芝居は終わった。

　ふらふらと外に出ると、江戸の町はもう銀鼠色のたそがれであった。同様に小屋から出た人々は、本来なら浮き浮きしているはずなのに、みな悪夢にうなされたような放心状態で、亡者のむれが歩いているように見えた。

「こわいね」

と、北斎がつぶやくと、馬琴もうめく。

「こわい」

どっちも少し蒼い顔をしている。

「あんたも相当にこわいことを考える人だが、そのあんたがこわいという」

やっと北斎が笑った。

「菊五郎もひとがわるい。あれじゃ、おいらの幽霊の絵なんかメじゃない。——」

と、いいかけて、ふところに手をあて、

「あ、しまった。せっかくお祝儀を持ってきながら、菊五郎にやるのを忘れたわ」

と、声をあげた。

馬琴がいう。

「あした、やればよかろう」

「おや、あんた、あしたも見にくるつもりか」

馬琴は、とまどった表情をしたが、やがてうなずいた。

「ほんとうのところは見たくない。こわいというより、気色(きしょく)が悪い。……しかし、二日がかりの芝居というんだから、二日目も見てやらなくちゃ義理が悪かろう」

自分でやる著作とか調べものなどには怖ろしく勤勉だが、物見遊山(ものみゆさん)のたぐいにはひどく腰のおもい馬琴が、この前代未聞の二日がかりの芝居に二日ともにつきあう気になったのは、一つには何事も中途はんぱではすまされないという彼の性質と、もう一つは、この気色の悪い芝居が、何とも気にかかるからであった。

六

で、二人は、そのあくる日もまた朝から堺町の中村座へ出かけた。

北斎は、きのうの木戸番の男を見つけると、芝居が終わったら菊五郎の楽屋へ案内してくれるように、念のためにたのんでおいた。

驚いたことに――おそらく見物客の記憶を喚起するためと、もっとも見せたい場面のせいだろう、芝居はきのうの第三幕隠亡堀のくりかえしからはじまった。

きのうも首をひねったのだが、隠亡堀で、ながれついた戸板にしばられたお岩の屍骸(しがい)を見て、伊右衛門が驚いてその戸板を返すと、やはり彼が殺した小仏小平がダラリと両手をたれている。これを同じ菊五郎が演じているケレンが、どうしてもわからなかった。

ついで芝居は、また写実にみちた第四幕深川(ふかがわ)三角屋敷、さらに変転して、ケレン乱舞の蛇山庵室(へびやまあんしつ)の場、伊右衛門がお岩の怨霊になやまされ、義士の佐藤与茂七に殺される大詰めを迎える。

あと、とってつけたように、ふたたび忠臣蔵がはじまった。七段目一力茶屋(いちりきぢゃや)の場から山(やま)

科閑居を経て、十一段目の討ち入りまで。――

忠臣蔵が大好きだという馬琴も、しらけた顔でこれを見ていた。

しらけないわけにはゆかない。このけんらんたる義士の芝居の中に、その義士にからまる闇黒の怪談ばなしが――怪異、背徳、怨念、残虐、淫猥、道化の渦まく世界がはめこまれていたのだから。

すなわち、この文政八年九月の二日間、馬琴たちが見た初演の「東海道四谷怪談」は、「仮名手本忠臣蔵」という芝居の中にぬけぬけとさしはさむという、二重構造の大胆不敵なかたちで演じられたのであった。

波のように土間や桟敷から去ってゆく客を見ながら、馬琴は尻もちをついたように動かず、

「実にどうも、とんでもない芝居を考えるやつがあったものだ」

と、うなるようにいった。

「まるっきり、ツジツマが合わん」

「まったくだ、桜の絵のまんなかに墨汁を落としたような芝居だな。……じゃが」

と、北斎も首をふって、

「筋立ては支離滅裂だが、役者はいい。その墨汁ぶりが何ともうまいねえ」

と、うなったのは、忠臣蔵に墨をかけたような生世話の場面に感心したということなのだから、彼自身、何ともおちつかない表情であった。

そこへ例の木戸番の男が顔を出して、菊五郎丈のところへゆかれるなら、ご案内いたしやすが、といった。

いや、私は、と馬琴は手をふったが、役者にタダで芝居を見せてもらっちゃおいらの名にかかわるから祝儀をやるんだ、と、いばった北斎が意外に気弱な顔をして、おいらひとりじゃいやだ、どうかいっしょにいってくれ、と哀願するので、馬琴はやむなく腰をあげた。

——と、そこへ案内しながら、途中で木戸番の男が、ふと横のほうを見て、

「あ、ここから奈落へ下りることになっておりやす。先生、ついでだから奈落ってえやつを、ひとつごらんになりやすか」

と、いった。

奈落。——それが舞台の下にあって、舞台まわしやセリ出しなどをやるところだということは、馬琴も北斎も知っている。しかし、いままで実際にそれを見たことはない。

「おう、それは是非見せてもらおう」

菊五郎に会う、ときいたときには心すすまぬていであった馬琴が、はずんだ声を出した。こういうめずらしい体験に対しては好奇心旺盛なのである。

木戸番は横の杉戸をあけた。すぐ内側は階段になっていて、その壁に十ばかり提灯がかけられていた。

その中の一つをとって、火打ち石を打とうとして木戸番は、

「おや、こいつはろうそくがもうねえな」

と、いったが、すぐ、

「なに、ほんのちょっとの間だから、これでつとまるでござんしょう」

と、灯をつけて、ぶら下げて、先に立った。

階段はさして長くない。――下りた先は頭がつかえるような空間であった。

「あれ？」

木戸番が首をかしげた。

「だれか、おるようでござんすね」

いかにも、闇黒のむこうに、ぽっと青味がかった灯影が見える。

七

それよりも馬琴と北斎は、はじめて見る怪奇としかいいようのない景観に眼を見張った。

ひくい天井から、まんなかのふとい柱を中心に、何十本かの柱が円形に垂れている。柱が垂れている、というのは、心棒をのぞいて、それが床近くみな切断されていたからだ。

「この柱に、柱だけの人数がとりついて、それをまわすと上の舞台がまわるしかけになっておりますんで。……」

木戸番は説明しながら、その柱のむれのむこうをなおのぞきこんで、

「はてな」

と、首をひねった。

「だれもいねえが。……」

馬琴たちは、はじめてむこうの灯が空中に浮かんでいるだけで、そのそばにだれもいないことに気がついた。

すると、その灯の上から、にゅっと逆さの首があらわれて、

「やあ、お前さんか」

という声がきこえた。

「あっ、南北先生でござんしたか！」

と、木戸番はさけんだ。

「先生、芝居ははねたってえのに、何をしていなさるんで？」

「いや、ぶんまわしの具合にちょっと気にかかることがあったもんだから。……」

灯はあるけれど、柱やその影のせいでよくわからないが、どうやら相手は高いところへ上って、台か何かに四つンばいになって、そのむこう側から逆さにこちらをのぞいているらしい。

その灯は提灯ではない。あとでそれは舞台でつかう面あかりのろうそくだとわかったが、その長い柄を柱のどこかにさしこんであるため、空中に浮かんで燃えているように見えたのだ。

「お前さん、どうした？」

「へえ、きょう、滝沢馬琴先生と葛飾北斎先生が芝居を見にきて下すったんで、この奈落をお見せしようとお連れしたんでございますが」

「あ、曲亭先生と北斎先生が――」

相手は逆さにおじぎしたようだ。

「それはそれは……うれしくもあるが、はずかしくもある。作者の鶴屋南北でござります。よう、おいで下されました。ところで、いまちょっとここを下りられないかたちになっておりまして、失礼でございますが……」

その首は白いまげをたらしているようだが、とにかく逆さなので、長い顔か短い顔かもわからない。

「ま、そのままでいい、おいらたちゃすぐにゆくから」

と、北斎は手をあげて、

「しかし、とにかくあんたの芝居にゃ驚いた。忠臣蔵に怪談をはさみこむたァ……曲亭さんは怒ってるぜ」

「おそれいります」

「おいらも、はじめは花の絵に墨を落としたようだとめんくらったが……よく考えてみると、気にいったふしもある」

「ほ、どこが？」

「もともとおいらは、忠臣蔵ってえ芝居はきらいなんだ。なぜかってえと……あんたの作った四谷怪談の中に、高家の家来小林平内ってえのが出てくるだろ、ありゃおいらの曾祖父だぜ」

「へえっ?」

「ありゃ、ほんとうは吉良家の付人小林平八郎だろ? おいらはその小林平八郎の曾孫なんだからな」

「へえっ?」

南北はあっけにとられたような声を、つづけて出した。

「これは驚きました。とんだ嘘ばなしに、そんな思いがけぬ実がまじろうとは」

「だからおいらは、忠臣蔵ってえ芝居がきらいだったのさ。ところがあの芝居は、ムチャクチャな筋だが、忠臣蔵をコケにしてる芝居らしいね。そこが気にいったというのさ」

北斎は馬琴をかえりみて、

「おいらはいいとして、おい、曲亭さん、あんた、あの芝居にゃ一言も二言もあるだろ、文句は役者にいうより、作者にいったほうがよかろう」

「いや、なかなかよく考えてある」

と、馬琴はいった。

「だって、支離滅裂な芝居だと……」

「支離滅裂といったのはお前さんだ。支離滅裂どころか、細心の工夫をもって忠臣蔵の中に怪談仕立ての義士外伝をはめこみ、しかも、その怪談そのものが、仮名手本忠臣蔵の裏返しとなっておるようだ」

——異国の言葉では、パロディという。しいて当時の日本語でいえば、「もじり」ないし「やつし」あるいは狂歌の「狂」にあたるだろう。

物語の構築になみはずれた能力を持つだけに、馬琴はさすがにこの生世話の四谷怪談が、いろいろな点で大時代狂言の仮名手本忠臣蔵のパロディになっていることを看破したのである。

北斎は口をとがらせた。

「しかしあんたは、とんでもない芝居を考えるやつがあったもんだ、まるっきりツジツマが合わん、といったじゃないか」

「うん、いった」

「よく考えてあるのに、ツジツマが合わんのか」

「そのとおりだ」

馬琴はむこうの面あかりのほうをのぞきこんで、

「南北さん、さっき北斎老の曾祖父があんたの芝居の中に出てきたときいて、とんだ嘘ばなしに思いがけぬ実がまじったといわれたな。そのことはともかく、忠臣蔵という実の芝居に、なぜ虚の怪談ばなしをはめこまれた？」

「曲亭先生のお書きものは、いつも拝見して感服しております。よくまあ、あれほど大部のものを、水ももらさぬ首尾相応、善因善果、悪因悪果の筋立てで書いてゆかれるかと、ホトホト……」

「ま、おせじはいい。私のきいたことに答えて下さい」

「それじゃ、せっかくの曲亭先生のお言葉でございますから、なぜあんな怪談を忠臣蔵にはめこんだかというと、まず……あの怪談だけだと、お上からきっとお叱りを受けそうで……それを忠臣蔵の皮でくるむ。なに、こんな細工は、どんな芝居でも戯作でも、みんなやってることじゃございませんか？」

「それくらいのことはわかっている。が、それだけじゃあるまい」

「へえ、そうおっしゃるなら……こんなことを申しては汗の出るほど失礼ではございますが、ま、もの書きとしてご同業のお方のおたずねだと思って申しあげますが……いま、実の芝居の中の嘘ばなしという言葉が出ましたが、いわば実の世界と虚の世界とを重ねることで、ただの加え算じゃなく、掛け算のような妙な味が出てきやせんかと、あたしは考えたわけで……」

相乗効果というやつだろう。南北は馬琴に、作者同士としての技術論をのべたのだ。

しばらく沈黙していて、馬琴はいった。

「あれは、加え算でも掛け算でもなく、引き算だ」

吐き出すように、

「さっき北斎老が、花の絵に墨汁を散らしたようだ、といったが、南北さん、あんたのほんとうの狙いは、ほんものの忠臣蔵を愚弄することじゃなかったのかね？」

「へえ。……えっへっへっへっ！」

　奈落に笑い声がこだました。

「あるいは、そうかも知れませぬなあ」

「どうして、あんなものを作られた？」

　馬琴は声をはげました。

「なるほど大詰めで、不義士民谷伊右衛門はお岩の亡霊になやまされ、義士に討たれることにはなっておる。しかし、見終わったあと、伊右衛門が罰を受けたと思う者はない。残っているのは悪人伊右衛門の高笑いばかりだ。それは四谷怪談という芝居ばかりじゃなく、前後の忠臣蔵をも嘲笑しておるとしかきこえない。……南北さん、どうしてあんなたわけた虚構で忠臣蔵をぶちこわされた？」

「さっきあたしが、四谷怪談を嘘ばなしと申したのは遠慮したからで……ほんとうは、四谷怪談のほうが実で、忠臣蔵のほうが嘘ばなし、つまり虚だと、あたしは考えているのでございます」

「なんじゃと？」

　馬琴は絶句した。

　しばしの沈黙ののち、北斎が笑い出した。

「そういえば、そのとおりかも知れんなあ。いや、そうにちがいない。だいたい仮名手本忠臣蔵なんてでたらめもいいところだ、と、おいらは思っていた。南北さん、こんどは吉良方忠臣蔵でもかいてくれ。……」

「北斎老、いいかげんにせんか」

口論するとき、めったに怒声をもらさない馬琴の声に、めずらしくそのひびきがあった。

「どちらが実か、どちらが虚か、それはその人の見方次第だろう。あんたが実と思う芝居をかかれるのはけっこうだ。が、それならなぜその世界だけをかかれん？　世の人すべてが、その忠に酔いその義に酔う美酒のような芝居に、なぜあんな陰惨背徳の毒を投げこまれる？　私が、ツジツマが合わんというのは、その怪談の筋ではない。この根本の二重のカラクリをいうのだ」

「いえ、このたびは初演で、座元が心配するので、忠臣蔵でくるみましたが、さいわい大入りで、この次からは四谷怪談だけ一本立てでやっても大丈夫だという目算がたちましたが。……」

「その四谷怪談自体が、忠臣蔵というお面の裏側のように作られているのだから、二重のカラクリという点では同じことだ」

「しかし、曲亭先生」

と、南北はいった。

「先生のお作も、カラクリ仕立て、また怪異のお話が多いのじゃございませんか？」

「私の怪異は、読者を面白がらせるための便法だ。また、私のカラクリ仕立ては、ツジツマが合っている。あんたの怪異は、ただ人をこわがらせるだけだ。あんたのカラクリは、ツジツマが合わん」

「なるほど、そうおっしゃれば……失礼ながら先生の怪談は、あまりこわくはございませんな。それから、先生のカラクリは、ただツジツマを合わせるだけのように拝見いたしますな」

「なに？」

下から照らす面(つら)あかりを受けて、空中の白髪首が笑った。

八

依然として南北は逆さにのぞいているので、年のころは七十くらいだろうと思われるが、人相さえさだかではない。

上からの柱が途中で切れていることもあって、まるで逆さの世界の人間と話しているようだ。

——いま、この奈落にいる三人の老人は、彼らが意識していようといまいと、まさしく江戸爛熟期化政(らんじゅくきかせい)の三巨人であった。馬琴は地上にうずくまる虎だ。北斎は天翔(あまが)ける竜だ。が、それでも二人は同じ天地に住んでいるといえる。これに対して鶴屋南北は、実に彼らとは反世界の住人ともいうべき存在であった。

「いや」

と、北斎が口を出した。

「まったくあの怪談はこわいねえ。曲亭さんの怪談は面白いが、南北さんの怪談はほんとうにこわい」

「ありがとうございます」

逆さの首がいった。

「もし、あたしの怪談がほんとうにこわいなら、そりゃさっき申しましたように、あれが実の世界をかいたものだからでございましょう。あたしは、この浮世は善因悪果、悪因善果の、まるでツジツマの合わない、怪談だらけの世の中だ、と思っておりますんで。——」

馬琴はうめくようにいった。

「ツジツマの合わん浮世だからこそ、ツジツマの合う世界を見せてやるのだ」

「しかし、それは無意味な努力ではございますまいか？」

「お前さんの世界は有害だ」

空中の声が笑った。

「あたしは、有害のほうが無意味より、まだ意味があるのじゃないかと考えているんで。

……」

ユラユラと、こちらの提灯の灯（ひ）がゆれた。

「あ、いけねえ、ろうそくが燃えつきやす」

と、すぐうしろで木戸番があわてた声を出した。

「うん、こりゃ回り舞台のように果てしがないわい」

と、北斎がため息をついた。

「ツジツマ論はもうおやめおやめ、おい、曲亭さん、もうそろそろゆこう」

提灯が消えた。すると——どういうわけか、むこうの面あかりの灯もふっと消えてしまった。

「いや、妙な長問答になって失礼した。南北さん、それじゃ」

闇の中で、恐縮しきった声がかえってきた。

「これは思いがけず、とんだご無礼なかけあいになりまして、ひらにおゆるしを……お気を悪くされず、これからもどうか南北めの芝居をごひいきに。……」

真っ暗な階段を、木戸番に手をとられながらあがって、もとの通路に出た。

まるで幻妖の魔界から浮かびあがったようだ。二人は、さっき四谷怪談を見終わったあとより、もっとしらちゃけた顔を見合わせた。

北斎がいう。

「さ、では楽屋にゆくとするかね」

馬琴はわれにかえったように、

「いや、私は遠慮しよう。いま役者に会う気にならん」

いまの南北とのやりとりを怒っているのか、と北斎がもういちどのぞきこむと、どんな論争でも決して降参しない馬琴が、いままで北斎が見たこともないような、虚脱した表情をしていた。

「お前さんだけ、いってくれ」

「そりゃ困るよ」

北斎はあわて、しばらく考えていたが、ふところから紙づつみを出して、

「それじゃ、おいらもここで帰るとしよう。ああ、兄い、これは北斎からのお祝儀だといって、菊五郎丈にあげてくれ」

と、木戸番にわたした。

「おい、ネコババしちゃいけないよ」

「えっへへっへっ」

木戸番は頭に手をやって、

「ごじょうだんを。――たしかにおあずかりいたしやした。まちがいなく菊五郎の旦那におわたしいたしやす」

「お前さん、名はなんという」

「へえ、あっしはもともと和泉屋(いずみや)ってえ、おやじの代からの中村座の木戸番でござんしてね、次郎吉(じろきち)って申しやす」

年は三十くらいだろう。小柄だが、木戸番にしておくには惜しいような、にが味ばしったいい男であった。

「どうか、この和泉屋次郎吉もごひいきに。……」

虚の世界　犬士漂泊

一

犬飼現八と犬村大角が下野を旅立った文明十二年の同じ十月、甲斐を漂泊していた犬塚信乃は、突然狙撃されて倒れた。

荒芽山で離散して以来、約二年――その間、彼もまた他の七犬士を探して回国の旅をつづけていたのである。

で、その夕方、甲州巨摩郡の富野穴山のふもとの、尾花のふさぐ街道を歩いていたのだが、一発の銃声とともに枯草の中に倒れた。

――実は、銃丸はたもとをつらぬいたのだが、彼はころがって、そのまま、じっとしていた。

やがて野原の向こうから、一人の従者をつれた四十ばかりの武士が駈けてきて、うつ伏せになっている信乃を発見して、

「やっ？」

と、驚きの声をあげた。

「しまった、鹿と思ったが、まちがえた！」

あわてて立ち去ろうとして、十歩ばかり先で、

「待てよ」

と、立ちどまった。

「いまの男の腰におびておる刀――ただの刀ではないようじゃ。……殺してしまったものは是非がない。死人に名刀は要らぬ。ついでじゃから、あれをもらってゆこう」

と、戻ってきて、身体に手をかけようとした刹那(せつな)、信乃は躍りあがった。

数分の格闘ののち、その家来のほうは悶絶(もんぜつ)させられ、武士は信乃にねじ伏せられていた。

「このたわけ者。――どうやら鹿とまちがえて鉄砲を撃ったらしいが、そのまちがいはともあれ、そのあとで相手の刀を奪おうとは、武士にもあるまじきけしからぬ所業。――素性と名を名乗れ」

と、叱りつけたとき、すすきの道をやってきた一人の男が、こちらを見て、ころがるように駈けてきた。

「こ、これはどうしたことでございます、泡雪(あわゆき)さま？」

と、さけんだ。

武士は苦しげに顔をゆがめている。

「お前は何者だ」

信乃にきかれて、その中年の男は、

「私はこの近く、猿石村の庄屋の、よろぎ椋作と申すものでございます」

と、答え、武士が必死に眼で制止するのに気がつかず、

「このお方は、ここのご領主武田家の山奉行、泡雪奈四郎さまとおっしゃる方でございますが……これは、何としたことでございます？」

と、きいた。

「なに、これが山奉行？」

信乃は呆れはてて、手をはなした。

――まもなく武田家の山奉行、泡雪奈四郎は、クモのように平あやまりし、「この失態はご内聞に、ご内聞に」と哀願して、息をふきかえした小者をつれて、逃げていった。

あと見送って、よろぎ椋作も呆然とした顔であったが、

「そういうわけでございましたか。まったく魔がさした、とはこのことでございましょう。どうかおゆるし下さいまし」

と、あらためて、自分のことのようにわびた。

そして、信乃に、どこへゆくのか、今夜泊まるあてはあるのか、とききき、信乃が、ある人々を探して歩いている旅で、今夜泊まるあては別にない、と答えると、それはちょうどいい、といってははばかりがあるが、このままでは当領の者として気がすまぬ、是非うち

にきて泊まってゆけ、と、すすめた。

「それに、この底冷え、私の見るところでは、今夜あたりから雪になりますぞ。……」

と、椋作は空をあおいだ。

二

泊まるあてがないということもあったが、いかにもこの人物が善良そうで朴訥（ぼくとつ）に見えたので、信乃はそれから猿石村の椋作の家へつれてゆかれた。

家人たちが迎えた。

「女房の、なびき、でござります」

思いがけず若くて美しい――三十なかばの、美しいというより色っぽい女であった。

「こちらは娘の浜路（はまじ）でござります」

「なに、浜路？」

信乃は、息をのんで見つめた。

見つめられて、その娘はぽうと顔をあからめた。十三、四の、これも椋作には似合わしからぬ、高貴といっていい顔だちの娘であった。

椋作がふしぎそうにきいた。

「どうかなされましたか」

「いや、何でもない」

と、信乃は首をふった。

「実は女房は、のちぞいでござりましてな」

椋作は弁解するようにいったが、信乃が息をのんだのは、そんな説明とは関係がない。むろん、浜路という名だ。彼にとっては忘れることのできないその名前だ。ただ、美しいという点では同じだが、容貌はまったくちがう。あたりまえのことだが、名は偶然の一致にきまっている。

さて、ところが、その夜——名だけの偶然の一致とは思えない怪事が起こったのである。心をこめたもてなしを受けて、信乃は熟睡したのだが、ふっとかぐわしい匂いを感じて眼をさますと、枕もとにその娘が座っていたのだ。

はね起きた信乃を、ぼうっとした眼で見つめて、娘がいった。

「信乃さま、お久しぶりでございます。……浜路です。……」

信乃は、水をあびたように相手を凝視したままであった。

「あのとき私は、あなたといっしょにつれて逃げて下さいとおねがいしたのに、あなたはそうして下さいませんでした。そのために、私は死ぬ羽目になりました。……」

「…………」

「でも、もうおうらみはしません。おうらみしても、どうしようもない世界に私はいます。……ただ、せめて私の代わりに、この新しい浜路を妻としてやって下さい。……」

そのとき、縁側を走ってくる足音とともに、

「浜路！　浜路！」

と、呼ぶ声がした。

障子があいて、庄屋の妻のなびきがのぞきこんで、

「まっ、こんなところに……何ということを！」

と、さけんだ。

——と、浜路が、眼はひらいているのに、はっとまた眼をあけたように見えた。

なびきのけたたましい叫び声に、夫の椋作も起きてやってきた。

そして、いま眠りからさめたような浜路が、さっき夢の中に、見知らぬ女のひとがあらわれて、これから私といっしょにゆきましょう、といって手をひいて歩き出した——それからあとのことは一切おぼえがない、というのであった。

「十三になって、ねぼけるとは何ごとじゃ」

と、椋作は笑い出したが、なびきは変な顔をしていた。

信乃は笑うどころではない。変な顔をするどころではない。——彼は神秘な戦慄に打たれていたのである。

三

あくる日から、猿石村は雪になった。

とても旅立つ天気ではない、と椋作にとめられた信乃は、二人だけのいろりばたで、またふしぎな打ち明け話をきいた。

あの浜路という娘は、椋作のほんとうの娘ではない。拾った娘だというのである。

いまから十年ほど前、黒駒岳のあたりを猟していたとき、ある高い岩山からふいにとび立った一羽の大わしがあった。そしてそのあとに、泣く幼女の声がするので、岩によじのぼってみたところ、ささりんどうの紋のついた高貴な衣服につつまれた、三つくらいの少女が泣いていた。

ただ名を浜路というだけで、その少女は、どこからきたのか、どうしてそんなところにいるのか、一切いわなかった。——

あまりの愛くるしさ、美しさに、そのまま抱いて家にもどり、前妻とともに育てたのがこの浜路だ、と椋作はいった。

それはそれとして椋作は、しきりに信乃に、せめて春がくるまで滞在してゆけ、と、すすめてやまなかった。

まさか春までは、と信乃は辞退したが、結局一ト月、二タ月、そこにとどまることになったのは、寒中のためというより、やはり浜路という娘のひく見えない糸のせいであった。素性はわからないなりに、椋作は浜路を、自分の娘として愛し、それ以上に何やら高貴なものとして大事にしている風であった。

そして、後妻のなびきも同様に浜路に対しているようであったが、それは表面上のことで実はそうではないことに、信乃はまもなく気がついた。

椋作のいないときには態度が変わるのである。何かとつっけんどんに浜路にあたるのである。

浜路が、口数が少なく、おっとりして見えるだけに、いっそうそれは哀れであった。

信乃は次第に浜路にひかれはじめた。そして浜路も、口にはしないが、信乃を見る眼に、あきらかにある感情がけぶり出した。信乃がきた夜の彼女の夢遊病は、本人も記憶にないはずだが、あれはやはり彼女の魂がかかわっていたのではないか、と思われるほどであった。それどころか、この浜路は、あの死んだ浜路の再誕ではないか、という思いが深くなった。

しかし、そのうちに椋作が、遠慮がちながら、信乃に、このままうちで、浜路のむこになっては下さるまいか、といい出すに及んで、さすがに、いや、私はこれから同志を求めてまた回国の旅に出なければならない身ですから、と、ことわらないわけにはゆかなかった。

ところが、それで椋作は、いよいよ信乃を足どめしておく方法を考えはじめたのである。

彼は、信乃にはないしょで、信乃が武田家に仕官する道を思案したのであった。

そして、善良な彼は、その道を山奉行の泡雪奈四郎に求めた。――

椋作は山から材木を伐り出すことを家業とし、また泡雪は領内の山林を管理する奉行で、たえずこのあたりを巡検していたから、以前からよく知りあっていたのだ。

で、年を越えて早春の一日、ちょうど泡雪奈四郎が近くの陣屋にきたのを知って、椋作はそこに出かけて相談した。

「実は、去年の秋、お奉行さまにとんだ失礼なことをした例の仁でござりますが」

と、信乃のことを話し、あれ以来うちに滞在させているが、実にりっぱな若者で、あれをご当国に召しかかえなければご当国の大損になると考える。あんなことがあったので、さぞお胸につかえることもあろうが、このさいお国のために万事水におながし下され。その人物を知るため、また和解のため、いちど盃をおかわし下さるまいか、と、たのみこんだ。

「左様か。……いや、汗顔のいたりじゃ。あの仁には是非会うて、あらためておわびしたい」

と、泡雪はうなずいたが、椋作が帰ると、その眼が異様なひかりをはなちはじめた。

そんな自分の醜態を知っている男が武田家に仕えるなど、とんでもない、という恐怖からだが、好人物の椋作はまったく知らなかったが、実はこの山奉行は、以前から椋作の女房なびきのなまめかしいのに眼をつけて、このあたりに巡検にくるたびに、たまたま椋作が山にいって留守だと、陣屋になびきを呼び出して密通していたのであった。そんな奸物だけに、彼は、椋作がその秘事を感づいて、自分にしっぺ返しをしようとしている、と疑惑した。

二、三日後、泡雪奈四郎は、いつか猟の供をさせた下郎をひそかに使いとして、椋作に、今夜例のことで話があるから、だれにも知らせず陣屋にくるように、といって、椋作を呼び出し、斬殺した。

早春とはいえ、まだ寒さきびしい山国の雪の夜のことであった。

四

その翌日、泡雪奈四郎は、こんどは椋作の女房なびきを呼び出した。

さすがにこんどは陣屋に呼ぶほどの勇気はなく、少し離れた石和の郷の、ある寺に、である。

石和の村はずれに、指月院という小さな禅寺があった。

二、三年前、住持の老僧が死ぬとき、たまたま滞在していた二人の行脚僧がたいへん親切だったというので、あとはこの二人にゆずったが、この二人の雲水は、留守を小坊主一人にまかせて、たいていいつも行脚やたくはつに出ているようすだ。

庭がみごとなので見物にくる人も少なくなく、門前に一軒の茶屋が出ているほどなのだが、寺そのものはほとんど無人だ。

いちど庭を見にきた泡雪奈四郎は、そういうことを知って、時間を指定して、なびきをそこに呼び出したのである。

茶屋で待ちあわせ、指月院にはいる。

雪がつもっているありさまなので、ほかに客の姿はない。

はたせるかな小坊主一人が留守番をしていたが、年は十をちょっと過ぎたくらいで、そんな雪の寺へやってきた男女の一組を、べつにあやしむようすもなく、庭の見える部屋に案内した。

それでも、たくはつに出たという二人の雲水がいつ帰ってくるかも知れないので、

「おまえ、そこに座っておって、だれかきたら教えてくれ」

と、小僧を縁側のはしに座らせて、泡雪は、なびきとともに座敷にはいって、障子をとじた。

ここで奈四郎は、よろぎ椋作を昨夜殺害したことを打ち明けた。どうやら椋作は、自分たちの密通をかぎつけたらしい、ともいった。

なびきは驚愕した。しかし、そういえば、娘の浜路が感づいて、夫に告げ口したかも知れない、といった。彼女にしても、あの小娘の浜路が、武田家のれっきとした家臣の妻になる、などという事態は見たくもなかった。

「そんなことをなすった以上、もうしかたがありませんわ」

と、なびきはやがてうなずいた。

「でも、椋作どのがいないままになると、大さわぎになります。いったい、屍骸(しがい)はどうなされた？」

「それじゃ、それには策がある。万事解決という天来の一策が」

奈四郎はなびきをひきよせて、耳に何ごとかささやいた。

やがて、雪あかりする障子の中で、恥も怖れもなく――いや、それがあるゆえにいっそう狂気めいた愛欲の光景がくりひろげられた。

やおら、障子をあけて縁側に出ると、そのはしで小坊主は、日なたでじゅばんをひろげて、のみとりに余念もないようすであった。

この密会を、ほかにだれも知るものはない。

翌日、庄屋の裏庭につもった雪の中から、一本人間の手が出ているのをなびきが見つけ、雪を掘って、よろぎ椋作の斬殺屍体を発見した。

なびきも泣く。浜路も泣く。

実は、それまで陣屋の雪の中に埋めてあった屍体を、前夜のうちにそこへ運んでおいたものであった。

いっときの騒ぎの中へ、ひょっくり山奉行の泡雪奈四郎が顔をのぞかせたが、すぐに、

「とにかく、このこと、代官どのへお知らせせねば！」

と、さけび出し、

「いや、知り合いの椋作の非業(ひごう)の死じゃ。それに、つつじが崎の代官所には、新代官の甘利(あまり)兵衛(ひょうえ)どのがおいでなされたばかりときく。わしみずからご案内しよう。……なびき、とりこみ中じゃが、一応のご接待の用意をしておけよ」

と、いいおいて、馬で駈け去った。

なびきは涙をふきながら、家の中にはいってきて、呆然と立っている信乃のそばを通りかけて、

「あ、犬塚さま、ちょっとおねがい」

と、呼びかけた。

「代官さまがおいでなさるとあれば、茶碗も皿も、とっておきのものを出さねばなりませぬ。これからそれを土蔵にとりにゆくつもりですが、暗いから、手燭(てしょく)を持って案内して下さいな」

と、いった。

信乃は何の疑いもなく、その通りにした。

信乃が手燭をかかげて蔵にはいり、五、六歩あるいて、ついでなびきがはいってこないのに気がついてふりかえったとき、引き戸がはたとしめられて、外にさしがねをさす音がした。つづいて、土戸もとじられた。

「あっ、何をするのです、お母さま！」

さけび出す浜路を、いままで見せたことのない露骨なにくしみの顔で見て、

「椋作どのを殺した男をつかまえたのじゃ。おとなしくしていや」

と、叱りつけ、はては、

「うるさい、代官さまがおいでになるというのに、この娘、さるぐつわでもかませて、どこかにとじこめておきや」

と、下男たちに命じた。

五

半刻ほどたって、代官一行がやってきた。

陣笠をかぶり、腹巻をつけた郎党(ろうどう)を二人つれただけだが、代官さまは、ながえぼしをかぶり、壮美なひげをはやし、金糸であやとりした陣羽織にきらびやかな陣刀をはねあげ、みるからに俊爽(しゅんそう)な騎馬姿だ。

「新代官甘利兵衛さまである」

と、郎党の一人がいった。どういうわけか、迎えにいったはずの泡雪奈四郎の姿は見えない。

が、威風に打たれて、そこにいたものすべてが土下座した。

なびきはすすみ出て、下手人は当家に滞在する犬塚信乃と申す浪人で、かねてから私にけしからぬふるまいをみせていたが、思いのとげられぬのにじれて、夫を殺害したものと思われる。その男は、さっき工夫をもって土蔵にとりこめた――と、いった。

「それは手柄じゃ。女の腕で、ようしたな、ほめつかわす」

甘利は馬から下りて、被害者の屍骸には眼もくれず、家にはいり、土蔵の前にきて、

「扉をひらけ」

と、命じた。

新代官のあまりの無造作ぶりに、芝居を熱演しているなびきのほうがうろたえて、

「あの、曲者(くせもの)はなかなかの腕のものでござりまするが――」

と、不安な顔をふりむけた。

いつか泡雪奈四郎らが、犬塚信乃に痛い目にあった話はきいていたのである。

「怖れるな、武勇にかけては武田家にさるものありと聞こえた甘利兵衛が出張しておるのだ。ひらけ」

と、甘利は二人の郎党にあごをしゃくった。

土戸が左右にひらかれ、板戸もあけられた。――

中から犬塚信乃があらわれた。

ちらっと甘利兵衛らを見て、さすがに驚いた表情をしたが、すぐになびきのほうへ眼を移し、

「いや、みごとにやられたわい」

と、笑った。

あまり自若(じじゃく)としているので、なびきはいよいよあわてて、

「その男の刀をお調べ下さいまし、たしか人を斬った証拠が残っているはず。――」

と、さけんだ。

きのうの夕方、信乃をむりに風呂に入れ、その間に、殺した猫の血を信乃の刀にぬりつけておいた。――以上、すべて泡雪奈四郎に教えられた計画であった。

「わしは武田家の代官甘利兵衛である」

甘利は信乃へ厳然といった。

「刀をこれへ」

いったい蔵の外のなりゆきを、どこまで推察したのか、信乃は平然として刀を郎党にわたした。郎党が、それを甘利にわたす。

兵衛はそれをぬきはらって、

「これが、どうしたというのじゃ？」

「血が――血が残ってはおりませぬか？」

と、なびきはひざで、はい寄ろうとした。

「ない」

といって、兵衛は彼女の面前でびゅっとそれをふった。

なびきはのけぞった。その顔にとびちったのは、赤い血ではなく、銀色の水であった。

ああ、これこそ百人の人を斬ろうと、血のあともとどめぬ名刀村雨(むらさめ)であろうとは、悪女

なびきの知るところではない。

そのとき、外で、

「なに？　代官どのがすでにおいでじゃと？」

と、驚く声がした。

「はて、代官どのは甲府に参られてご不在じゃとうけたまわったが、なんじゃと？　ここにおいでなされておると？」

つつじが崎の代官所へいった泡雪奈四郎の声だ。

かけこんできて、この光景を見て、判断を絶した表情で立ちすくんだ。彼の予想では、まだ信乃は土蔵にとりこめられたままか、もし代官がきたというのがまことなら、信乃はもはやしばられているはずであったからだ。

それに彼は、まだ新代官の顔を知らなかった。――

「甘利兵衛じゃ」

と、甘利はいよいよ厳然と、くりかえして名乗り、

「なんじはわしを知るまいが、わしはなんじを知っておる。わしは天眼通（てんげんつう）じゃ」

と、はったと奈四郎をにらみつけた。

「奸夫（かんぷ）奸婦（かんぷ）！　わしはすべてなんじらの悪行を見通しておるぞ。陣屋でよろぎ椋作を殺害したこと、屍骸をここに運んだこと、その罪を犬塚信乃なるものに負わせんがため、彼の刀に犬猫の血をぬりつけたこと。――」

奈四郎もなびきも、石みたいになってしまった。

「姓は甘利じゃが、この眼は甘くはないぞ、このしれものめが！」

突然、理性の糸がきれたように刀のつかに手をかけた泡雪奈四郎はけさがけに斬られ、返す村雨は水たまをちらしつつ、逃げようとするなびきの首をはねた。

「おう、血のあともとどめぬ、なるほど村雨じゃ！」

甘利兵衛は奇怪なつぶやきをもらし、その刀をかざしつつ見ていたが、

「犬塚信乃とやら、やはりなんじもとり調べる必要がある。代官所へ参れ」

と、いって、刀を信乃に返し、歩き出した。

それから、ふと気がついたように、

「おう、当家に浜路という娘がおるはず。——それにも事情をきかねばならぬ。つれて参れ」

と、命じた。

この光景をのぞきこんでいた者もたくさんいたが、あまりにも凄絶な新代官の所業に胆(きも)をつぶし、郎党が浜路をさがし出して同行するのを、みな声も出ず金(かな)しばりになって見送るばかりであった。

代官一行は村道の角まできた。そこの立木に馬が三頭つながれていた。

二人の郎党はそれぞれ馬にのり、残る一頭に、信乃に浜路を抱かせてのせ、四騎、疾風のごとく走り出した。

しかし、ゆくてはつつじが崎ではなくて、石和の指月院であった。

無人の門内にはいると、甘利兵衛がのどをあげて哄笑した。

「よくぞ、めぐりあえたな、犬塚信乃。――」

それは豪快慓悍な犬山道節の顔であった。

六

座敷にはいると、ただ一人残っていた小坊主が、衣料箱に、黒紋付の着物や墨染めの衣をのせて出てきた。

道節はもとの黒紋付の浪人姿にかえり、二人の郎党は墨染めの衣をつけて僧形にもどった。

丶大法師と、観得すなわち尼崎十一郎であった。この指月院に住んでいたのは、丶大法師と尼崎十一郎であったのだ。

きのうここを密会の場所とした泡雪奈四郎となびきのひそひそ話を、小坊主がのみをとりながらきいていて、あとで丶大法師たちに話した。その中に、犬塚信乃という名がしばしば出てきたということが、彼らのきょうの驚天動地のはたらきの根源となったのである。

さて、浜路とならんで座らせられた信乃が、改めてこんどの事件のいきさつを語る。

ついで、丶大法師が、三年前、行徳から大塚へいった犬士らをあとで追ったが、すでに終わった戸田川のたたかいなどの噂をきいただけで犬士たちのゆくえはわからず、諸国探し歩いているうちに甲州路でふと尼崎十一郎にめぐりあい、そのころたまたま無住となったこの寺にすみついたことを語る。

また尼崎十一郎も、市川の山林房八(やまばやしふさはち)の母妙真(みょうしん)と、その孫たる小犬士犬江親兵衛(いぬえしんべえ)を伴って安房(あわ)へゆく途中、凶漢赤島の舵九郎(かじくろう)に襲われ、あやうくその難はのがれたものの、親兵衛は怪馬青海波(せいがいは)にくわえられたままいずこかへ消え去ったこと、やむなく妙真だけ安房へつれていったあと、自分もまた回国していたことを語る。

そしてまた犬山道節が、荒芽山から犬川荘助(いぬかわそうすけ)といっしょに逃げたのち、二人同行して漂泊し、二年ほど前、偶然この寺に宿を申しこんで、大法師にめぐりあったことを語った。

――

この二人が、大法師にあうのははじめてであったが、犬山、犬川という名に、大法師のほうが、あっとさけんだのが双方の素性を打ち明けるもととなったのだ。

「ただの、この探しっこでは、一人にあえば一人を失う。堂々めぐりで果てしがないと気がついて、とにかくここをみなもととして、だれか一人はここにおる、ということにきめたのじゃよ」

と、大法師がいった。

「で、犬川荘助はいま旅に出ておるが、たまたま三人、ここにおったという次第だ」

「それにしても、ご両人、お似合いじゃのう」

と、道節が笑った。

二人、雛(ひな)のようにならんだ信乃と浜路を見てである。

顔あからめた信乃は、浜路の素性を話した。

きいているうちに、尼崎十一郎の眼がかがやき出した。

「おおっ……それなら、もしやすると、この浜路どのは、われらが主君里見義成(よしなり)さまの姫君ではないか!」

尼崎十一郎は、いまを去る十一年前の文明二年の春、里見家で五の君と呼ばれていた浜路姫が、一日、滝田城(たきたじょう)内の庭で大わしにさらわれてゆくえ不明となった事件のことを話した。

それは丶大法師や彼が、八つの珠を求めて安房を出てからあとのことだが、十一郎だけはその後何度か義実(よしざね)、義成父子に報告のため帰国することがあったので、むろんこの事実を知っていたのだ。

「そういえば」

と、信乃がいう。

「椋作が山中でこのひとを拾ったとき、ささりんどうの紋のついた衣服をつけておったと申した。ささりんどうはまさしく里見家の紋ではないか」

「そうにちがいない。この方は里見家の五の君に相違ない!」

丶大法師と尼崎十一郎は、いきなりべたと平伏した。

信乃と道節は里見家の家来ではないが、これもおちつかない表情となる。

それ以上に浜路のほうが、困惑しきった顔になっていた。

ともあれ、それではこの方を里見家へお送りせねばならぬ、と道節がいい出した。浜路は抵抗したが、結局説得された。きょうはにせ代官でのがれたものの、ここにおっては信乃もろともに危険である、というのである。

——翌朝、丶大法師だけを残して、浜路はかごにのせられ、尼崎十一郎、信乃、道節を供にして安房へ旅立った。

数日ののち、彼らは、武蔵(むさし)と下総(しもうさ)をわかつ隅田川(すみだがわ)についた。

「では、われわれはここでお別れいたしまする」

と、信乃は浜路姫におじぎした。

信乃と道節が同行したのはここまでで、あとは尼崎十一郎が姫を送ってゆくことになっていたのだ。

覚悟はしていたが、浜路姫は世にも哀しい顔をした。信乃たちと別れるのも哀しいが、彼の言葉づかいまで変わったのは、いよいよ哀しい。

「いつか、あなたも安房へきてくれるのでしょうね？」

と、舟の上で彼女はいった。

「はっ、八犬士すべてそろったときに、必ず！」

と、岸の信乃は答えた。

隅田川のさざなみには、すでに春の匂いがあった。

七

その翌年の文明十四年の初夏、越後を漂泊していた犬田小文吾は、一頭の猛牛をねじ伏せた。

やはり諸国を遍歴していた小文吾は、前の年の秋から越後刈羽郡小千谷の石亀屋というはたごに泊まっていた。ここの主人の次団太が、同時に村の侠客で、大の相撲好きで、たまたま泊まった小文吾の体格が力士さながらに雄偉なことから相撲の話をしかけ、たちまち意気投合して、小文吾の旅がゆくえ定めぬことをきくと、せめて春まで逗留してくれとすすめてやまなかったからである。

さて、その四月九日、小千谷から千曲川をわたって三里ばかりの塩谷村で、闘牛のもよおしがあった。

このあたりで「牛あわせ」または「角つき」と呼ぶ古来からの風習で、牛飼いは紺一色の股引山着という装束を着、牛の角にくれないのまるぐけの紐をからめる、といった演出でたたかわせる。闘牛場のまわりはもとより、近くの丘、木々まで何百人という見物が集まるという行事だ。

ことし、あるじの次団太は所用があってゆけなかったが、小文吾には是非それを見にいってくれとたのみ、乾分の磯九郎という男に案内させた。

「磯、あんまり浮かれて、ふるまい酒に酔っぱらうんじゃねえぞ」

と、宿を出るとき、次団太は乾分に念をおした。

千曲川をわたると、山ばかりの道であったが、あちこちもう山桜がほころびかかっているのに、だんだん畑の日かげには、なお雪が白く残っている。

その山中のお盆のような広場に、どこからきたのか大群衆が集まっていた。茶屋、菓子屋、はてはおもちゃ屋、飲み屋さえ小屋を出して、まるで祭りだ。

小文吾は、磯九郎の自慢めいた解説をききながら、はじめて見る闘牛にたんのうした。まわりの祭りのようなさわぎもものめずらしく、これも気にいった。が、その何百という顔の中に、牛のたたかいは見ないで、じっと自分を見つめている一つの白い顔には気がつかなかった。

さて、陶酔しきっていた小文吾は、やがてその場に起こった混乱に、われにかえった。一頭の牛があばれ出したのだ。それはその日の角つきに優勝した巨大な黒牛で、凱歌をあげてひきあげたのだが、それからどうしたのか、突然手綱をふりきって駈け出したのだ。牛は、サイのような角をふりたて、群衆の中を狂奔した。その角にかけられて宙に舞う女子供あり、四散する小屋あり――と、みるや、反射的に小文吾は躍り出していた。

まっこうから突進してくる牛の二本の角を、小文吾は両手でむんずとつかまえた。

小文吾の肩と腕の筋肉は無数の鉄塊と変わり、ふんばった両足は大地にめりこみ、全身は朱にそまり、はてはそこからメラメラとかげろうのようなものがたちのぼった。

牛は動かなくなった。いや、動けなくなった。

わっと牛飼いたちが集まってきて、その四肢にしがみつき、とりしずめた。

その数分、息をのんでいた群衆から、やっと――さっきまで闘牛を見物していたときに倍する大歓声がわきあがった。

八

その夜、小文吾は、塩谷村のその黒牛の飼い主、角蓮次（かくれんじ）の家に招かれてご馳走ぜめにあった。

なかなかの豪家で、何十人という牛あわせの関係者が集まって、次々に小文吾の鬼神のような働きをほめたたえ、盃をつき出す。

その上、永楽銭十貫文と、ちぢみ麻織五反（たん）をさし出して、きょうのお礼だという。

小文吾はことわった。

しかし、これはこんな場合の、昔からのしきたりだという。

それでも小文吾は、自分は他国者だからといってことわった。そして、何しろきょうは拙者もヘトヘトだ、何より寝させてくれとたのんで、こっちのほうのねがいはきいてもらった。

ところが、別室で、牛飼いたちと飲んでいたお供の磯九郎が、これをきいて、それはおかしい、せっかくきまりでもらえるものを、もらって帰らぬとあってはおれがご主人に叱られる、と、妙なりくつをいって、りきみ出した。

出がけにあるじの次団太に釘をさされたように、彼は酒が度をこすと人間が変わるたちだったのである。

そして、小文吾にきかれると、またとめられるだろう、いまのうちに、おれが一足おさきに、そのごほうびをいただいて小千谷に帰る、といい出した。

こんな夜に、三里以上もの山道を、といっても、知らない道ではない。それに九日の今夜は月もある。心配するな、と肩をいからす。

もともとが小文吾にことわられて、不本意に床の間に残されたままの金と品であったので、それもよかろうということになり、磯九郎がそれをてんびん棒でかついで、その家を出かけたのはそれからまもなくのことであった。

それまでひょろついていた磯九郎の足は、これも元来は相撲をやる男ほどあって、荷をかつぐと案外しゃんとなり、かえって酔いの力で二里ばかりの山道をいっきに駈けた。

月光にところどころ残雪のひかる道だが、さすがにそこまで走ると汗みずくになる。相川(あいかわ)という村近く、はじめて荷を下ろし、腰の手ぬぐいをとって一汗ぬぐったときだ。

「助けて——助けて——助けて下さい」

ふと、彼はそんな声をきいた。女の声だ。

ぎょっとしてまわりを見まわしたが、道の前後にもまわりの畑にも、何も動く影はない。

「助けて──だれか──ここです」

また悲しげな声がながれてくる。

すぐに磯九郎は、雪穴の中だ、と気がついた。ここらあたりの百姓は、冬、雪に穴をほって身をひそめ、鳥や兎を竹槍で刺す。

で、あらためて見まわすと、道ばたの大木の下に一カ所大きく浮かぶ残雪のかたまりの中から、その声は聞こえてくるようだ。

彼はそこにいった。果たせるかな、雪穴があって、その底で女らしい影がもがいている。

「どうした？」

「きょう塩谷の牛あわせを見にいって、帰る途中、ここらあたりで夕暮れになって、つい落ちてしまったのです。それからいままで、いくらさけんでもだれも助けにきてくれず──凍え死しそう、早く、助けて！」

近郷の百姓の女房だろう、と、磯九郎は考えた。

「よし、いま助けてやる、待ってろ」

と、まわりを見まわしたが、適当なものがないので、かついできたてんびん棒の荷をはずして、その棒を穴の底へさしいれた。

「それに、すがりついて──いいか、もちあげるぞ──あっ」

悲鳴とともに磯九郎は、つんのめるように穴の中へおちていった。いきなり下からてんびん棒をつかんで、ひかれたのだ。

のみならず、落ちたところを、短刀らしいもので横腹を刺された。

「や、やりやがったな！」

苦鳴をあげながらも磯九郎は、その女とせまい穴の底で格闘し、相手をおさえつけた。

「てめえは、何者だ？　やい、答えねえと、このまま踏みつぶすぞ」

と、怒号した磯九郎は、さらに物凄い絶叫をあげた。そのとき背中から胸へ、一本の槍を刺し通されたのだ。

それは、そばの大木のかげから走り出た影のしわざであった。

「これ、お前、だいじょうぶか」

と、槍を突きたてたまま、きく。

しばらくして、穴の底から、

「どうやら、くたばったようだ。ああ、あぶないところだった。すんでのことに、こっちがおだぶつになるところだったよ。もう、あたしも血だらけだ。はやく上へあげておくれ」

と、いう声が聞こえた。

はじめて槍をぬき、あらためてさしいれたその槍にすがって上がってきたのは、たしかに女の影であった。

肩で息をしながら、穴をふりかえって、

「犬田小文吾でなかったのが残念だけれど」

と、つぶやいた。

「が、まあ、あいつの先まわりをして、息せききって走って、待ち伏せていた甲斐はあったというものよ」

と、一方、男の影は、路上に残っている金包みと反物の包みを見て、ニヤリとしたようだ。

やがて、その収穫物を背負った二人の影は、夜は冬といっていい寒月の下を、二羽のこうもりのように、山かげへ舞い消えていった。

九

翌日、塩谷村から小千谷に小文吾が帰ってから、前夜さきに帰ったはずの磯九郎がまだ帰っていないということが、はじめて判明し、大さわぎになった。

そして、山道を捜索して、例の雪穴から屍体（したい）が発見されたのは、夕方になってからであった。

「ああ、申しわけない。おれが牛をとりおさえたのが、磯九郎を死なせる羽目になったといえなくもない」

と、頭をかかえる小文吾に、

「あなたさまとは関係ございませんよ。あれほど酒を飲むなといったのに……磯の野郎が自分でまねいた災難でござんす」

と、次団太はいい、しかし首をひねった。

「それにしても、獣や鳥をとるための雪穴をつかって人を殺すとは……ただの賊じゃあねえな」

石亀屋の乾分が、磯九郎殺しの下手人を求めて八方ききこみをして歩いているようすを見ながら、しかし小文吾は数日動けずにいた。

他国者の自分がききこみに歩いてもどうしようもない、ということもあったが、それより肩と背の怖ろしい痛みに悩まされていたのだ。

原因はあの牛との格闘にちがいない。——その夜と、翌日くらいはべつに何でもなかったのに、三日目くらいからそのあたりの筋肉が板みたいになって、夜も眠られない始末になった。

次団太が心配して、医者を呼んだり、薬をぬってくれたりしたが、何のききめもない。

——と、七日目くらいの夕方だ。

石亀屋の奥座敷で、床の上に座ったまま、両手をついてうなっていた小文吾の耳に、遠くから三味線の音とともに、哀調をおびたひとつの唄が聞こえてきた。

ことはこまかによめねども

あらあらよみあげたてまつる
　夫にわかれ子にわかれ
　もとの信田へかえらんと
　心のうちに思えども……

　去年の暮れごろから、往来をながして歩くゴゼだということは、小文吾も知っていた。それは盲目ながら、三味線で唄を歌って門付けし、たのめばあんまなどもする北国特有の女芸人だ。

「ひとつ、あのひとをお呼びになって、あんまをしておもらいになったらいかがでしょうか」

　ちょうど、あんどんに灯をいれにきていた下女がいった。

「うむ。……」

「ほかのお客さままであんまをしてもらった方が何人かありますけれど、なかなかよくきくそうでございますよ」

「それでは呼んでもらおうか」

　しばらくして、そのゴゼは、下女に手をひかれてはいってきた。

　暗いあんどんのひかりで、よくまわらない首をわずかにまわして、小文吾はちらっと見たが、手に三味線と編み笠をかかえ、髪に手ぬぐいをかけ、眼に黒い布をかけた四十前後の女らしかった。

二、三、みじかいあいさつののち、背をむけた小文吾のうしろに両ひざたてて、ゴゼは肩をもみはじめた。

「ここが、コッておりますかえ？」

「そこじゃ、そこ。――」

その刹那（せつな）、左かいがら骨の下あたりに鋭い痛みを感じた小文吾は、猛然とふとい腕を背にまわし、女を前にひきずり出して、おさえつけた。

宙をつかむ女の両腕の一方には、短刀が一本ひかっていた。

小文吾は、片手でその短刀をもぎとり、女の眼帯をはずした。女の眼はとじられたままだ。

「うぬは何者だ？　何のうらみがあって――」

と、いいかけて、小文吾は驚きの声をあげていた。

「お前は、あの女――そうだ、船虫（ふなむし）という女じゃな？」

もし小文吾でなかったら、まったく無警戒にむけた背中から、一刺しのもとに心臓にとどめを刺されていたにちがいない。

が、短刀のきっさきが筋肉にふれた刹那に、それは鋼鉄と化してはねかえし、反射的に小文吾は女をねじふせていたのであった。

しかし、むろんいくらか血はながれたろう。――それも意識せず、小文吾は驚愕している。

そうだ。もう四、五年前のことになる。自分は武蔵で盗賊並四郎(なみしろう)なる者を討ち果たしたが、その妻であるこの女に罠をかけられようとした。自分はあやうくその罠をのがれ、この女のほうがとらえられたはずだが、あとできけば、この女もまた闇の手によって羽ばたき去ったという。

「その船虫が……越後のこんなところに現れようとは？」

十

――実はこの女が武蔵で消えてからこの越後にあらわれるまでの四、五年の間に、もういちど野州赤岩村にいまわしい登場ぶりを見せているのだが、このとき小文吾はそれを知らない。

「夫のかたき……夫のかたき！」

と、船虫はさけんだ。依然として眼はとじられている。

――この女は、ほんとうに盲目になったのか？

さわぎをききつけて、主人の次団太が、三、四人の乾分をつれて駈けつけてきた。

わけをきいて、「こいつ、とんでもねえアマだ」と彼らは怒りたち、荒なわで庭の立木にしばりつけた。

「殺さば殺せ」

船虫は身もだえして、さけびつづける。

「その男のため、私の夫は殺された。その上、私も殺せば、その男は夫婦ふたりとも殺すことになる。そのほうがキリがよかろう。さあ殺せ」

「何を、このめぎつね！」

乾分の一人が青竹でなぐりつけた。

「やい」

と、次団太が前に立ってどなりつけた。

「おめえをここにしばったのはな、大事なうちのお客さまに害をしかけたこともあるが、ほかにきいてえことがあるんだ。……ここの猟師に、酒転次（しゅてんじ）ってえ野郎がいる。こいつがでえぶ前から、おれのところの乾分にもなれねえやくざどもを集めて、猟を教えている。……と見えて、おれの見るところじゃあ、猟だけじゃねえ悪事を働いているらしいが、そこへ去年の秋ごろから、女がひとりまじった、という話だ。ひょっとしたら、それがおめえじゃあねえかえ？」

「知らないよ、そんなこと」

「こないだ、うちの磯九郎を殺したのは、酒転次一味じゃあねえのか？　雪穴に落として殺すってえやりくちが、猟師くさい！」

「めくらのあたしが、そんな仲間にはいるもんか」

と、船虫は首をふった。

「おめえ、ほんとうにめくらか？」

次団太はのぞきこんだ。

「めくらのおめえが、どうしてここに泊まってるのが夫のかたきの犬田小文吾さまだとわかったんだ」

「それは……塩谷村の角突き(つのつ)で、あばれ牛をねじ伏せたのが、石亀屋に泊まっている犬田小文吾という男だと評判をきいたからだよ」

次団太はちょっと言葉を失い、

「どれ」

と、しゃがみこんで、両手をのばして、とじられた船虫のまぶたをおしあけた。

夕闇の中に、両眼はまっ白く――銀のようなひかりをはなっているだけであった。

「ええ、何にしてもこのゴゼ、ただのアマじゃあねえ。少し痛い目にあわせたら何か吐くだろう。たたいてみろ」

かんしゃくを起こして立ちあがった次団太に代わり、二人の乾分が青竹をふるって船虫を乱打した。

「殺せ！　殺せ！」

船虫はさけびつつ、なわもひきちぎらんばかりにのたうちまわる。

うばざくらとはいえ、充分美しいだけに、それはいよいよ凄惨味(せいさんみ)を加え、小文吾は眼を

そむけて、やおら、

「おい、今夜はこれくらいではなしてやれ」

と、声をかけた。

「まあ、夫のかたきとおれを狙ったのは、見方によってはあっぱれともいえる。——」

「そうだ、竜神まかしにかけてやろう」

と、次団太が手を打った。

「竜神まかし？」

次団太は説明した。

この小千谷には、昔から慣習となっている私法がある。

ここから千曲川をわたり、十町ばかり離れた山のふもとに一つの庚申堂（こうしんどう）がある。もう何百年かを経た堂で、神像もなく朽ちはててはいるけれど、とにかく屋根はある建物だ。

さて、たしかに大悪事を犯していると思われるけれど、本人が白状せずまた証拠もない場合、そいつをそこへつれてゆき、しばって梁（はり）に五日間ぶら下げる。その間に白状すればよし、息絶えれば千曲川にながす。五日間、もし生きていれば、白状しなくても追い放す、というならわしだ。

それは惨酷な私刑だ、と小文吾は眉（まゆ）をひそめたが、しかしこの女はただの女ではない。何かかくしていることがある、という次団太の主張に同感するところもあったので、その「竜神まかし」にまかせることにした。

十一

その夜がふけてから石亀屋次団太の乾分（こぶん）は、さるぐつわをかませ、しばったままの女をかごになげこんで、山のふもとの庚申堂へ運んで、梁からつり下げた。昼間だけきて、糺明（きゅうめい）をつづけ、夜はひとりでほうっておくのがならいだ。

さるぐつわだけをはずし、どやどやと立ち去ってゆく男たちのたいまつを見送って、

「ちくしょう」

と、船虫は虚空でつぶやいた。

彼女はまさに見送った。闇黒の中に、その眼はひらいていた。

船虫はやっぱりにせめくらであったのだ。それにしても、あれほどの責め問いを受けても、ついに眼をひらかなかったこの女のしぶとさよ！　したたかさよ！

「いまに見ておれ、次団太……小文吾。……」

船虫は宙で必死にもがいたが、むろん何重にもうしろ手にくくりあげられたなわは、どうにもならない。たとえきれたとしても、足から床まで二間（けん）以上もある高さでは、落ちても無事とは思われない。

半分ひらいたままの扉や、板壁の破れから、十五夜前後の月光がさし、どうっと山から吹き下ろす風が、いたるところクモの巣をなびかせ、彼女自身の影をむこうの板壁に、ユ

ラユラとものの け のようにゆらめかす。

この私刑を「竜神まかし」と呼ぶのは、その宙吊りの姿を空にのたうつ竜に見たててのことかも知れない。

さしもの船虫も、恐怖と苦痛のために気を失った。

——と、どれほどの時がたったか、板のきしむ音に彼女は意識をとりもどした。手ぬぐいで首すじのあたりをふいている。

なかばひらいた扉の間から、縁側にだれか座っている背中が見えた。手ぬぐいで首すじのあたりをふいている。

どうやら前を通りかかった旅人が、夜の道でも汗をかいたと見えて、そこに腰を下ろしたところらしい。それだけで音をたてる朽ちた縁であった。

しばらくして、

「もしっ」

と、船虫は細い声で呼びかけた。

「旅のお方、どうぞ助けて下さいまし。……」

さすがに相手はぎょっとしてふりむいたが、やがて立って堂の中にはいってきた。大胆な男だ。歩いてきて、天井をふりあおぎ、板をもれるけぶりのような月光をすかして、

「こりゃなんだ?」

と、驚きの声を発した。

すぐにまわりを見まわし、彼女をつるすのに使ったはしごを見つけると、それを梁にた

てかけ、なわを切って、

「いったい、どうしたのだ？」

と、なお呆れた声できいた。

床に下ろされた船虫は、容易に立つことも座ることもできないありさまで、黒髪をみだし、両手をついて、ねじれた上半身だけをあげた姿で、

「竜神まかしの仕置きにかけられたのでございます。悪いことをして、白状しない人間を、白状するまでここに五日間つるすという、この土地の仕置き。……」

と、いった。

「でも、私は悪いことをしたおぼえはございません。……私は船虫というこの土地の女でございますが、さきごろ夫を失い、小千谷のはたごやに奉公していたのですけれど、そこの主人にいいよられ、それをおことわりした意趣がえしに、すずり箱の中にいれてあった粒銀一つがなくなったとぬれぎぬをきせられて、白状せよとうちたたかれたあげくのはてのこの竜神まかし。……」

「ほほう」

「いまあなたに助けていただかなかったら、私は息絶えていたにちがいありません。……」

見れば、顔だちととのった女で、こんな目にあうのが不当に無惨に見える。だれにしても、あんな刑罰は常識的にはゆるしがたいように思われる。

女はいった。

自分には一人、兄がある。しがない猟師だけれど、鉄砲の名人なので、ちかごろ弟子とも乾分ともつかない者が集まって二十人前後にもなったので、ここから半里ばかり離れたところにある無住の山寺を住まいとしている。

そこへ私は帰るつもりだが――あなたさまは今夜はどこにお泊まりのおつもりか。これから小千谷へゆかれたとて、いまごろ泊めてくれる宿などはない。いっそ兄のところへいっしょにゆかれぬか、改めてそこでお礼をしたい。――

そして立ちあがろうとしたが、歩けない。よろめいて、男にすがりついた。

「そうか、それではそこまでおれがおぶっていってやろう」

と、男はいった。

衣服は風雨にさらされていたが、若い、ひきしまった、精悍（せいかん）な顔をした侍で、男は船虫をかるがると背負い、女の口で案内させながら、月明の山道を半里、苦もなく歩いた。

十二

やがてたどりついた荒れ寺は、もう深夜なのに庫裡（くり）で酒でものんでいるらしい男たちのどよめきが聞こえた。

女の呼び声に、二、三人の男が出てきた。

「兄さん、あたしゃひどい目にあったよ！」

呼びかけられたひげだらけの巨漢は、キョトンとした顔をしていたが、女から、

「あたしゃあの石亀屋に竜神まかしにかけられて、あの庚申堂につるされていたところを、この旅のお侍さまにお助けいただいたのさ」

と、きいて、

「なに、石亀屋に？」

と、大きな声をあげた。

「兄の酒転次でございます」

と、船虫は紹介した。

くわしい話はあとでする、とにかくこのお方を奥座敷にお通しして、お酒でもさしあげておくれ、という船虫に、侍は、いやいや、自分は酒など飲みたくない、とにかく休ませてもらえれば結構だ、と、ことわり、やがて荒れはてた廊下を通って奥座敷へ案内された。

兄なんかではない。

酒転次は船虫の亭主だ。猟師で、かつ盗賊の首領であった。

おととし、籠山逸東太とともに赤岩村を逃げ出した船虫は、途中逸東太を色じかけで誘惑し、逸東太が眠っているあいだに所持金を奪って姿を消した。

逸東太は船虫の妖艶さにひかれて彼女をつれて逃げたのだが、この女が——実は二十余年前、彼が千葉家の次席家老で上役の相原胤度を謀殺したとき、横あいから千葉家の重宝、

名笛あらし山と、小笹、落葉の二名剣を奪われて、当惑のあまり千葉家を逐電したのだが、その下手人の一人がこの船虫だとは知らなかった。

彼のほうは知らなかったが、船虫のほうは知っていた。それで、いつそのことが籠山に知れるかわかったものではない、という不安から、またも彼に一杯くわせて姿を消したのだ。

そして越後にながれてきて、去年の秋、この近くの山の中を通行中、盗賊にあって犯され、金を奪われた。

が、その盗賊酒転次のほうが、船虫の底知れぬ性的魅力に心魂とろけて、以来彼女を女房とした。

かりにもいっとき剣豪赤岩一角の奥方であった女だが、もともとは武蔵の野盗の妻だった女だ。闇に生きる毒蝶として、このほうが性にあっているのかも知れない。

船虫はゴゼに化けて小千谷や近くの町や村を徘徊し、あんまや売色にかこつけて、金のありそうな家、金を持っていそうな旅人を物色し、酒転次に報告した。

先日、牛あわせから帰る石亀屋の磯九郎を殺害し、金を奪ったのは酒転次と船虫であった。

もっともあれは、闘牛見物にきていた小文吾を船虫が発見してはっとなり、その後小文吾のあとをつけ、ようすをうかがっていたからこそ可能となった犯罪であった。

そのときは直接小文吾に仕返しすることはできなかったが、きのう、はからずもその小文吾のあんまをする絶好の機会を得て、必殺の匕首で突きかけてみたが、ああいうなりゆきになった。

いま、庫裡のいろりのそばで、酒転次と二十人ばかりの乾分に、そのなりゆきを船虫は語り、

「それにどうやら石亀屋は、あの雪穴の一件はむろん、こっちが猟師ばかりやってるわけじゃないこともかぎつけたようだよ！」

みなどよめきたったのを酒転次が制して、

「いまさらさわぐねえ。そいつあ、おれもうすうす感づいてたんだ」

と、うなずき、

「心当たりがある。これから上州のほうへずらかろう。ただし、その前に石亀屋になぐりこみをかけて、おめえのかたきの犬田小文吾ってえ野郎もろとも、みな殺しにしてくれよう」

と、いった。

「承知か」

「合点だ」

と、乾分たちは声をそろえた。もう立ちかけたやつもある。

「ところで——」

と、酒転次は、変な表情になって、奥のほうをふりむいた。

「うっかり通してしまったが、いまのお侍の――もう寝たかのう――寝ておる部屋の奥に、槍や鉄砲がおいてある。あそこを通らなきゃ、そこへはゆけねえ」

盗賊用の刀、槍はもとより、鉄砲も、人目を警戒して、いちばん奥にそなえてあったのだ。

「ああ、とちったねえ」

黒猫を抱いた船虫が、虚をつかれた顔をした。

「あたしゃね、あのお侍を小千谷にやると、ひょっとしたら石亀屋に泊まりかねない。そこであたしを助けた話なんかされるとブチコワシになると考えて、ここへつれてきたんだけど、これはしくじったねえ」

「なに、なんならあいつも片づけてゆきやしょうか」

と、乾分の一人がいった。

「待て待て、早まるな、あれも、ともかく女房を助けてくれた人だ」

と、酒転次はとめ、

「あのお侍、なかなか強そうだ。ひとつあのお侍も味方にひきずりこんでやろうじゃねえか。とにかく相手の中にゃ、あの牛さえひねり倒すおっかねえやつがいる。侍を一人、助っ人にすりゃ、その分だけ心丈夫だ。おれが話してみる」

と、いって、一同を見まわし、

「話がうまくゆかなかったら、おれが眼で合図するから、そのときは殺っちまえ」

と、立ちあがった。

「ええ、お侍さん。――」

このあやしげな寺につれてこられて、平気な顔でいびきをたてていた旅の侍は、二、三度呼ばれて、夜具の上に起きなおった。

「せっかくよくお眠りのところを申しわけねえが、よんどころないご相談がありまして」

酒転次と船虫がはいってきた。

「さっき妹からおききになったでござんしょうが――妹が小千谷の石亀屋ってえはたごの亭主にあんな目にあわされやしてね。罪もねえのに、すんでのことで死ぬところだった。こうなりゃ、男の意地にかけて、石亀屋に遺恨をはらさずにゃいられねえといったところ、乾分一同合点してくれやしてね」

船虫はその座敷を通りぬけて、奥の部屋にはいっていった。

ついで乾分たちもどやどや闖入（ちんにゅう）してきて、半分は夜具をとりまくようにして座ったが、あと半分はやはり奥へはいってゆく。

「で、これから小千谷の石亀屋へなぐりこみをかけようってんで、申しわけねえが旦那にこのままお泊まりになっていただくわけにゃゆかなくなったんでさ」

「なるほど」

「ろくにお礼もしねえうちにこんなことになって心苦しいが……厚かましいついでに、もう一つおねがいがござりやす。こっちは鉄砲持ちだからまず心配（しんぺえ）はねえと思うが、むこうにゃ、犬田小文吾ってえ、相撲とりみてえな、やけに強い用心棒がついていやしてね。――」

「ふむ」

「旦那、のりかかった舟だと思って、ひとつ、義俠をもってこっちの助っ人になってくれませんかね？」

と、酒転次はいった。

こんなとんでもない相談をもちかけられても、侍はべつにあわてる風もなく、

「話はわかったが……そんなことをして、あとどうするつもりだ」

と、おちつきはらってきいた。

「へえ、あとは上州の知りあいをたよって、一同、わらじをはくつもりで――もしこっちの用心棒になっておくんなさるなら、ごいっしょでもいいが、お別れしたっていい。何にしても、もし承知しておくんなさるなら、失礼だが、前金というのも変だが、一つ凄い刀をさしあげてもいいと思ってるんですが」

船虫が二本の刀をかかえて出てきた。

その一本をとって、侍の前でぬいてみせる。

「昔、このちかくで狼のむれに襲われたご身分ある一行を鉄砲でお助けしたことがありやしてね。そのときにほうびとして頂戴したんでさ。二本、対になってるんで」

見いって、侍の眼が恍惚とした。

「そいつは小笹ってえ刀でね、刃のニエが雪をかぶった笹みてえに見えるんで。――」

まさに人間の魂を吸いこむような刀だ。

「それをさしあげてえ。そいつであばれてもらいてえ」

「助っ人、承知した」

と、侍はうなずいた。

「なに、妹御の話をきいたときから、世にはけしからぬやつもおるもの――と、その石亀屋とやらに義憤を感じていたんじゃ」

「ありがてえ！ それじゃ、そいつをどうぞもらっておくんなさい」

――気前がいいようだが、なに、石亀屋をみな殺しにしたあとは、この侍も片づけて刀はとりあげるつもりだ。

この間にも、乾分たちは奥から続々と刀や槍や鉄砲をかかえて、もう傍若無人に出てくる。

十三

盗賊酒転次の一党二十余人が、鞭声粛々としてうす霧のたつ千曲川をわたり、小千谷の石亀屋の前に殺到したのは夜明前のころであった。

往来に七人が銃の列をしき、いっせいに撃つ。

その直後にあとの連中が石亀屋に突入して、少なくとも次団太と小文吾の首級をあげる。目的を達したら、一同外へ駈け出し、追手を威嚇するため再度の一斉射撃をくらわせて、疾風のごとく去る――というのが、酒転次の兵法であった。

で、その兵法に従って、

「撃て！」

と、酒転次が命令を下し、銃隊が鉄砲を肩にあてた瞬間、その一列七人の首がいっせいに路上に落ちた。

一閃（いっせん）のもとに、七つの首の血を刀身にぬって、

「犬田小文吾――おぬしを狙う盗賊組が推参したぞ、出合え、盟友犬川荘助ここにありっ」

と、酒転次からもらった大刀をたかだかとかかげて、旅の侍はさけんだ。

酒転次をはじめ盗賊たちが仰天したことはいうまでもない。

混乱しつつ、狂気のごとく襲いかかってくる盗賊たちと犬川荘助は斬りむすんだ。

たちまちそこに、三人、五人と倒されたところへ、石亀屋の中から、巨大な嵐のように犬田小文吾が大刀ひっさげて躍り出てきた。

彼は動くこともかなわぬ肩や背の痛みに苦しんでいたはずだが――戦闘は、何よりの肩コリの妙薬と見える。

数瞬のうちにみな殺しになったのは、襲撃者のむれのほうであった。

二十いくつかの屍骸が散乱し、まだ血の霧のたちまよう往来で、犬田小文吾と犬川荘助は抱きあった。

――二人は、これまた四年前、荒芽山で別れたままであったのだ。

まず、手みじかに荘助が、この場に至ったてんまつを説明しかけ、

「しまった、あの女を逃がした！」

と、はじめて気がついて、まわりを見まわした。――たしか船虫も、黒猫を抱いていまの襲撃についてきていたはずだが、屍骸の中に見えない。どこにもその影がない。

「あの女とは？」

「船虫とかいう女賊じゃが」

これで小文吾が眼をむき出したことはいうまでもない。

夜があけて、役人たちがきた。

このあたりは上杉景春（かげはる）の領地で、ちかくの片貝（かたかい）というところにその支城があって、そこから出むいてきたのである。これには石亀屋次団太が応対して、事情を説明した。

ただちに酒転次たちの巣がとり調べられて、そこに先日磯九郎から奪った五反のちぢみその他、あきらかに盗賊の収穫とわかるおびただしい品々が発見されて、ことは一応結着した。

さて、あらためて石亀屋で、荘助と小文吾は語りあった。

荘助は——犬山道節と同行して甲州石和に至り、そこで彼だけが七犬士探しに回国して、越後の北のほうから小千谷にきたところであった。小文吾が船虫の旧悪を話すに及んで、荘助は、「しまった、あの宙づりからあの女を助けるのではなかった！」と、苦笑した。

「しかし、そのおかげで、おぬしはおれのところへひき寄せられたではないか」と小文吾は、相手の手をもういちど握りしめた。

いくら語りあっても、話はつきないが——甲州石和の指月院という寺に、丶大和尚と尼崎十一郎が待っている、と荘助が話し、とにかくそこへゆこう、と、二人が小千谷のはたごを立ちいでたのは、三日ばかりのちであった。

十四

——さて、犬川荘助、犬田小文吾は小千谷をあとにしたが、この盗賊退治は、あとに思いがけない方向へ余波を及ぼした。

酒転次一味の盗品はみんな役人の手で押収され、片貝の奉行所へ運ばれたが、その中に——酒転次の屍骸が握っていた刀が、たとえ盗品にしてもあまりにみごとなものであったので、刀好きの役人が片貝城の家老に見せ、家老の稲戸由光（いなのとよりみつ）が、えびらの大刀自（おおとじ）に献上した。

えびらの大刀自と呼ばれている人は、領主上杉景春の母で、以前からこの小千谷あたりの風物を好んで、よく片貝に遊びにきていたが、たまたまそのときもお城にいたのだ。

これが、その刀を見て、

「おう……これは千葉家の、落葉という名刀ではないかの」

と、いい出したのである。

というのは、彼女の娘——景春の妹——二人のうち、一人は武州大塚の城主大石家へ、一人は同じく武州石浜の城主千葉家へこしいれしていたので、大刀自もなんどか石浜城に招かれたことがあり、そのとき千葉家の秘宝というこの名刀を見せられたことがあったのだ。

「もう一つ、刀のニエが雪をかぶった笹に似ておるので小笹と呼ばれる刀と対になっているが、この落葉は、ぬいてうちふれば、まわりの木の葉がおちるときいた」

と、えびらの大刀自はいうのであった。

「それが、二十余年も昔になるか、ふとしたことで千葉家から失われたときいたが——これが、その落葉ではないかえ？　私はたしかにおぼえがある。この刀を、どうしてその盗賊が持っておったか？」

船虫から酒転次にわたったいきさつなど、わかりようがない。

で、家臣に庭で、その刀をふらせてみたが、べつに木の葉が落ちる形跡もない。

しかし大刀自は、どうしても見おぼえがあるといってきかない。

ところが、たまたまこのとき、その千葉家の奥方から大刀自への進物の用で、千葉家の重職の馬加灰七郎という者が片貝城にきていた。

「とにかくこれがほんものの落葉かどうか、はよう千葉家に持ち帰って調べてみや」

というわけで、馬加灰七郎が刀を奉じて、いそぎ武蔵へ帰ることになった。

――この馬加灰七郎が、千葉家の奸臣馬加大記の甥なのであった。暗愚な千葉自胤は、馬加大記が女田楽師あさけのに一家みな殺しになったあと、わざわざその甥の灰七郎を探し出して重職にとりたててやったのである。

これが馬鹿な男で、そんな用なら、それほど急ぐことでもあるまい、と勝手に判断して、信濃路の、ときは春、五人ばかりの供をつれて、物見遊山の気分で、途中諏訪湖見物に立ち寄り、大社に参詣したのはいいが、湖畔にならんだ二つのむしろ小屋の一つの前で、老乞食がしらみをとっているのを見て、とんでもないことを思いついた。

自分が奉持してゆく名刀のためし斬りをしてみたい、と考えたのである。

諏訪の湯の客や、大社の参詣人をあてにした乞食らしい。その上、見ていると、いざりのようでもある。――実はこの土地で、鎌倉いざりというあだ名のついた乞食であった。

生きていても、あまり意味のなさそうなやつ――と、灰七郎は無情なことを考えた。さいわい日は暮れかかって、湖畔にほかに人影はない。

で、桐箱におさめてあった刀をとり出し、その乞食のそばへ近づいて、この刀が名刀たるゆえんの確認を得てから主君にささげたい。いわば忠義のためし斬り、なんじはさきざき飢え死するより、いま名刀のひと打ちで命根たたれるを果報と思え、と勝手しごくな理屈をのべ、驚いて、悲鳴をあげてはいまわる老乞食を斬り殺した。

と——そのとき、血けむりにまじって、そばの白樺の葉が、雨のようにふった。

いかにもこの「落葉」は、人を斬ってはじめてまわりの木の葉をふらせるのであった！

するとそのとき、むこうからやってきたもう一人の乞食が、この人殺しの光景を見て、とぶように足をはやめたが、馬加灰七郎はそれにも気づかず、

「なるほど、これはふしぎの名刀、まさに落葉！」

と、夕の光にすかし、供の下郎たちも魂をぬかれてそれを仰いでいる。——

十五

実はこの落葉という刀が千葉家から消えたのには、彼の伯父馬加大記のあまりかんばしからぬ因縁があるのだが、灰七郎はそれも知らない。

「なに、落葉？」

駈けてきた乞食は、数歩のところで立ちすくんでつぶやいた。

尻っからげにゴザを背負い、手ぬぐいで頬かむりしていたが、顔は泥でまっくろだ。

これが、つかつかと寄ってきて、いきなり灰七郎の腕をつかんだ。

「何をいたす」

灰七郎はあわてて、ふりはなそうとしたが、乞食は無造作にその刀をひったくって、

「これが落葉か！」

と、つばからきっさきを見あげた。

「こやつ――乞食の分際で――千葉家の重職馬加灰七郎ともあろう者を――」

と、狂乱したように腰の刀をぬきかける灰七郎を、

「おう、千葉家の馬加とや。それならうぬは馬加大記の一族か。とんで火にいる夏の虫、地獄で大記のあとを追え！」

と、一撃のもとに、持った刀で斬り下げ、まっくろな顔からまっ白な歯をのぞかせて、うそぶいた。

「それに、これはおれの朋輩鎌倉いざりのかたきうちだ！」

仰天しつつも、供の下郎は、いっせいに抜刀して斬りかかる。二人、三人、と、みるまに斬りたおされる乱闘の頭上から、春というのに白樺の葉がつむじ風に吹かれるように散った。

と、さっきその乞食がきたのとは反対の方角からやってきた二人の深編み笠の武士が、この湖畔に影絵のように躍る闘争と、それに舞う落葉を、首をひねって見ていたが、すぐに疾風のように駈けてきた。

「待てっ」

と、走りながらその一人がさけんだが、そのとき乞食は、下郎すべてを斬りたおして、

暮色につつまれたみぎわを鳥のように駈けている。

そのすばらしい脚力に、及ばぬと知って——深編み笠の一人が、首のあたりからひものようなものをひき出し、何やらひきちぎって、ビューッと投げつけた。

それは逃げてゆく乞食の右のひじあたりに命中した。

「あっ」

思わず、ひっさげていた刀を放り出し、乞食はザザザと右へよろめいていって、水けぶりをあげてたおれた。

深編み笠は追いすがった。

そして、水中からはね起きた乞食の前に、その一人が抜刀して立ちふさがった。

「怪しきやつ、お前は何者だ？」

「何を——こい！」

と、相手はまけず、さざ波の中につっ立って、両腕をひろげた。

顔じゅうの泥と頰かぶりの手ぬぐいが水にながれ落ちて、夕の光の中に、驚くべく美しい顔があらわれていた。

「おおっ、あさけのではないか？」

あとになっていた大柄の深編み笠が、驚愕のさけびをあげた。

乞食は妙な表情をそっちにむけて、

「おれの名を知っておるとは——お前はだれだ？」

「犬田小文吾じゃ」

と、深編み笠をぬぎ、仲間にむかって、

「荘助、待て——それはおれの知人、あさけのという女人じゃ」

「なに、女？」

犬川荘助は眼をむいて、あらためてその乞食を見まもった。まさしく女にもめずらしいその美貌が苦笑した。

「あさけのはやめてくれ。おれは犬坂毛野という男だ」

「ああ、犬坂毛野……毛野どのの話は、小文吾からきいておる！」

と、荘助はさけんだが、ふいにあたりの地上を見まわして、砂の中から小さな一個の物体をひろいあげた。さっき乞食に投げたおまもり袋であった。

おまもり袋をあけて、中のものの安否をたしかめる。それを珠と見て、

「その珠は？」

毛野は眼を見ひらいて、

「それとおなじ珠を、おれも持っておる！」

と、身体のどこからか、一個の珠をとり出した。

小文吾は受けとって、湖の水光にすかし見て、

「智！」

と、さけんだ。

「では……では……では」

犬田小文吾は大きな息を吐いて、

「毛野……お前は、身体のどこかに、牡丹（ぼたん）のようなあざはないか？」

「あざ？　べつに――」

と、右のひじを痛そうにおさえ、その腕をまげて、のばして、

「やあ、ここにあざができておる！」

と、さけんだ。

小文吾と荘助はのぞきこんで、

「おう、牡丹のあざじゃ！」

と、うめいた。

やおら小文吾はしげしげと犬坂毛野をながめて、

「おぬしは犬士だ。この前おれはおぬしに助けられたが、あれは犬士の宿縁であったのだなあ。……」

と、感動の吐息をついた。

「犬士とは何だ」

「われわれは宿縁に結ばれた聖なる犬士なのだ」

と、荘助はくりかえし、さっき毛野が馬加主従を斬りすてたあたりを見て、

「や、あそこでさわいでおる。あちらで話そう」

と、湖からすこし離れた林のほうを指さした。

十六

やがて、暗い空気にかんばしいかおりのみちている林の中の倒木に腰を下ろし、木の間がくれに水光ただよう湖を見わたしながら、三人は語りあった。

まず小文吾が、珠とあざと、犬士の由来や、毛野と別れてからの自分のことを。――つづいて荘助が、自分やほかの犬士たちのことを。

「そうであったか。私の珠は……私が足柄（あしがら）の山中で生まれた夜、突然、屋根をつき破って落ちてきたものという。母の話では、あとで見ると屋根や軒下に鉄の破片のようなものがあって、世にいう隕石（いんせき）のたぐいではあるまいか、とのことであったが」

しげしげと、その「智」の珠をのぞきこみながら毛野がいう。

そしてまた彼は、三年前、小文吾と隅田川で別れてから、乗っとった舟を羽田（はねだ）につけ、ふるさとの足柄に帰って一年ばかり、猿、いのししを相手に剣法の修行をしていたが、やがてまたそこを出て、諸国を漂泊した。父を直接手にかけたかたき籠山逸東太（こみやまいっとうた）を探すためである。

と、この春、ふとこの諏訪湖の近くに籠山村という村があることを知り、ひょっとしたら、と、やってきて調べてみると、はたせるかなそこが籠山逸東太の故郷であった。しかも、数年にいちどは彼がここに帰ることも判明した。そこで乞食に身をやつして、逸東太とめぐりあう日を待っていたのだ、と、いった。

「土地の人に、あだなを相模小僧と呼ばれてね。あそこに乞食小屋が二つあったろう。一つはさっき殺された鎌倉いざりという爺さんのものだが、もう一つのがおれだ」

と、毛野は一笑した。

「その朋輩の鎌倉いざりを無法に殺した男が、刀をかざして、これはふしぎな名刀、まさに落葉、とつぶやいたのを、おれはききとがめ、さらにきゃつが馬加一族の者だと知って天誅を下した」

毛野は、水中からひろってきた名剣「落葉」を、ひざの上でぬぐいながらいう。

「なんとなれば、落葉と小笹という刀は、父が古河公方に献上しようとして、途中父が殺されたとき奪われた刀だからだ」

「なに、小笹？」

と、荘助がいって、腰の刀を、鞘のまま、ぬき出した。

彼は、さきごろその刀を盗賊酒転次からもらうとき、酒転次が得意そうに、たしか小笹といったのが耳に残っていたのだ。

小文吾が火打ち石で懐紙に火をつけた。

めらっともえあがる炎に、毛野はその刃をすかしてみて、

「おおっ、話に小笹には、雪をかぶった笹のようなニエがあるのでそう名づけられたとき

いておるが、たしかにこれにはそんな二エがある！」

と、さけんだ。

荘助は、その刀は、石亀屋を襲撃する前、盗賊酒転次からもらったことをいい、しばらく考えていたが、たしかそのとき酒転次は、もう一本、対になっている刀を見せた。それがその落葉であったにちがいない、といった。

ついで小文吾が、では酒転次のその刀が片貝の役人の手にはいり、それがいかにしてか千葉の馬加という侍の手に移ったのだろう、という推測をもち出したが、むろんくわしいいきさつは判明せず、ましてやその二本の名刀がどうして越後の盗賊のもとにあったか、ということは想像を絶した。

「では、これはおぬしのもの」

と、荘助は笑って、小笹を毛野に返そうとした。

毛野はそれをおし返し、

「われら宿命の同志である以上、おぬしの手にあるのはおれの手にあると同じこと。――いわんやおれの手には落葉がある」

と、受けとらなかった。

「それより欲しいのは、怨敵籠山逸東太の首だ！」

さて、それから荘助が、甲州石和の指月院という寺で、珠集めの総元締たる、大和尚が待っている、われら二人はそこへゆこうとしていたところだ、といい、毛野にも同行をすすめた。

毛野は、それは了解したが、自分はどうしても籠山を討ちたい、と主張した。

荘助と小文吾は、それではいつ貴公が、大和尚のもとへゆけるかわからない。いまは一日もはやく指月院にゆき、そのあと貴公のかたき討ちに自分たちも助勢しよう、といった。

結局毛野は説得されて、三人は春の信濃路を旅しつづけたが、石和まであと二十里という、甲斐との国ざかい青柳の宿場に泊まったとき、一夜あけると忽然と毛野の姿は消え、障子にけし炭でかいた文字が残っていた。

めぐりあう甲斐ありとても信濃路に
なおわかれゆく山川の水

ともあれ——彼らの中には、まだおたがいに相見ぬ者があったとはいえ、八犬士は、八犬士としてここにすべて出現したのである。すなわち、

孝の珠を持つ犬塚信乃。
義の珠を持つ犬川荘助。
忠の珠を持つ犬山道節。
信の珠を持つ犬飼現八。

悌の珠を持つ犬田小文吾。
礼の珠を持つ犬村大角。
智の珠を持つ犬坂毛野。
仁の珠を持つ犬江親兵衛。

ただしかし、このうち犬江親兵衛は、出現したとはいうものの、怪馬青海波とともに異次元の世界へ運び去られたように思われる。また、たとえ出現したとしても、まだ十にも及ばぬ幼童にすぎない。——

このとし、天下は依然麻のごとく乱れている中に、遠く都では将軍義政が銀閣寺という幻のように美しい寺を作ったと聞こえた。すべてが、超現実の地上であった。

実の世界　神田同朋町

一

「――どうだろう？」

と、馬琴はうつむいたまま、上眼づかいにいった。――以前とちがって、少し自信がないような顔つきである。

北斎は黙っている。何か、ほかのことを考えているようでもある。やおら、

「参った！」

と、ひざをたたいた。

「あんたの人の悪いことは承知していたが、これほどとは思わなかった」

「何が？」

「申しわけないが、曲亭さん、おいら、あんたの思いつきに感心する一方で、どこか馬鹿にしているところもあったのさ。しかし、これほど人の悪い思いつきの小説をかくとは、

いやはや、おそれいった」

「だから、何がよ？」

「以前からうすうす感じちゃいたんだが……こんどの小文吾の牛退治ではっきり気がついた。あんた、わざとけだものを登場させてるね」

「ははあ、わかったか」

「そもそもが犬の物語だが、その発端にたまずさの怨霊をつたえるたぬきがおった。それから神馬青海波がおる。赤岩一角の猫が出てくる。浜路姫とやらをさらった大わし、小文吾が退治したいのししと牛。……この前、猫は感心せんと悪口をいったが、あんたの意図がやっとわかったいま、あれをひっこめる」

「ふんふん。……しかし、それが……私が人が悪いとは何のことだ？」

「これらのけだものが、たんなる点景じゃない。人間同様、物語自体になくてはならん役者になっておる。……あんたはこの八犬伝で、人獣混合の大曼陀羅をえがこうとしてるのじゃないかね！」

　馬琴はキョトンとした表情になった。

　――小説の上では「深謀家」といっていい彼は、作中にわずらわしいほどの寓意やからくりを封じこむ。一方、講釈好きな彼は、その寓意やからくりをあとで読者に明かしたり、殿村篠斎や鈴木牧之などのファンに説明したりすることをいとわなかったが、それでも結果として半永久的に秘したままになったモチーフもあった。

たとえば八犬伝の中の、犬塚信乃、犬坂毛野の二人がなぜ女装で出現するか、という点についてだが、これが仏教の「文殊八大童子」の中の二人が少女であるということにもとづいているのだ、と、はじめて解明されたのは、実に百数十年後の昭和五十五年、高田衛氏によってであった。

しかし、動物総登場の意味については。――

「北斎老、そりゃお前さんの考えすぎだ」

にが笑いして、馬琴はいった。

「私は水滸伝を日本化しようと思い、それにしても豪傑が百八人では多すぎるな、と首をひねっておるところへ、ふっと犬がふつう七、八匹の子を生むことから八犬士を着想し、犬を出した以上、猫も馬も牛も出してやろう、という気になっただけだよ」

「へえ?」

北斎は興ざめした表情をした。

「なんだ、それだけのことかい。こりゃあんたを少々買いかぶったか、あはは」

「それで、どうなんだ、面白くないのか」

「いや、面白い。ほかの作者のものにくらべりゃだんちがいだ」

しかし、北斎は首をかしげた。

「ただね、ありていにいうと、八犬士が出現するまでのほうが、話にいろいろと新工夫があったような気がするが。……」

馬琴は、不安の雲を指摘されたような顔になった。北斎はいう。

「そうそう、いつかおいら、第一集の最初の口絵に女装で出た犬坂毛野が十四年目に登場したので驚いたといったが……いまごろ、妙なことをきくが、曲亭さん、あんた八犬士が出現したあとのことも、最初から考えてあったのかね？」

「そりゃ、まあ、だいたいはな」

といったが、馬琴はいささか狼狽した態であった。

実のところ、よく考えていなかったのである。

いかにも八犬士出現までは、異常なほどの情熱をもって構想をめぐらした。——いま北斎がいった開巻劈頭のさし絵に、八人つながった童犬士を、ヽ大和尚が大手をひろげてつかまえようとする図をかかせ、それに「八犬士あげまきのとき隠れあそびの図」という説明をつけた。あげまきとは幼童のことであり、隠れあそびとはかくれんぼうのことだ。

この絵と説明を見て、京伝が、「これは子をとろ子とろ遊びであって、かくれんぼうの絵ではないではないか」と評したといううわさをきいたが、馬琴があえてそれをしたのは、子供がつながった子をとろ子とろのほうが絵がらとしてまとめやすいという理由のほかに、関八州の大地にかくれんぼうのようにかくれている八犬士を、ヽ大和尚が子をとろ子とろのように探し出そうとする八犬伝の根本の構想を暗示したものであったのだ。

で、みずからの宿命を知らない犬士たちが、はからずも八文字の珠と牡丹のあざを得て、つぎつぎに神秘的な出現を見せる過程までは、それこそ子供のような熱意をもって想をめぐらしたのだが。——

さて、そのあとは？

「いや、これでも相当に考えたつもりだが……お前さんはそう感じたか。実は、大詰めは考えてある。が、八犬士出現のあと、そこへゆくまでのだんどりに苦心しておる。もっと思案をめぐらすつもりだったのだが、この前きかせた分のあと、病気したし、それになにしろ、俗用や雑事が多くてな。……」

馬琴はちょっと顔をしかめた。

二

天保三年九月末の夕方だ。

神田同朋町の馬琴の書斎であった。相も変わらぬ本の山の中だが、こんど北斎がきて、新しく眼についた変化は、部屋の隅の小机の上に鳥かごがあって、その中で三羽のカナリヤが鳴きしきっていることであった。

この前北斎が、八犬士出現完了までの話をきいたのは文政八年九月のことだから、ちょうど七年たったことになる。馬琴は六十六、北斎は七十四になっていた。

その間、「八犬伝」の進行は以前にくらべておちている。病気や雑事俗用のせいもあるが、実は馬琴は、あのときの芝居小屋での鶴屋南北との「奈落問答」以後、相当長期にわたって筆をとる意欲を失ったのである。このことはだれにもいわないが、闇の中で南北から、「あなたの小説はツジツマ合わせだけだ」と笑われたことに、意外なほど打ちのめされたのであった。

「お、病気や俗用といえば……俗用といっちゃ悪いが、重信がいよいよいけねえらしい」

と、北斎が思い出したようにいう。

「ほほう。……ずいぶん、ながわずらいだったが……」

「二、三日前、町で孫と逢ったとき、そういってた。おふくろも労咳がうつって寝てるそうだ」

おふくろとは、柳川重信の妻になっている北斎の娘のことだろう。

「お前さん、いってやらんのか」

「そのうちいってやろうとは思ってるんだが……しかし、ここんところ、ばかに忙しくってね」

そのくせ、べつに用もないのにぶらりとここを訪れている始末だが。――

「こんどは富嶽百景ってえやつを出すつもりなんだ」

この前の北斎の「富嶽三十六景」にはうなりを発したものだが――いま、何とも応答しかねている馬琴に、北斎はまた別のことをいい出した。

「そうそう、お前さん、先月、小塚っ原でお仕置きを受けた鼠小僧って知ってるかい」

「ああ、知っておる」

知っているどころではない。日記は家事の記録が大半で、世上のことといえば火事洪水のことくらいしか記さない彼が、めずらしく八月十九日の項に、「当五月上旬、召しとられ候夜盗鼠小僧次郎吉、今日刑罪、江戸市中引きまわされ候につき、処々見物群衆のよし」とかきとどめたくらいだ。

「あれがね、ほら――中村座に四谷怪談を見にいったとき、奈落へつれてってくれた木戸番があったろ、あの和泉屋次郎吉ってえ男らしいぜ」

「へえっ？」

これには馬琴も眼をまるくした。

「あの男が、鼠小僧」

「それがさ、浜町の松平何とかいうお大名のお屋敷にしのびこんだときつかまったのだが、それまでに荒らした大名屋敷が百何十軒か、あのときたしか、おやじ以来の中村座の木戸番だとかいってたっけが、あれ以前から家をとび出して泥棒をやってたらしいね。それがたまたま、あのころ舞いもどって木戸番をやってたらしい」

「ふうむ。……」

「で、この夏お仕置きになったんだが、可笑しいことに、大名屋敷ばかり荒らしたってんで妙な人気が出てよ。回向院の墓にゃ毎日何十人かの人間がおしかけて、線香の煙で一帯けぶってる始末だっていうぜ」

「ほほう。……」

「あんたなんか、まあ当代の人気者だが、死んだってとうていそんなことになりそうにないね」

北斎は笑った。

「なんでも、鼠小僧は大名屋敷からかっぱらった金を貧乏人にばらまいてた……なんてうわさまで立ってよ、実際はそんなことは大嘘の嘘っぱちだが、ひょっとしたら、この虚が実となって、のちのちまで伝わるかも知れないぜ」

「…………」

「だいたいこの世はすべて、何が虚で何が実だかわかったもんじゃない。ま、自分と、自分のやることだけが実で、他人と、他人のやることはみんな虚だと思ってりゃ迷うことはないよ」

――鼠小僧が中村座の木戸番であったことは、三田村鳶魚（みたむらえんぎょ）の「鼠小僧次郎吉」にも明記してある。

「中村座といえば、あのとき奈落であんた南北にひどくひっかかれたが、その南北も死んじまったなあ。……」

と、北斎は感慨ぶかげにいった。

鶴屋南北はあれから四年ばかりのち――文政十二年の初冬に死んだ。葬式で彼のあいさつが代読されたというが、それは、

「略儀ながら、狭（せも）うはござりますれど、棺の内より頭をうなだれ、手足をちぢめ、おん礼

申しあげたてまつりまする。まずは私存生の間、ながながごひいきになし下されましたる段、飛び去りましたる心魂に徹し、いかばかりかありがたい冷汗に存じたてまつりまする。さて私事もとより老衰に及びますれば、みなみなさまのごきげんをもそこなわぬうち、はよう冥土へおもむけと、これまでたびたび仏菩薩の霊夢をこうむりますれど、さすがは凡夫のあさましさに、たってご辞退つかまつりますれど、定業はもだしがたく、是非なくかの地へおもむきますれば、まことにこれがこの世のおなごり。……」

云々という、人をくったものであったという。

自分にはとうていそんな洒落っ気のある死にかたはできそうにない、と考えながら馬琴がきく。

「南北はいくつで死んだっけなあ」

「たしか七十五だったときいた。四谷怪談がどれだけの芝居か知らないが、とにかくあれだけのものをかいたのが七十一のときだときいて、おいら感心したが、なに、こっちもかれこれ南北の死んだ年にならあな」

首をひねって、

「去年、十辺舎さんが死んだし、あんたも感心してた日本外史の頼山陽ってえ人も、こないだ京都で亡くなったというし。……」

馬琴は相手をつくづくながめやって、

「しかし、それにつけても、お前さんは丈夫だね」

「曲亭さんも丈夫じゃないか」
「私はお前さんより八つ若いんだが……このごろ、しみじみ老いを感じる」
「何をいう、八犬伝はつづいてるじゃないか」
「いや、こんなものはやめてもいいんだ。実はこの家に移る前……ここで宗伯(そうはく)に医者をやらせ、こっちは小説は一切やめる。あとは庭木の手入れと読書、せいぜい随筆をかく程度の暮らしをしたいと思ってたんだが……宗伯があんな始末で、やむなく仕事をつづけているだけだ」

息子の宗伯はことし三十六になるが、もう医者はやっていない。いや、はじめからほとんど商売にならなかったのである。

ひどい病身のためで、いまはただ丸薬づくりと、馬琴の原稿の校正の手伝いで日を過ごしていることは北斎も知っている。——さっき、赤とんぼのむれとぶ庭先で、おふくろのお百(ひゃく)、妻のお路(みち)、姉むこの清右衛門(せいえもん)、下女たちと炭団(たどん)をまるめている姿をちらっと見かけた。

その庭のほうから、お百のかん高い声がした。

「ああ、じゃまっけだ。日のくれないうちに片づけてしまわなきゃならないってのに——太郎、おつぎ、ホラホラ、おじいちゃんのところへいって、カナリヤでも見せておもらい」

お百が孫を叱っているらしい。

これをとめている宗伯の声がきこえたが、それにまたお百が、

「ああ、北斎さんならいいんだ」

と、おっかぶせていう。

「なにさ、みんなまっくろになって働いてるってえのに、じじい二人、半日も茶のみ話してさ。孫をあやしながらしゃべってりゃいいじゃないか。お路、つれておゆき」

三

「ほほっ」

北斎は腰を浮かせた。

「あの婆さんにゃかなわない。炭団をぶっつけられないうちに退散するとしよう」

「おい、きょうは絵をかいてくれんのか?」

「絵?」

「いつもさし絵を、二、三枚かいてくれるじゃないか。……お前さんの絵で、私は元気が出るんだ。たのむ、かいてってくれ」

馬琴の眼は、この人物にしては珍しく哀願のひかりを浮かべていた。

「それじゃ、走りがきだが」

と、北斎は紙たばと筆をとった。かきながら、

「あんた、ときには孫のめんどうを見るのかね」

と、きいた。馬琴は苦笑して、

「それがな、お百のせりふでも、私たちは仕事をしながら孫の面倒を見ている、ときにはおじいさんも見てくれというんだが、女の仕事はたいてい孫をあやしながらでもできることだ。……こっちはその間何ひとつできん、考えごとさえできん、ということを、なんどいってもすぐ忘れるらしい」

「あはは、だからいつか、おいらも孫なんかそばにいちゃ絵がかけんといったろうが」

そこへ、ふすまをひらいて、嫁のお路が二人の子供の手をひいてあらわれた。上が五つくらいの男の子で、下が三つくらいの女の子であった。

「カナリヤ！　カナリヤ！」

男の子はすぐに部屋の隅の鳥かごのほうへかけてゆく。足もとから本が二、三冊けとばされる。

女の子もそのあとを追おうとしたが、途中で気が変わったとみえて、「おじいちゃん！」といいながら、馬琴のひざの上にとびのり、小さいお尻をチョコナンとおとした。

「では、おねがいします」

と、お路はちょっと頭をさげて、ふすまをしめて、忙しそうに立ち去った。

「なかなか器量よしじゃないか」

と、筆を使いながら北斎がいう。

むろん、初対面ではない。数年おきに飄然とあらわれる北斎は、五年ばかり前に滝沢家に嫁いできたお路にはもう何度か逢っている。——道ゆく人がみなふりかえるほどの美人ではないけれど、尋常な眼鼻立ちで、少なくとも馬琴の娘たちよりだいぶたちまさって見えるお路であった。

「器量はともかく、どうも無愛想でいかん」

と、馬琴がいった。

「もっとも、身体だけは丈夫だ。宗伯はあの通り半病人のていたらくなのに、嫁からはごらんのようにもう二人も子供が生まれとる。私にはふしぎでならんのだが、これはたねのせいじゃなく畑がいいのだ。畑がいいので、たまたまのこぼれだねでもうまく生えてくるのだろうと見ておるが」

これには北斎もゲラゲラ笑い出した。

馬琴はあまり諧謔を弄しない。まったくそのほうに不感症かというとそうでもなく、げんに八犬伝中にもたまにそれを使おうとしているのだが、何とも不器用で、それがかえって可笑しいくらいだ。

この場合だって、あまりうまい諧謔とはいえないが、内容が笑いごとでない悲喜劇的事実をふくんでいるので、やっぱり可笑しかった。

「しかしまあ、よくこんな家へお嫁にきたもんだ」

「なんだと？」

気色ばむ馬琴に、

「さ」

北斎は紙たばをさし出した。

毒婦船虫が竜神まかしの刑に処せられて、クモの巣の中に宙づりにされている絵だ。墨一色の走りがきなのに、からす蛇のようにのたうつ船虫の凄絶さはもとより、そのクモの糸が月光にひかってゆれている感じまでがまざまざと活写されている。

「一枚だけかね」

不満そうな顔をした馬琴は、ふいに、

「こら！」

と、さけんで立ちあがった。——孫娘がひざからころがり落ちて、わっと泣き出した。カナリヤが一羽、バタバタと部屋の中をとびめぐりはじめた。孫の太郎が、鳥かごの戸をあけて手をつっこんでいるうち逃げ出したのだ。

「そら、そっちへいった！　北斎老、つかまえてくれ、にぎりつぶしちゃいかんぞ、それそれ！」

北斎がうしろの本の山にとまったカナリヤをやっとつかまえると、座敷で立ち泳ぎしていた馬琴は吐息をつき、ふりむいて太郎を叱りかけたが、すぐ思いなおしたらしく、

「これ、太郎、もうかごの戸をあけちゃいけないよ」

と、さとした。

しかし、太郎もわっと泣き出した。

北斎はカナリヤを馬琴にわたして、

「ま、このガキというやつが家庭の俗用雑事の最たるもんだな。——泣くな、泣くな、もういい」

と、二人の幼児の頭をなでながら、

「あんた、きょうはめずらしく、何だかちっとおくたびれのようだが、くたびれるならせめて八犬伝が終わってからにしてくんな。曲亭さんなんかまだお若いじゃないか。おいらなんか七十半ばになって、はじめて万象の骨格をつかんだような気がしてるんだ」

一息おいて、

「まだまだ若僧の広重（ひろしげ）なんかにまけちゃいられねえ」

と、骨ばった肩をゆすり、ひとりごとのようにつぶやいて、部屋を出ていった。

——このごろめきめきと売り出してきた風景画家の安藤広重のことらしい。

見送りもせず馬琴は、こんどは鳥かごを自分の机の上におき、二人の孫を相手に、カナリヤについての話をしてやりはじめた。——本気である。

お百やお路は、いいかげんに子供をあしらいつつ自分の仕事をやっているようだが、馬琴は本気で孫のお相手をする。そうせずにはいられないのである。また女たちは、子供がどんなにあぶないことをしていようと平気なようだが、馬琴は子供が筆をとっても文鎮をつかんでも、「それはいけない、これはあぶない」と気をもみたてる。だから、あとでひどく疲れる。

いま北斎が、何だかちっとおくたびれのようだが、といったが、馬琴自身、このごろだいぶ疲労をおぼえている。

べつにこれといった病気の自覚ではなく、さまざまな俗用雑事でたまった疲労が、ここにきてジンワリとにじみ出てきたような気がする。

彼は決して、常時、清閑の中で執筆していたわけではない。いままで作者が紹介した家庭における馬琴のスナップは、外部から見たうわつらでの点綴（てんてつ）風景にすぎない。

それどころか。——

原稿の執筆以外にも、彼は奮闘していた。——いまさらのことではない。以前からのことだが、この神田同朋町にきたころから、いっそうそのたたかいは息つぐひまもない感があった。

じっと書斎に座ったままの生活は変わらないのに、彼の「敵」は多かった。彼自身は静けさを求めているつもりなのに、争う相手は四周にむらがっていた。

四

——第一に彼は、じぶんの収入の大半を供給してくれる出版元としょっちゅう喧嘩していた。

悶着の原因のいちばんひんぱんなのは校正の問題だ。

馬琴がかいてフリガナをつけた草稿を版元が持っていって、版木師に彫らせて刷る。刷りあがったものを馬琴が朱で校正する。それを彫りなおし、刷りなおしたものを、また馬琴が校正する。これは版元にまかせておけない。

それでもまだ誤写誤脱を発見する。――彼はなげく。「書を校するは、風葉と塵埃に異ならず。したがって払いぬれば、したがってまたこれあり」

この時代、たいていの作者は再校くらいでまあまあと黙認するのだが、馬琴だけは、自分で四校くらいやらないと承知しない。本屋のほうで、

「それでは売り出しの間にあいません。どうぞこのへんでお目こぼしを」

と、哀願しても、

「そんなことは私の知ったことではない」

と、手きびしくはねつける。――校正怖るべし、という言葉が後世にもあるが、この場合「馬琴の校正怖るべし」と心胆をちぢめたのは版元のほうであったかも知れない。

極端にいえば、馬琴は小説そのものより、その校正にささげる労力と時間のほうが多い、といっていいほどであった。

むろん、出版元に対していいばっている。いや、彼としてはいばっているつもりなど全然ない。ただ、尋常に応対しているつもりなのである。

まだ京伝が生きているころから、京伝が、

「版元は親里（おやざと）なり、読んで下さるお方さまは婿君（むこぎみ）なり、貸本屋さまはお媒人（なこうど）なり。……」
といったのをきいて、馬琴は、卑屈にもほどがあると慨嘆した。
貸本屋とは、後世のものとちがって、版元から直接仕入れ、背に負っておとくいのところをまんべんなくまわる商売で、当時の書籍の普及は、直接本屋から求めるよりほとんどこの貸本屋によったから、京伝はこういうお世辞をいったのである。

　売り出しの時期に間に合わなくても作者の知ったことではない、と、横をむいたことはあるけれど、しかし彼はいったんある版元と契約を結んだ以上、執筆がおくれて本屋に迷惑をかけたり、売れゆき不振で損害をかけたりしないのが作家の義務だとして、契約通りに実行した。少なくとも実行しようとした。それと同じ誠実さを版元にも要求したにすぎない。

　稿料にうるさいことはいうまでもないが、しかし一方で彼は、ほかの多くの作家とちがって決して稿料の前借りなどせず、それどころか、本の売れゆきがいいからと、本屋がべつに謝礼を持参したりすると、それは無用だとことわる人物であった。まったく正当なのにかかわらず、つき合いにくいことおびただしい。

　そもそも八犬伝は、最初馬琴は、「弓張月（ゆみはりづき）」を出した版元「平林堂」から出すつもりでいたのだが、馬琴がこれは十年かかるといったところ、平林堂の老主人がそれでは私の生きているうちには間にあわないと辞退したので、「山青堂」という本屋から出されたのだが、それが途中「涌泉堂（ようせんどう）」「文渓堂（ぶんけいどう）」と版元が変わっている。

それどころか、犬村大角が出現するあたりまでの版木は、馬琴に無断で、大坂の本屋に売られてしまった。——著作権などというものは存在しないのだから、それを作者はどうすることもできない時代であったのだ。

馬琴は、「八犬伝」の物語の間に、ときどき「回外剰筆」などと称して随時感想をのべることがあったが、その中で、「八犬伝」の前半分の増刷はそれ以後大坂から出ることになったという事態について、こちらの読者は「江戸の花を失いぬとて嗟嘆しけるもありきと聞きにき」とのべている。

彼が「江戸の花」と誇るのみならず、「八犬伝」の世評はいよいよ高いのにこの始末となったのは、彼自身は殿村篠斎宛に、「とにかく利にのみさかしき版元たましい、嘆息のほかこれなく候」などとかいているけれど、それより版元のほうで馬琴とのやりとりに音をあげたというのがほんとうだろう。

——さて、北斎が訪れる数日前のこと、ある本屋がきて、馬琴が大々的に合巻物をかいてもいいといっているといううわさをきいたが、もしそれがほんとうなら、是非うちでやらせてもらいたい、といった。

合巻とは少し長い草双紙だ。絵が主体で、作家としては筋はめちゃくちゃでも、とにかく絵になりそうな場面だけをつないでゆけばいい、後世の「劇画」同様、まったく女子供相手のものだが、このほうがへたな読本よりよく売れるのである。だから、このごろある訪問客に、

「合巻物なら、月に二作でも三作でもかける。読本となると、寿命にさわるほど苦労してもそれほどの収入(みいり)にならない。いっそ私もこれから合巻専門にかこうかしらん」

と愚痴をこぼしたのを、どこからかききつたえてやってきたのだろう。

月に二作三作はかけるというくらいだから、彼もやったことはあるのだ。しかし決して好きでやった仕事ではない。

「あれは冗談だ」

と、馬琴は答えた。

「いくらもうかっても、草双紙は作者として心の養いにならん」

ここまではいいのだが、そのあとに彼はつけ加えた。

「昔から職人でも、名人といわれた人間で産をなした者はない。金もうけは商人のことだ」

――こんないらざることをいうから、馬琴はいやなじじいだ、といわれるのである。

いわれた本屋のほうも小癪(こしゃく)にさわったか、同じ小説でもこの春に出た為永春水(ためながしゅんすい)の人情本「春色梅児誉美(しゅんしょくうめごよみ)」がたいへんな人気らしい、と、あてこすりをいった。

はたせるかな、馬琴はむっとした。

「なんじゃ、ただ男と女のことをベタラベタラとかきおって……あんなものが売れるとは世も末だ」

読んではいるのである。

「春水が昔の越前屋長次郎だと知っていちどは驚いたが、すぐに納得したわ。なるほどあの泥棒猫のようなやつのかく戯作にはちがいない」

――実は、だいぶ前、馬琴の旧作を、さし絵を変えて無断で出版したやつがあって、調べてみると越前屋長次郎という男の所業だとわかって立腹したことがあるのだ。

そのときにその長次郎なる者は、寄席の講釈師をやったり、古本のセドリをやったり、とにかくあやしげな男で、おまけに以前から自分を敵視する式亭三馬の弟子だったこともある、ときいたことがある。

「いっておくが、ああいうものをつづけておると、書き手はおろか出すやつも、いずれ手鎖をかけられることになるぞ」

頭から湯気を出さんばかりの馬琴のけんまくに、本屋はほうほうのていで帰っていった。

五

本屋のみならず、彼は他の作家に悪感情を持たれることも辞さなかった。

馬琴はほかの作家とつき合わない。それで超然として彼らを黙殺しているのかというとそうではない。

他人の作品には、まんべんなく眼を通す。そして出入りの出版者から、彼らの素性や人柄や行状などを熱心にきく。

その知識を利用して、いま江戸にある作者たちの評伝をかこうと思い立って、一部はすでに手をつけているくらいだ。ふつうの著作のように大々的に売り出すのではなく、何部かの写本を作って、知人何人かにくばるつもりだ。たんなる列伝ではなく、自分自身の批評も加えるつもりだから、著者は匿名とする。

しかし、それでもその本の内容はほかの作家に知られるだろうし、著者が馬琴であることも明らかになるだろう。

たとえば、「浮世風呂」や「浮世床」をかいた式亭三馬の項などはすでにかいてあるが、こんな調子だ。

「……その人に憎みありて性酒をたしなみ、人と争闘せしことしばしば聞えたり。……京伝馬琴と交わらず、なかんずく馬琴を忌むこと讐敵の如しと聞えたり。いかなる故にや、おのれに勝れることを忌む、胸狭ければならん」

向こうっ気のつよい三馬は、一見傲然として見える馬琴に性格的な反感を禁じ得なかったらしく、生涯ののしることをやめなかった男だが、亡くなってもう十年ほどになる。生きていてこれを読んだら、卒中を起こすほど怒るだろうが、いま生きているほかの作者にも同様の評をつらねるつもりだ。

――こういう所業をやるところは、自分の死後に無削除のものが公刊されることを承知の上で日記にひとの悪口をかきまくった後年の荷風に似ている。しかし荷風は馬琴とは正反対の世界の人であった。その作品は、馬琴の軽侮した春水の系統をつぐものだ。にもかかわらず、両人が相似た闇つぶてを投げるような所業をあえてしたのが一奇である。

もっとも馬琴は、これを卑劣な闇つぶてなどとは思っていない。自分の評価を率直にのべるつもりだし、匿名にするのもかえって客観性を保持するためだ。だいいちあとで名の知れることも承知の上である。

では、この「近世物之本・江戸作者部類」と題する著作に、馬琴は自分のことをどうかいたか。

「曲亭は弱壮の時より、読書と文墨の外に他の楽しみなし。……日毎に朝とく起きて机に向かい、三たびの餐（さん）も机辺（きへん）を去らずして食べ、夜はお城の九鼓を聞きて筆硯（ひっけん）をおさめ、家内のものを眠らしめ、その身はいまだ枕につかず、これよりまた読書して暁に達すること多かり。……知らざるものは名利（みょうり）に殉ずるならんと思うめれど、曲亭の志はしからず。……」

など、やって、馬琴の生活にあまり精細なので、この写本を読んだ人から、「本書の著者、馬琴に心酔しすぎたり」という評が出たくらいで、どうも自分のことはあまり客観的とはゆかなかったようだ。

しんらつな批評を加えた対象でも、これは文字の上のことだが、現実に彼がいちばん敵意をあらわにしたのは山東京山であった。

春水のことであらためて気を悪くしてから、二、三日のちのことである。

ここのところしばらく音信のたえていた越後の鈴木牧之から、ひさしぶりに手紙がきた。

ひらいて、馬琴の顔が驚きと怒りのために赤くなった。

おきまりのあいさつのあと——例の「北越雪譜」の件だが、あなたに出版のあっせんをおねがいしてからもう十五年以上にもなるが、まだ眼鼻がつかないようす、私もすでに六十をこえ、是非とも眼の黒いうちに本になったものを見たいと思い、いろいろ苦慮のあげく、さきごろから山東京山先生におたのみすることにいたし、その結果、京山先生のご快諾を得た。ご異見もおありのこととは思うが、もともと右書は京伝先生にお願いしたいきさつもあり、この際まげてご了承を得たい。ついては近日中に、京山先生から使いのものがおうかがいするはずだから、かねてからおあずけしてある「北越雪譜」の原稿を、そのものにおわたし下されたい、という手紙であった。

——だいたいその原稿を十五年以上もほうり出していた自分が悪いのだが、これを読んで馬琴が勃然としたのは、原稿をわたせといわれたことより、新しいあっせん者が京山であるということであった。

その京山が、かつて自分を「人非人」などののしったからばかりではない。

兄の京伝は若い妻のゆくすえを心配しながら死んだのだが、そのあと妻は悲嘆のあまり少し精神異常をきたした。一方京伝は、生前洒脱な通人と見られていたが、意外に多額の遺産を残していた。で、京山は未亡人のあによめを座敷牢にとじこめて、その財産を自分のものにしたという。

このうわさをきいて、馬琴はあらためて京山をにくんだ。これが人を「人非人」と呼んだ人間のやることか。

この話は、江戸の文壇の消息として、とっくに鈴木牧之にも知らせてある。それなのに、その悪いやつに出版をたのむとはなにごとか。

数日後、山東京山からの使いのものが「北越雪譜」の原稿をとりにきた。

馬琴は、「その草稿にはおびただしく私の朱筆がはいっている。もう半ばは私の文章といっていいくらいだ。だから、せっかくだがそれはいますぐにはおわたしできん」と、意地悪爺さんぶりを発揮して、使いのものを追い返した。

牧之や京山と絶交状態になることはかくごの前だ。

六

馬琴はまた、しばしば出入りの商人や職人とも悶着を起こした。

だいたい彼は、出入り商人はおろか、ふだん買物にゆく店もほとんど変更しないほうであった。こちらの明神下に彼が移ってきてからでももう八年くらいになるが、まだ不便をしのんで、飯田町時代の商人や店からおもに買物をしているくらいである。

それだけに、相手の品物や勘定に、まちがいや、ふゆきとどきなところがあると、ほんのささいなことでも許さない。

庭の植木の手入れでも、その仕事ぶりや手間賃にあまりうるさいので職人がこなくなってしまい、このごろはむこの清右衛門にそのほうは一切まかせてある始末だ。

商人や職人ではないが——北斎が訪れてから数日後、こんな事件が起こった。

夕方、馬琴が書斎で、「八犬伝」と並行してかいている長編「近世説美少年録」の展開に頭をひねっていると、嫁のお路がはいってきて、くみとりの百姓が大八車に干し大根をつんでやってきたのだけれど、大根は二百五十本持ってきたという。たしか去年までは三百本だったとおぼえていますが、よろしいでしょうか、とたずねた。

ちょうどしゅうとめのお百は頭痛で、夫の宗伯は歯痛でふせっていたから、馬琴にうかがいをたてたのだろうが、しゅうとがこういうことに人一倍うるさいことを承知してのことでもあったろう。

滝沢家では、練馬からくる百姓に肥のくみとりをさせていたのだが、謝礼として干し大根を持参するのがならいとなっている。ただ、以前からの百姓が老いて、この秋から新しい百姓が代わってくるということは、馬琴もきいていた。

「それはおかしいな。大根は家族一人あたり五十本ということになっておるが」

と、馬琴はいった。

「わが家は七人だから三百五十本、ただし、うち二人は子供だから、二人を一人前と勘定して六人分、だから三百本というとりきめじゃ」

滝沢家は、いま馬琴夫婦、宗伯夫婦、孫二人、下女一人の七人家族だ。

「そう申したら、前の人はどうとりきめたか知らないが、どこのうちでも十以下の子供は人数にいれないのがふつうだ、というのです」

馬琴の口が、ぐい、とまがった。

「よそは知らん。前任者が滝沢家とそういう約束をきめ、後任のものにひきつぐと保証したのじゃ。その二百五十本の大根は、契約違反だから受けとれん。それより前任者を帯同してまいれ、と、いいなさい」

お路は笑いもせず、まじめな顔で出ていったが、しばらくすると困ったような表情でもどってきて、

「あの、お百姓さんは、それじゃあ、この次から考える、とにかく、せっかく練馬から大根を運んできたんだから、きょうのところは何とかこれでかんべんしていただいて、肥をくんで帰らせてもらいたいと申しておりますが」

と、いった。

馬琴はうなるようにいった。

「いかん。肥はくません。干し大根は持って帰れといいなさい！」

ややあって、お路がまたきて報告した。

「帰りましたわ。……」

馬琴は心配そうに首をつき出して、

「ふむ、何かいっておったか？」

「なんてえ因業（いんごう）なおやじだろう、近在の百姓にみんなこの家の肥はくみにゆくなって触れ

をまわしてやるから……など、すてぜりふを吐いてゆきました」

「けしからん！」

「でも、ほんとうのところは、こっちも困りますわ。……」

「すぐ地主の杉浦へいいなさい。もともとが、くみとりのひきつぎは杉浦の老母がやらせたことだ。杉浦へ、責任をもってただちに代わりのくみとりを世話するように談じてきなさい！」

お路が追いたてられるように出てゆく背で、馬琴のあらい息がきこえた。

「おろか者めが……大根の多寡の話ではない。契約の問題だということがわからんのか。……」

――滝沢家では、このくみとり代の大根を毎年自家で沢庵につけるのが習いであった。それも馬琴みずから指揮し、あとで、いちいち日記にかきとどめる。

「沢庵漬け三樽、内一番は当座食六十本、ぬか三升塩一升八合、二番は百本、ぬか五升、塩六升八合、三番は八十本、ぬか三升塩六升五合。右三樽、お百お路両人にて漬け終わる。残り四十本はぬかみそに入る」

といった調子である。

ついでにいえば、暮れに餅を切って作ったのし餅の数を、五百九十一斤と記す馬琴だ。来客が孫への手みやげにと持参したまんじゅうの数を、十二個と記す馬琴だ。

これはもう記録病あるいは正確病の強迫観念的行為である。

とにかく厠（かわや）のくみとりでもこの始末だ。

一般の商店相手でも、通帳の締め高をいちいち点検して、三文四文のまちがいでも見のがさない。

ほかの町へ移ってもなおひいきにしてもらうことを、飯田町の商店は、それこそありがた迷惑に思ったかも知れない。また馬琴のほうでも、そういうこちらの家風を——彼は自分の性情と思わず滝沢家の家風だと思っている——のみこんだ店々を新規に開拓するのが大仕事で、昔の店から離れなかったのかも知れない。

しかし、版元や町人や百姓に対しては、彼はまだ文句のいえる立場であった。

馬琴が不愉快に思って、しかもそれをあらわにできない者はべつにまた存在した。

七

彼が日記にも「杉浦老母、地主風を吹かせ、傍若無人（ぼうじゃくぶじん）のふるまい多し、実に嘆息にたえざるなり」とかいた、近くに住む御家人の地主の老母と、それから嫁のお路の両親である。お路の父の土岐村玄立（ときむらげんりゅう）は麻布六本木（あざぶろっぽんぎ）の町医者だが、馬琴に春画の箱がきをたのむような、無神経な人物であり、母親はこれまた滝沢家に何日も泊まりこんで、こちらに病人があるのにべつに看病するでもなく、毎日外をほっつき歩いているといった女であった。

これらも馬琴を悩ませたが、しかしこの人々はまだ馬琴に敵意をもっていたわけではない。

敵意をもつ「敵」は隣人の中にいた。

西隣に住んでいる伊藤常貞という御家人であった。

――だいぶ前になるが、馬琴が北斎と芝居見物に出かけるときにほえていた犬を飼っていた家である。

馬琴の家の玄関から門へ出る場所に、建仁寺垣をへだててすぐに伊藤家が建っている。

伊藤家は、馬琴と同年配の常貞とその妻の二人暮らしで、馬琴が移ってくる前から、何ともへんくつな夫婦で、ほとんどつき合わないむね、宗伯やお百からきいていた。

馬琴が引っ越してきてからしばらくたった夏のことだ。

野菜売りの百姓がきて、ちょうど宗伯は病気、お百もお寺詣りに出かけていたので、馬琴は自分から玄関先に出て、そこにある柳の下で品定めをしていた。

すると、そこから二間ほど離れた建仁寺垣のむこうから、伊藤の妻が手だけを出して、

「こっちにも大根を二本おくれ」

と、声をかけた。

百姓が大根を二本持ってゆくと、垣根ごしに受けとり、代金をきくとそのままひっこんだが、ややあってまた手を出し、

「そら、お金だよ、八文といったっけね」

というと、馬琴の足もとにバラバラと銭が投げられてきた。

伊藤の妻はそのままひっこんだ。この間、馬琴には一言のあいさつもない。

馬琴は、啞然としていた。――こんな非常識な女はまだ見たことがない。話にはきいていたけれど、これはいったい人間か。

われにかえると、彼は勃然と怒り出した。

「ぶれい者め！　いったい大根を垣根ごしに他家に売るなど、お前は当家を何と心得ておる」

叱られたのは、眼の前の百姓である。

「なぜ最初からことわらぬ？　いまそちらにうかがうからと、なぜいわぬ？　こういうことをしてよいか悪いか、いかに百姓とはいえ、それくらいの道理がわからんとは世も末じゃ！」

ふだん人を叱るにも大声はたてぬ馬琴だが、このときは大音声をはりあげた。大音声をはりあげなければ気がすまなかった。ひたいからは、湯気がたった。

「まことにハヤ、申しわけございません。どうぞ、ごかんべんを……」

百姓はほうほうのていで、荷をかついで逃げていったが、この八つ当たりには驚いたろう。

声はむろん伊藤家にきこえたにちがいない。――これが馬琴の宣戦布告となった。いや、それ以前から伊藤家では、滝沢家に宣戦していたのである。

それから何日かたって、庭で宗伯が、「お父さま」と呼ぶと、垣根のむこうの木かげの

あたりで、せきばらいののち、

「お父さまか。……けっ」

と、いうしゃがれた声がきこえた。常貞の声だ。

「たかが戯作者を、お父さまとは……世も末じゃ！」

先日の、しっぺがえしだろう。

しかし、そもそも馬琴が宗伯にこの家を与えたころから、伊藤常貞は、それが戯作者滝沢馬琴と知って反感をおぼえていたらしい。さらに馬琴が新たに土地を買いまし、増築して移ってきてから、それは抑えきれないものになったようだ。御家人たる自分は三十坪くらいの敷地なのに、戯作者たる隣人の土地は八十坪くらいある。しかも、ちらっちらっと見ると、何やら御家老さまのように重々しくかまえ、息子に「お父さま」など呼ばせている。……

以来、日をへるにつれて、伊藤家の敵意はいよいよあらわになった。

それにしても、この隣人はどうかんがえても異常であった。

垣根ごしに庭掃除のゴミを投げこむ。犬の糞を投げこむ。蛇やねずみの屍骸を投げこむ。いつぞや馬琴にほえついた犬のアカがその後死んだが、その屍骸も滝沢家の門内にころがっていた。出入りの米屋が、そういえば昨夕暗くなってから、常貞がその犬を抱いて自分の家の前に立っていたのを見たといったから、死んだ犬をこちらに運んできたにちがいない。

そのうち、隣でも、増築をはじめた。といっても、四、五尺こちらへつけ足しただけだが、その屋根のひさしは垣根の上スレスレで、しかも雨樋をつけないものだから、雨は滝沢家の庭にみなながれおちるのである。

これには宗伯も、抗議しましょうか、といったが、そのときは馬琴が抑えた。

「まあまあ、雨水は庭に落ちるだけだから、がまんしておけ。文句をいえば、いよいよ狂乱する。きちがいを相手にすればとめどがなく、こっちの仕事にもさわることになる」

しかし、ある日、庭に出していた鳥かごをついしまい忘れたら、中にいた四、五羽のカナリヤが、ただ血まみれの羽毛だけを残して消えているのを、朝になって発見し、

「伊藤の猫のせいですよ！」

と、お百が地団駄ふんだときは、馬琴も同見解で、立腹のため脳溢血を起こさんばかりになった。

伊藤家では、犬が死んだら猫を三匹ばかり飼いはじめ、それがしょっちゅうこちらの庭はおろか台所座敷にまで闖入し、魚やあぶらあげをくわえて消えるのは何度も彼も見ていたからだ。

「半弓を買ってこい！」

と、彼は声をふりしぼった。

「こんどあそこの猫を見たら、半弓で退治してくれる！」

さすがにこれは実行に移さなかったが、彼はあやうく庚申山の犬飼現八を地でゆきかけ

たのである。

その伊藤常貞の妻は、去年秋に病死した。

なんと、そのことを嫁のお路が、買物にいった店できいて帰ったのである。

「とにかく、隣家の妻女が亡くなったとあれば、おくやみにゆかなくちゃいけないのではないでしょうか？」

と、宗伯がいった。

馬琴はしばらく考えていたが、やがて首をふった。

「何もむこうから知らせてこんのに、こっちから弔問などにゆく必要はない。放っておけ！」

――さて、馬琴がくみとり代の干し大根の件で百姓と争った数日後、二、三人の植木屋がやってきて、お隣の伊藤さまからのお申しつけだが、こちらさまの門内の柳がのびすぎて、枝が伊藤家にはいっている、それを切るように命じられたのだが、よろしいか、といった。

お路の注進で、馬琴は玄関に出て、植木屋をにらみつけて、

「うちの柳は、うちで切る」

と、うなり声をたてた。

「そのほうら、伊藤家にたのまれた職人なら、こっちの領分に雨が落ちぬよう、伊藤家のひさしを切れ、それを切ったらこっちの柳も切ると主人に伝えろ！」

いったいに馬琴は、こういう談判はお百か宗伯か、このごろはお路を介してかけ合わせることが多かった。争いを好まぬ——と、自分では信じている——せいもあるが、自分が直接かけ合うと、おさまる話もぶちこわしの結果を呼ぶことを承知しているからであった。

しかし、このときはもうがまんの緒が切れて、かんしゃく玉を破裂させたのである。

八

そして馬琴の「敵」は、外ばかりではなかった。内にもあった。

彼がほんとうに泥沼戦争のような思いがしたのは、下女とのさわぎだ。

飯田町にいたころは、家も小さいし、娘たちがいたから、下女をおかず、おく必要もなかった。しかし、この同朋町にきてからは、家もやや広くなったし——と、いっても、建て増ししても二十坪ばかりだが——娘たちはみな嫁にいってしまった。むろん妻のお百や嫁のお路はいるのだが、お百は元来頭痛もちで、それも七十近くなって家事らしい家事はやれなくなった上に、宗伯は病気ばかりし、さらに幼児が二人もいるので、お路はそのほうに手をとられ、どうしても下女が必要になったのである。

で、下女をやとった。

これが最初からいまに至るまで、馬琴の眼から見ると、まともな下女がひとりもこない。これならまあまあ、と思っていると、むこうのほうで逃げていってしまう。

長くて数カ月、多くは一ト月、はなはだしきは五日くらいしかつづかない。

いまの下女のおせきは、それでもこの夏からいるのだが、十日ほど前、故郷の越中の母が病気だという知らせがあったからおひまをいただきたい、と、いい出したのである。

――またか！

馬琴は嘆息した。

いや、嘆息ではすまない。このところ、またお百、宗伯が寝こんでしまって、いま下女がいなくなったら、滝沢家は三度の食事も用意できない始末になる。

「手紙はいつきた」

と、きくと、自分をここに世話してくれた桂庵から人がきて、越中からそういってきたと告げたという。

それでも疑わしそうに、いろいろと訊問したあと、馬琴はいった。

「しかし、お前の給金は半年分、一両二分、前わたししてある。お前がここへきてからまだ三月しかたたん。あと三カ月分の給金を返し、かつ桂庵から代わりの下女をよこさなければ、ひまをとることは許さん！」

苦しまぎれだが、下女がやめるときは、馬琴はいつもこんな文句をつける。下女は貧しさのかぎりの者が多く、前わたしされた金はすぐに借金の返済にあてたり、親元へ送ったりして、返せといわれてもまずお手あげであった。

下女が居つかないのは、滝沢家にいつも病人があって当然陰気な風がながれている上、ここの老主人のあまりの厳格さに、胆をつぶして逃げ出すのであった。

行儀、働きぶり、買物の品定めや勘定にうるさいのはもとより、返事のしかたまでいちいち説教が加えられる。ときには万葉集まで持ち出して、言葉づかいの講義をやられるのだから、下女もたまったものではない。

馬琴は、下女をしつけるのは主人の義務だと信じて疑わない。

のちに真山青果は「来る日も来る日も、彼の日記は下女に対する不平、愚痴、怒罵の記事に紙面をけがされぬはなく、少し誇張していえば、彼の等身の日記は彼と下女との葛藤史とも云われるだろう」と嘆息をもらし、彼の精神状態に疑惑を生じたほどである、と書く。

で、このときも、馬琴にきめつけられた下女のおせきは、とうとう寝こんでしまった。

二十坪ばかりの滝沢家に家族だけで六人あり、下女部屋などはない。だから下女はふだん玄関の上り口に寝ているのだが、ひるまも寝ているのだから、やむなく納戸に使っている三畳のすきまに移らせたのだが、おせきはふてくされて、ふとんをかぶって、お路が何とか用意した食事にも起きてこない。

そこへ、桂庵の男がようすを見にきた。そして、下女のおふくろが病気だというのはほんとうだ、と汗だらけになって陳弁した。

「そうか、それではその件は了解したということにしよう。しかしこう下女に、手前勝手にひまをとられては、わが家の予定が立ちゆかん。今後のために、前わたし金の不履行分を日割りにして返金すること、かつ代わりの下女を即刻あっせんすること、これを桂庵のほうで保証するなら、今回の退去をゆるす」

と、馬琴みずから玄関に出ていいわたした。

「本人はひきとってよろし。しかし、右の条件が叶(かな)えられるまで、おせきの荷物一切はこちらであずかっておく」

──彼は「正しき人」でありすぎた。

さて、以上のようないざこざは、むろんいまにはじまったことではない。以前からのことだがこの神田同朋町に移ってから──とくにこのごろいよいよ甚だしくなった観がある。しかも馬琴自身、こんな悶着に怖ろしく悩むのである。夜になってもこれらのことが頭に粘着し、何日たってもそれにこだわりつづけるのである。

「どうしてほかの連中は、こう、ものの筋がわからんのか」

と、彼は嘆息し、それを納得させることができない自分の「不徳」を悲しむこともあった。

馬琴はいつまでもこういうもめごとの状態に馴れることができなかった。彼にとっても、これらはヘトヘトになるような悪戦苦闘なのであった。

すべては自分自身から発している、など彼は夢にも考えたことはない。

ときにその自覚が生じても、これはやむを得ざる自己防衛、家族防衛だとみずからにいいきかせる。その自己防衛も、つまるところは家族を守るためだ。

こうして、浮世のいざこざ、もめごとと悪戦苦闘し、俗用雑事に悲鳴をあげながら、しかし机の上の「虚の世界」では——関八州はおろか甲信越にまでまたがって、天馬往来、正義の剣をふるうりりしい八人の若者の、壮絶無比のたたかいを描き出してゆく曲亭・大馬琴であった。

虚の世界　犬士漂泊

一

犬坂毛野が、信濃路で犬川荘助、犬田小文吾とわかれ去った同じ文明十四年の秋。犬飼現八と犬村大角は、武蔵野の中の道を歩いていた。

彼らにとって既知また未知の犬士を求めて、東海道から坂東一円、ここに半年、あそこに三月という風に漂泊の旅をつづけて、このときは、現八が知っているという下総の行徳へいってみようとして、千住にちかい原の中を歩いていたのであった。

もはや夕暮ちかく、隅田川をわたるのはあしたのことにし、とにかく今夜はどこか近くに宿をとろうと、野末の村落をめざしていると、うすずみ色の空から、さあっと時雨がわたってきた。

「急ごう」

まず現八が、つづいて大角が、村をめがけて走り出した。すると、むこうから頬かむりに尻っからげした男が一人、野路をかけてくる。

と、この男とすれちがったとき、——大角が背にななめに背負っていた旅包みがとけて、路上におちた。

七、八歩走って、大角が立ちどまって、ふりかえったとき、男はその包みをひろいあげていた。

このときは、ただひろいあげただけに見えたが、大角と眼があうと、何思ったかその若い男は、それを持ったまま、いきなり横っとびに草の中へとび、一目散に逃げ出した。

「待てっ」

あわてて、大角はそれを追う。

それと見て、現八もかけもどってきて、いっしょに追った。

「泥棒か」

「そうらしい」

「けしからんやつだ」

二人は立腹して追いかけたが、その泥棒の逃げ足のはやいこと——黄ばみかかって波うつ草の中へ、ともすれば見えなくなろうとする。

と、ゆくての土手の上に、もう一つの人影が見えた。そばに、つづらしいものがおいてあったが、こちらで泥棒がなにかさけぶと、その男はあわててつづらを背負おうとしたが、追ってくる二人の武士を見ると、すぐにまたそれを下ろした。

上から、かみつくようにきく。相棒らしい。

「どうしたんだっ」

「この旅包み――つい、手が出て」

「馬鹿っ」

「とにかく、助けてくれ！」

そんな問答をかわしつつ、逃げた泥棒は土手にかけのぼった。

それにつづいて、大角、現八も堤をかけのぼる。

逃げた男がごろつき風なのに対し、待っていた男は、色のさめた黒紋付（くろもんつき）の――もっとも片袖ちぎれて右腕が一本まる出しだが――武士崩れらしい大男であったが、その腕に持っていた棒をふるって、現八になぐりかかってきた。

現八は体をかわし、刀もぬかず、相手の腕をひっつかむ。一方の泥棒も、大角めがけてつかみかかった。

みじかい格闘ののち、二人の男は地面にたたきつけられたが、現八と大角がとりおさえようとすると、死物狂いにはね起きて、そのまま堤の下の川へ、ざんぶとばかりとびこみ、かっぱのように泳いで逃げた。

あと見送って。――

「包みはとりもどしたが、こんどは袖をもってゆかれた」

と、大角は苦笑した。その右腕が、肩からむき出しになっている。

「ところで、これはなんだ」

と、現八は、そばのつづらを見下ろした。

錠がねじ切られているので、ふたをあけて見た。小降りながら雨の中なのですぐにふたをしたが、中に見えたのは、鎖かたびらや腹巻き、籠手すねあてなどの戦衣らしかった。

「いまの盗賊どもが、どこからか盗んできたものじゃないか」

と、大角がいった。

「それをここまで運んできて、一人が相棒の追いつくのを待っていたか、あるいは一人がようすを見にここを離れたかして——そいつが、生来の泥棒根性で、ついゆきがかりのおれの旅包みをかっさらって逃げたものではなかろうか」

「おそらく、そうだろう。とんだ災難だった」

こんどは現八も苦笑して、

「ところで、盗み出したさきは、あの村のどこかの家からじゃないか。……中身も変わっている。きっと大事な品だろう」

と、いい、

「どうせ、そこへゆくのだ。ついでにこっちで持っていって、返してやろう」

と、そのつづらを背負うのにかかった。

時雨は通りすぎていた。

そして二人が堤を下り、また草原をかきわけて、もとの街道にもどると——その村の方角から、何十人かの男たちがかけてくるのが見えた。手に手に、鎌や鋤、棒などはもとより、刀に槍までふりたてている。

それが、こちらを見ると、

「やあ、あれだ」

「つづら泥棒はあいつらだ」

と、さけんで、おしよせてきた。

これには、二犬士も仰天した。

「ちがうっ、われわれは盗賊ではないっ」

「このつづらは、ひろったものをわざわざ返しにいってやろうと背負ってきたのだ！」

さけんだが、みるみる、まわりを包囲されてしまった。

百姓にちがいないが、ただの百姓ではない。――刀、槍まで持っているせいでなく、そのつらだましいからして、二人はそう直感した。

いまの奇妙ななりゆきを説明しようにも、いいかけた弁明は怒号にかき消されてしまう。

現八は、ともかくつづらを地に下ろして、

「めんどうくさい。少しあばれて、逃げるか」

と、大角にささやいた。

「しかし、まさか百姓を斬るわけにもゆかん。みねうちとしよう」

と、大角はささやき返したが、その気配がむこうにつたわったと見えて、

「逃がすな」

「たたきのめせ」

と、百姓たちがどよめいた。

二

すると、「待て待て」と声をかけて、むれの中から一人の老人が出てきた。黒い道服を着、頭は銀髪だが顔色は赤く、歯は一枚もかけず、威風堂々たる老人だ。

「若いの、みれば武士のかたちをしておる。恥を知るなら、つべこべ、わざとらしいいいわけせずと、おとなしう、なわにかかって、わしの家にこい。わしはあそこの穂北の庄のあるじ、氷垣夏行という者じゃ。神妙にすればいのちは助けてつかわし、路銀ぐらいはくれてやるぞ」

「馬鹿っ、えらそうに何をいう」

と、現八がどなった。

「これはまったくのぬれぎぬ、とんでもないひとちがいじゃと、さっきから申しておるのがわからんか！」

「何がぬれぎぬ、何がひとちがい」

と、老人はほえた。そして、うしろの百姓に何かいった。

すると、百姓がふところから何か出して、老人にわたした。

「これ、そこな浪人、お前の片袖はどこへいった？」

彼は手にしたものをふりかざした。

「それは、ここにある」

それは黒紋付の片袖であった。

「きょうわが家で、土蔵のつくろいせんと、中の品物を庭に出して仕事中、おりあしくふってきた時雨に一同、屋内にはいったすきに、何者かにつづらを盗まれた。――が、盗賊もあわてておったのじゃろう。つづらを背負って逃げるとき、おし破ったからたちの生け垣にひっかかって、残っていたのがこの片袖。みればお前の片袖もないではないか！」

と、大角のむき出しの片腕を指さした。

「馬鹿馬鹿しいが、弁明はむずかしいな、現八」

「よし、逃げるとしよう」

二人は小声で語りあい、ふいにおどしの一刀をひきぬいて、老人めがけて突進するとみせかけて、いきなり背後へ逃げ出した。

たちまち、みねうちを受けて、七、八人、そこへひっくりかえる。

逃走する二人を、黒つむじのごとく、百姓たちは追っかけた。

走ること数町、二人は千住の河原についた。当時、むろん千住に橋はない。

が、芦のかなたに一そうの苫舟を見て、現八と大角はそこへかけよった。

「おおいっ、その舟、待て」

「たのむ、のせてくれ！」

舟には二人の男がのって、こちらを見ていたが、ふいにその一人が櫓をとって、岸から舟をはなした。

そして、数間の距離になってから、もう一人の男が、あかんべえをした。

「あっ」

「きゃつだ！」

二人は、唖然とした。

あかんべえをしたのは、片袖のない男だ。さっきのつづら泥棒の一人であった。してみれば、櫓をとっているのは、もう一人のかっぱらいにちがいない。

彼らは何のためか、まだこのあたりをうろついていたのだ。——それが、現八、大角のいまのたのみをどう解釈したか、歯をむき出して笑いながら、舟を遠ざけてゆく。

百姓たちは追っかけてきた。

現八と大角は川辺に仁王立ちになり、刀をぬきはらった。望むところではないが、こうなったら、斬ってのがれるのもやむを得ない、と覚悟をきめた。

と、百姓たちのうしろから号令の声が聞こえた。

すると、百姓たちはいっせいにとまり、その中から半弓をつかんだ十人ほどの男が出てきて一列となり、矢をつがえて、二人に狙いをさだめた。

例の老人が、もういちど怪鳥のようにさけんだが、それはしかし、

「待て！」

と、いう声であった。

そして、不審げに首をかたむけて、現八、大角のほうを——いや、背後の川を見つめている。

ふりかえって、現八は、「おおっ」と、さけんだ。

三

水光の中を、舟はこぎもどってくる。櫓をとっているのは、犬山道節(いぬやまどうせつ)であった。そばに犬塚信乃(いぬづかしの)が立って、その足もとには、あの泥棒二人が横たわっていた。

舟はたちまち岸についた。

「現八。——どうしたのだ？」

と、道節が呼ぶ。

「あいさつはあとだ。その二人をこちらへくれ」

と、現八がいうと、舟の中の信乃が、泥棒をつかみあげて、一人ずつこちらへ、まりみたいにほうり投げた。

気絶していたのが、かえってその衝撃でさめて、地上にうごめき出した二人を、現八と

大角は踏んまえて、

「やいっ、そこのじじい、その眼をおしあけてよっく見よ、これがつづら泥棒じゃ！」

と、現八がさけんだ。

「この一人の片袖はちぎれておる。そのわけを、この男の口からしかときけ！」

と、大角もさけぶ。

そして、二人の泥棒をひっつかんで、また追手のむれへほうり投げた。

どよめいて百姓たちはそれをとりかこみ、がやがやと訊問をはじめた。——

現八、大角は、それどころではない。

現八は、荒芽山以来の再会のよろこびをのべるにいとまあらず、今日ただいまの始末を手みじかに物語り、そしてまた、

「おぬしたちは、どうしてここへ？」

と、たずねた。

道節と信乃は、甲州から浜路姫を送ってきたあと関八州を漂泊中であったが、たまたま武蔵野で時雨にあい、ここへつながれていた一そうの苫舟にもぐりこんだ。つい、とろとろとしていたところ、ふいに二人の男がのりこんできてこぎ出し、苫からのぞいてみたところ、岸でさけんでいるのが、思いきや犬飼現八なので、とりあえず当て身でその二人の男をたおした、というのであった。

「おう、それより」

と、現八は気がついた。

「犬塚。――これが上州で見つけた同志、犬村大角だ」

それ以前から、信乃と大角はしげしげと相手を見つめていたが、突如かけよって、

「おおっ、赤岩角太郎！」

「信乃ではないか！」

と、ひしと抱きあった。

実に文明二年春、同じ十一の少年信乃と少年角太郎が、桃の花ちる大塚の庄神宮川で別れてから、十三年目のめぐりあいであった。ゆめにも知らなかったが、あのころから二人は同じ宿命の犬士であったのだ。――もっとも大角のほうは、現八からすでに信乃のことはきいている。

そこへ、おずおずと声をかけたものがある。

「いさい判明いたしてござる。まことに申しわけなき始末。……これ、この通りでござる」

氷垣夏行であった。そういって夏行は、地面に座りこんで、

「なにとぞ、おゆるしたまわりたく。……」

と、頭を土におしつけた。

威風堂々たる老人に土下座されては、現八、大角も改めてどなりつける気が失せて、

「誤解がとければ、よろしい」

「ご老人、お立ちなさい」

と、いわざるを得なかった。

さて、氷垣老人はいう。きょうの失態を、このままではすまされない。是非とも拙宅へおいでねがい、お泊まりねがいたい、と。

ほとんど必死にちかいこの申し出を、四犬士は結局受けた。だいいち、今夜ほかに泊まるあてもなかったのである。

四

やがて、つれてゆかれた穂北の庄の氷垣夏行の家は、えんえんと土塀をめぐらし、建物も黒ずんだふとい柱で、粗野ながら実に眼を見はるような大豪宅であった。

この夜、氷垣家で、山海の珍味あふれる大饗宴(だいきょうえん)がひらかれた。

四犬士が、こもごも、「あれからのこと」を語りあったことはいうまでもない。

その席で、犬飼現八が、ふと、あるじの夏行に、

「ところで、ご老人、さっきのつづらですが——」

と、問いをむけた。

「あれを見つけたとき、悪いが、中をちょっと改めました。すると、鎖かたびらや籠手(こて)、すねあて、などが見えましたが——あれは何か由来あるものですか」

夏行は、笑って答えた。

「あれは、私がその昔――結城の籠城に加わっていたときの記念の品でござるよ」

そして彼は、落城後、結城をのがれて、旧知のこの穂北の庄屋をたよってきたが、その庄屋がまもなく土地争いのもめごとで、京へ訴えに上ったあとあちらで病死してしまい、一族からあとの支配を自分がまかされることになった。そのうち、結城合戦で自分の指揮下にあったものどもが、相ついでここへやってきて百姓となり、いまに至っておるのでござる、と話した。

さてこそ、自分たちを追った百姓たちが、ただの百姓とは見えなかったのが腑におちた。

「結城合戦といえば」

と、信乃がいった。

「私の父、犬塚――いや、大塚番作もその籠城に加わっていたのですが」

「なに、大塚番作――それはわしの戦友じゃ！」

と、老郷士は、眼をかがやかしてさけんだ。

これで、うたげはいっそう濃密になり、氷垣夏行の、犬塚信乃を――いや、ほかの三犬士を見る眼も父のような眼になった。

彼らは改めて夏行に、犬士のことを語った。

夏行は、酒ばかりでなく、興味と感激に酔った眼で、

「これよりは犬士方、ここを根城になされたがよい。いや、わしのほうから、そうたの

む」

と、いった。

ここで、いままでの話にも出た甲州石和のもう一つの基地、指月院のことを、信乃、道節がふたたび口にし、まだそこを知らない現八、大角は、指月院へいって、ゝ大法師にあう必要がある、といい、現八、大角はうなずいた。

一方、道節は、眉をあげていう。

「実は拙者が武蔵へはいってきたのは、管領扇谷定正が、いま伊皿子城におるときいたからで――」

この復讐の鬼は、なおその執念をすてていないのであった。

しかし、扇谷定正は大敵だ。とりあえず当分道節と信乃は、その伊皿子あたりへ出て、定正の動静を偵察することになった。

――甲州へ旅立った犬飼現八と犬村大角は、石和について、指月院で、ゝ大和尚のみならず、そこに滞在していた犬川荘助、犬田小文吾にもあうことができた。

大角は、はじめて小文吾とあったわけだが、荘助とは初対面ではなかった。彼は、大塚村の額蔵時代の荘助を知っていたからである。二人は懐旧の涙をながした。

「ああ、これで八犬士すべてがそろったことになる！」

と、ゝ大法師が手を打った。

「ただ、犬坂毛野、犬江親兵衛のゆくえのみがまだ知れぬが。――」

数日後、ゝ大法師はいい出した。

「二人の犬士は居所不明とはいえ、ともかくも八犬士の名は知れた。これを機会に、里見の大殿のおん父君季基君が討ち死なされた結城の古戦場で、その菩提をとむらう大法要をいとなみたいと思う。八犬士はことごとく里見の伏姫さまから生まれた子じゃ。季基公の、曾孫といってよい。六犬士、せめてそろった者だけでも、その法要に加わってくれれば、季基公のご亡魂もどれほどおよろこびであろうか。結城落城は四月十六日、大法要はその日としたい」

四犬士は了承した。

しかし、犬坂毛野はこの指月院のことを知っているはずだ。あるいはその後思いなおして、ひょっくりここにあらわれるかも知れぬ、と石和へ同行する途中毛野をとりにがした小文吾と荘助がいい、まだ日もあるので、みな年を越えるまで指月院で待つことにした。ゝ大和尚が、すみぞめの衣にあじろ笠という姿で、常陸の結城めざして旅立ったのは、翌年一月にはいってからのことであった。

犬坂毛野は、ついに姿を見せなかったのである。

数日後、四犬士は、どうせ甲州にきた以上、ついでだから身延山の寺に参詣してゆこう、と、ゝ大和尚とは別に指月院を立ちいでた。やがて和尚とは、武蔵の穂北の庄の氷垣家で落ちあう約束であった。

五

同じ文明十五年一月の十五日のこと。

武蔵国豊島郡湯島天神の境内で、朗々と口上をのべている居合師があった。

ただ、びょうぼうたる武蔵野に、あちこち城と称するもの——堀もなければ天守閣もない、土塁をめぐらした館ともいうべきものだが——と、それをめぐる集落が点在しているだけの当時の「江戸」に、この湯島天神だけは遠近の信仰者が毎日参詣にくるので、神社の前には茶店やみやげ物屋がならび、境内にはさまざまの大道芸人が商売している。

その中に、うす藍色の幕をはり、その前に、台の上に黄銅の売薬箱をのせ、べつに地面になんのためか箱枕を三角形に二、三十もつみかさねて、折頭巾、あざやかな染衣にくれないのたすき、たっつけばかまに高足駄、それに怖ろしく長い刀をさした若い男が、

「アイヤお立ち合い、いでや私相伝の居合ぬきをごらんにいれよう。その前に同じく相伝の歯ぐすり、だいいちゆるぐ歯をすえ、虫歯、口熱、悪い歯はぬいてさしあげる。ぬけば玉ちる氷のやいば、居合は鞍馬八双。——」

と、よどみなく口上をのべていた。

「まっこう梨わり、からたけわり、胴斬り、けさ斬り、くるま斬り——」

と、歌いつつ、居合師は三角形の箱枕へ、高足駄のままトントンとのぼり、そのてっぺ

んに片足ふみかけ、

「ごらんあれ、刀は四尺八寸、刀は長し、腕はみじかし、ぬくのは腕ではない、腰でござる！　イヤ、ハーッ」

一閃(いっせん)、長刀が宙にひらめいた。

と、みるや、四尺八寸の刀身は、月落ちるときの流星のごとく、雨はるるときの虹のごとく、北風にちる雪のごとく空中にきらめき、旋舞する。——足でふんまえた箱枕はそのままに、である。

あつまった群衆は、この妙技に、わーっと歓声をあげた。もともと、この居合師が世にもまれなる美男なので、それに見とれる女たちを加えて、大変な見物人であった。

すると、このとき、声がきこえた。

「どけどけっ」

「芸人も見物人も、すぐに退散せよ！」

「退散せぬ者は、みな土下座して、つつしんでひかえおれ！」
四、五人の村役人が走ってきた。
「管領扇谷定正さまの御台(みだい)さまのご参詣であるぞっ」

まるで夕立ちがきたように見物人は逃げちり、大道芸人たちは商売道具をしまいにかかった。

両側に茶店がならんだ往来を、三、四十人の行列がやってきた。

供侍（ともざむらい）と侍女が半々で、女たちはみなかつぎをかぶっている。まんなかのあたりの、きらびやかなかごをはさんで、老若二人の重臣らしい武士が従っている。

かごの中にゆられているのは、管領扇谷定正の御台、かなめ御前であった。

と、その片側について歩いていた若い武士が、突然立ちどまって、

「政木（まさき）ではないか！」

と、さけんだ。

両側の軒の下に、客はもとより茶店の女たちも土下座していたが、その一軒の前で、やはりひれ伏していて、ふと顔をあげた老女と眼が合って、若侍はそんな声をあげたのである。

「なに、政木？」

と、老武士のほうも驚きの声をあげた。

「おう……河鯉（かわごい）の若さま！」

と、老女もさけんだ。そしてバタバタとかけよってきた。茶店で働いているとは見えない、品のいい老女であった。

すると、このとき、かごの中で、

「キイーッ」

というふしぎな声がして、その窓のみすがバリバリとかき裂かれて、そこから一匹の猿がとび出してきた。

と、みるや、歯をむき出してその老女にとびかかろうとする。

「あっ」

さけんで、若い武士が老女をかばうと、猿はその肩にとびのり、ついで空中をとんで茶店の屋根に移り、つらなった屋根を走って、湯島天神の森のほうへ翔けていった。

「どうしたのであろ？」

かごの中で、女の声がした。

「お前が何かさけんだら、急にうつぼがさわぎはじめたが……」

かなめ御前の声だ。うつぼは御台が可愛がっている猿で、それまでかごの中で、ひざにのせていたのだが。――

「なんのことやらわかりませぬ」

狐につままれたように若い武士がいうと、老武士が、

「政木、あとでまたくる」

と、老女にいい、かごかきに、

「ゆけ」

と、命じた。

が、神社にはいると、行列はまたとまった。境内に土下座していた群衆がみな空をあおいで、「あっ、猿が――」「あそこにおる」「とんだ、とんだ！」と、さわぎたて、かなめ御前がかごをとめさせ、立ちいでたからである。

四十年輩の貴婦人であった。

猿は、葉のおちつくした、十かかえほどもある銀杏の大木のてっぺんちかくとまって尻をかいていた。

「権之佐」

彼女は老臣に命じた。

「うつぼをつかまえさせてたも」

「はっ」

扇谷家の重臣、河鯉権之佐は空をあおいで、当惑の表情をした。

「佐太郎」

と、かなめ御前は若侍のほうを見て、

「うつぼがなぜさわぎ出したか、わたしにもわからぬが、何でもお前が妙な声を出したはずみにとび出したのじゃ。お前、つかまえてたも」

若侍は、河鯉権之佐の息子の佐太郎で、りりしい顔だちをしていたが、これも困惑の表情になった。

「こういっているあいだにも、うつぼは逃げる。はようしや」

御台に督促されて、権之佐が、

「佐太郎、どこからか弓をかりて参れ」

と、命じ、佐太郎がかけ出そうとすると、御台がいった。

「おろか者、うつぼを矢で殺す気か」

河鯉権之佐は扇谷家で太田道灌につぐ智謀家といわれ、河鯉佐太郎はこれまた扇谷家で名だたる豪の者といわれる父子であったが、これには両人顔をあからめてうなるよりなすすべもない。

やおら、権之佐が苦渋そのものの顔でまわりを見まわしていった。

「だれか、あのうつぼをとらえてくれる者はないか。とらえたら、過分の恩賞をつかわすぞ！」

しかし、だれも応答する者がない。あの大銀杏の上の猿を、傷つけないでつかまえるなどということは、鷺と化しても不可能だ。

と、権之佐は、家来ではない群衆の中に、にこっと笑った白い歯を見た。

「なんじ――笑ったな。この始末を見て笑うとはふとどきなやつ」

彼は指さした。

「それとも、なんじがあの猿をとらえると申すか！」

「は、私なら、何とか」

と、笑った男は答えた。あの居合師であった。

彼は立ちあがり、こちらに出てくると、銀杏の木のほうへ歩き出した。美少年といっていい容貌に、童児のような笑いが浮かんでいる。

銀杏の下に立つと彼は、ふところから一塊のなわをとり出した。

それをのばして、まず頭上の枝にほうり投げる。すると、かぎのようなものがついていて、枝にひっかかり、彼はそれをつたって枝に上った。と、地にたれていたなわがはねあがって、さらに上の枝にかかる。これが、それこそ、ましらのような迅速さであった。

これを四、五回くりかえすと、彼はたちまち猿から三間ほどの距離に達した。

うつぼはふしぎそうにこれを見下ろしていたが、このとき急にあわてて、「キイーッ」とさけびつつ、遠い枝にとび移ろうとする。

そのときおそく、なわはびゅーっと空中をとんで、猿のからだにくるくるとまきついた。

六

――半刻ほどのち、境内の一隅にある神主の住居の一室で、河鯉権之佐と居合師はむかいあって座っていた。

御台は奥座敷で、神主から茶の接待を受けている。

めいわくがる居合師を、権之佐がむりに呼んでここへつれてきたのだ。せまい庭をへだて、朱の柵(さく)のむこうを、ゾロゾロと歩いている群衆が見える一室であった。冬にしてはあたたかな日であったが、どういうわけか権之佐自身が円窓(まるまど)の障子をあけたのである。

重厚な風貌の権之佐は、腰に手を下ろして、あらためて礼をいい、ほうびは何を望むか、ときいた。

「いや、手前は面白がってやっただけで、べつに望むものは何もありません」

と、居合師はけろりと首をふった。

権之佐は、しばらく黙って見つめていたが、やおら、

「名は何といわれる」

と、たずねた。

居合師は答えた。

「放下屋物四郎と申します」

「いや、べつに本名があろう？」

そのとき、息子の河鯉佐太郎がはいってきて、

「父上、政木は茶屋から姿をくらまして、どこにも見あたりませぬ」

「ふうむ？」

権之佐は首をかしげ、居合師にむかって、

「失礼。実は先刻、むかしこのせがれの乳母をしておった政木という女、あるときゆくえ不明となって二十余年、それがそこの茶屋におるのを発見して驚いたのじゃが。……声をかけたとたん、どうしたわけか御台さまの猿がさわぎ出し、はてはおぬしにご厄介をかける羽目となった次第」

と、説明し、

「政木のことはあとにせい。それより、佐太郎、これからこの仁にねがいごとがある。

……余人にさわがれては大事となるゆえ、念のためそこの窓をあけておいたが、佐太郎、いまいちど外を見てくれ」

と、命じた。忍びの者などをふせぐ用意であろう。

佐太郎はけげんな表情で、あけられた円窓のところへいって、外をのぞき、

「べつにだれもおりませぬ」

と、報告した。

「そうか。それではお前もここにおってきけ」

と、権之佐はいい、

「放下屋物四郎」

と、あらためて若い居合師に呼びかけた。

「その名は世をしのぶかりの名であろう。さっき見た投げなわの妙技、また神主にきくと、平生（へいぜい）、つみあげた箱枕の上で四尺八寸の太刀をぬく芸を売っておるという。……この乱世にそれほどの神技を持ちながら、大道芸人に身をやつすとは、何やらほかに大志あってのことと見受ける」

居合師は、美しい顔にうす笑いを浮かべている。

「その大志が何かは知らぬ」

と、河鯉権之佐はいった。

「いま、おぬしは礼はいらぬといった。そんな欲のないおぬしに、かようなことをいうの

はおかしいが、おぬしの人物をわざと見こんでおねがいしたいことがある。そのねがい、はたしてくれたとき、その礼は、おぬしの大志と充分ひきあうものにしたいと思うておるが、どうじゃ？」

「そのねがいとは？」

と、放下屋物四郎は、ふと興味をうごかしたようにきいた。

「実はな、これは扇谷家の秘事じゃが。――」

権之佐は声をひそめた。

「わが管領家は、もう一方の管領山内家、あるいは家来筋の長尾家などとの内争ひさしくやむときがない。……ここに先年来、小田原に北条早雲という野心家が勢いを得てきた。そこでわが家臣の中に、この際その北条と結んで、内輪もめしておる山内家や長尾家を討ちほろぼせという者が出てまいり、わが主君定正公もそれに心うごかされておわす」

「父上」

佐太郎が声をかけて制止しようとした。

「口を出すな、よくよく思案の上のことじゃ」

権之佐は首をふって、

「ほかから見ればそれも政略の一つといえようが……わしの意見は、北条と結ぶことはわが扇谷をほろぼすもとになると見る。あの早雲はこわい男じゃ。いま扇谷家は、一族の山内家、一党の長尾家と一つになって、むしろ団結して北条と相対すべきじゃとわしは考えておる。――」

「父上！」

　佐太郎がまた声を出した。

「さような大事を、素性も知れぬ者に……」

「だまりおれ、わしの眼力で見こんだこの仁じゃ、責任はわしがとる。……わしはこの仁は、あえて荊軻の役をつとめてくれる人物じゃと見ておる」

　荊軻とは、秦の始皇帝を刺そうとした俠勇の刺客だ。

　権之佐は叱りつけて、

「さ、その早雲と結ぶ策を主君にすすめておるのが近年新規に召しかかえられた男で、これもわしの見るところによれば、実にゆだんのならぬ奸物、その策もただ自分の存在を高めよう、重からしめようという野心のみから発した奇策。捨ておかば必ずや扇谷家をほろぼす危険人物じゃ」

　と、つづけた。

「いや、捨ておかば――ではない。その男はついに主君を説きくるめて、北条に盟約をすすめる使者として、六日後の二十一日、伊皿子のお城から小田原へ出発の手はずになっておる」

　権之佐の顔に焦燥の色がにじみ出していた。

「それをやっては万事休す、と心痛いたしておれど、その人物、かねてより身の危険を知ってか、無双の武芸者三十余人をもって親衛隊となし、容易には手もつけられず、それより、わがほうで手を出しては、御主君より、ただの勢力争いの嫉妬から発したふるまいかと見らるるおそれあり――」

権之佐は居合師を見つめて、

「かかるしだいにて、きゃつを討つ者は、当面扇谷家と無関係な人間であることが望ましい。ましてやあの妙技、おぬしなら、この役目、果たせると見こんだ。きいてくれぬか？」

と、いった。

放下屋物四郎は笑った。

「それにしても、ずいぶん虫のいいご依頼でござりますなあ」

「それは百も承知じゃ。それをあえてたのむのだ。その礼は、おぬしの大志をとげるのにふさわしいものにする。そこで、その望みをききたい」

「私の望みは、残念ながら、出世、金銭、そんなものではござりませぬ」

と、物四郎はいい、そっぽをむくように窓の外を見た。気のないようにいう。

「ところで、その北条方へ使者にゆくというご家来の名は何というのです」

「籠山逸東太（こみやまいっとうた）と申すが。――」

物四郎はこのとき、電光のごとく権之佐に顔をもどし、また円窓の外――庭のかなた、柵のむこうをながれる群衆のほうへ顔をむけ、

「おおっ、犬田小文吾！」

と、うめいた。

だれか知人を発見したらしい、と見た河鯉父子もあっけにとられたが、次の瞬間、さらに居合師は思いがけない行動に出た。

ふいに立ちあがると彼は、その円窓からぽんと外へとび出したのである。

いちどふりかえって、

「ただいまのお話、たしかに承知つかまつってござる！」

と、さけんだが、そのまま庭を往来のほうへかけてゆき、朱の柵をおどりこえて、群衆の中へとけこんだ。――

彼は、犬坂毛野であった。

いちどは旅芸人の女すがたの踊り子として、次には襤褸（らんる）の乞食として、そしていまは大道の居合師として、その出現ぶりはまさに神変。

去年の秋、信州青柳（あおやぎ）の宿で捨て去った犬田小文吾と犬川荘助だが、毛野自身も少なからず心に残るものがあり――いま、そのうちの小文吾が、だれか見知らぬ男とともに、湯島天神わきの道を、何やらただならぬ表情で群衆をかきわけてゆくのを見て、思わず声をあげてそれを追ったのである。――

しかし、毛野はそれを見失った。

小文吾といっしょにいた男は、毛野はまだ知らないが犬村大角であった。

二人は犬川荘助、犬飼現八とともに甲州をたって、途中身延山などにのぼって、ようやく江戸にはいり、めざす穂北の庄へつく前に、この湯島天神に見物にきたのだが、彼らも群衆の中に思いがけない人間を発見して、髪の毛を逆立てて、それを追ったのだ。

忘れてなろうか、それは毒婦船虫であった。

しかし彼らもまた、その妖女を見失った。船虫は気づいて、逃げたのである。――

七

船虫は魔鳥のようにかけていた。

彼女が浅草千束(せんぞく)かいわいの盗賊かもめじりの並四郎の女房として生きていたのは、もうあしかけ六年のむかしになる。その後、いかにしてか野州の妖剣士赤岩一角の妻として、とりすました姿を見せたが、ついでこんどは越後にゴゼかつ野盗酒転次(しゅてんじ)の情婦としてあらわれている。

これは、犬士たちの前に出現した姿の点描であって、これ以外のときは何をしていたのか。そもそもこの世に生をうけて以来、いかなる生涯を持ったのか、だれも知るものはない。

知っているのは闇黒の魔王だけであろうが、とにかくこの女の姿を見せるところ、必ず善良な人間が涙をながし血をながし、無実の罪や非業の死におとされてゆく。

去年四月、越後の小千谷で、犬田小文吾と犬川荘助に退治されかかって、あやうくのがれた彼女は、それからどうしたか。——

とにかく妖女船虫は忽然としてこの江戸にあらわれた。

そして、おそらく何かひとかせぎしようともくろんだのであろう、きょう湯島天神かいわいにきて、うろついていて、はからずも雑踏の中に犬田小文吾と犬村大角を発見したのである。

いや、さきにこの両人に発見されたといったほうが正しいだろう。

「あっ……あの女だ！」

そのさけび声とともに、群衆をかきわけてあらあらしく近づいてくる小文吾と大角に気がついて、さしもの魔女も、顔色を変えて逃げ出した。

船虫は死物狂いにかけた。そして、ついに小文吾と大角から逃げきった。

彼女が逃げもどったのは、品川にちかい八山にかたまった長屋の一軒であった。

入口でもういちどふりかえり、戸をしめてからもなお息せききって立っている船虫を、あばら家の中のむしろの上で、一匹の黒猫相手に、このひるまから酒を飲んでいた男が、

「どうしたんだ」

と、きいた。

「湯島天神で、角太郎にあったのさ」

「角太郎」

「野州赤岩村の赤岩一角の息子。——それが、私を知っているもう一人の男といっしょに湯島天神のそばを歩いていて、私を見つけて追っかけてきたのさ」

「もう一人の男……あの犬飼現八という男ではないか」

「いえ、あの男とはちがう……犬田小文吾という男だけれど」

「ふうん」

「とにかく、どうやら逃げおおせたけれど……あのぶんじゃ、私を見つけたらただじゃおかないね」

　ひげだらけの男は、しばらく船虫の蒼い顔を見ていたが、

「角太郎は、籠山先生をどう見ておるかな？」

と、いった。

「そりゃ、私ほどにくんではいないだろうけれど、やはり私の一味と思ってるでしょう。赤岩村で私といっしょに角太郎のところへおしかけ、私をつれて逃げたのだから」

「籠山先生は角太郎をどう思っておられるかな？」

「さあ？」

「赤岩角太郎が江戸にあらわれて、籠山先生をかたきの一味としてつけ狙っておるといったら、籠山先生はお信じになるかな？」

「それは、話のもちかけようによっては」

「よし！　それを帰参の手がかり、手みやげにしよう」

と、男はひざをたたいた。

彼は、かつて籠山逸東太の四天王の一人といわれた八党東太(はっとうとうた)という者であった。野州赤岩村の赤岩道場で、犬飼現八のためにたたき伏せられた男だ。

八党東太はその後、師の籠山逸東太とともに長尾家を去って、扇谷家の家来となったのだが、逸東太の不興を買うことがあって放逐されたあげく、辻斬り稼業におちてしまった。籠山四天王の一人と呼ばれた男だが、ところを得ない剣法は、辻斬りにでも生かすよりほかはなかったのである。

そして、闇の世界で、女賊となっていた船虫とめぐりあった。——

赤岩村から逐電の途中、逸東太先生を色じかけでだまし、所持金を奪って逃げた女だ。で、そのとき彼女をとらえて、逸東太のところへつれてゆこうと思ったのだが、

「つれてってごらん。籠山先生は私は成敗しないで、お前さんを成敗するだろう」

と、せせら笑う船虫の言葉に、たちまちよろめいた。

あんなことをしたくせに、どうやら船虫は籠山逸東太にふしぎな自信をもっているらしい。で、実際船虫のいうようなことになる可能性は充分感じられたのである。

のみならず、妖艶(ようえん)無比の船虫の魅惑にまけて、ただいま見るように、こんなところに同棲している。

「実はさっき、往来で籠山四天王の一人に会ったのだ」

と、八党東太はいった。

「おれのこのみじめな姿を見て、むこうもあわれんだのじゃろ、何とか帰参の助力をしてやりたい、しかし籠山先生はこの二十一日、一党をひきいて小田原へ使者として出かけられるゆえ、その用果たして伊皿子のお城に帰られてからのことにしよう。――しかし、何か手みやげがほしいな、といった」

彼は、師から放逐されて以来、逸東太の――千葉家から長尾家へ、さらに長尾家が不首尾になると管領扇谷家へ、転々と主をかえつつ、しかも相当な地位を得てゆく才幹にあらためて舌をまき、いまや帰参の望みに火のような焦燥を感じているのであった。

「角太郎がおった以上、あの犬飼現八もそばにおるだろう。――あの赤岩一角さえ斬った男だ。あいつはこわい。――とにかく赤岩角太郎が、大変な剣法者を何人かつれて、籠山先生を狙っておる、と報告しよう。そして、いそぎ反撃の剣士隊を編制することを進言し、その一人におれを加えてもらうことにしよう。どうじゃ？」

八党東太は、むしろの上に座った船虫をのぞきこんで、

「剣士隊を編制したら――お前、もういちど湯島天神かいわいをうろつけ。お前を殺してもあきたりないくらいの角太郎は、必ずこのあともお前を探して、あのあたりを徘徊(はいかい)するにきまっておる。それを襲って、始末するのだ」

と、いった。

「あぶないが、お前がそこまでやったら、籠山先生もお前をゆるして下さるだろう」

はなはだ虫のいい要求だが、船虫は、

「それじゃ、やって見ようかね。とにかくあの角太郎をかたづけてしまわないと、私も枕をたかくして寝られないよ」

と、黒猫の頭をなでながら、うなずいた。

「ところで、善はいそげ、じゃ」

と、東太はいった。なにが善なものか。――

「いま、伊皿子の城へいっても、このざまでは門前ばらいをくわされるにきまっておる。二十一日、籠山先生は小田原へ出むかれるとか。その道中に待ち受けてこのことを報告し、とにかく、とっかかりを作っておきたい」

東太は、自分の垢じみた、つぎはぎだらけのきものを見て、

「それにしても、まさにこのざまでは、先生の前には出られん。やはり一応の身支度をしてゆかねば、きいてもらえる話もきいてもらえん」

また船虫の顔を上眼づかいに見て、

「その身支度の金を、二、三日のうちにも作りたい。……船虫、例の舌切り雀をやってくれんか」

といった。

船虫は黒猫を抱きあげて、自分のなまめかしい口をなめさせていたが、顔をこちらにむけて、

「それじゃ、やろうかね」

と、艶然と白い歯を見せた。

彼女はもう四十を越えているだろう。しかし、いまでもすれちがう者がみなふりかえるほど美しい。

その美しさを持っていて、かつ、あれほど神出鬼没の女怪ぶりを発揮していて、とどのつまりはこんなあばら家で、剣法者くずれの辻斬り男といっしょに暮らしている。

まことにご苦労千万な人生といいたいほどだが——しかし彼女は、ひょっとすると、悪をする、そのこと自体に陶酔をおぼえていて、それを生きがいに生きている女かも知れない。

船虫は、ときどき品川の海べあたりの往来に、夜鷹（よたか）に出て、客をとって商売中、相手の舌を自分の口にさそいこんで、その舌をかみ切って殺し、懐中のものをすべて奪う、という淫魔（いんま）ぶりを発揮しているのであった。艶然たる死の歯だ。彼女はこの行為を舌切り雀と呼んでいる。

ときにしくじって、客がさわぐと、近くで見張っている八党東太がかけつけて、斬り殺すのである。——いずれにせよ、屍体は海へほうりこむ。

しかし——この凶盗夫婦は、ともかくもこの二十一日、伊皿子の城を出る籠山逸東太に警戒を伝えようとしている。たとえ、でっちあげにしろ、もしほんとうに逸東太を狙う者があれば、それは警報になるはずだが。——

八

三日のちの日の暮れたばかりの芝浜に、二人は商売に出た。

ところが、海に月はのぼったが、冬の夜のこととて、客がない。通る人間さえまばらだ。

しかも、金のありそうなやつを見かけない。

やっとつかまえたのは、牛をひいて、提灯をぶら下げてやってきた一人の百姓であった。

「しかたがない。あれをやれ。人間はともかく、ありゃ、みごとな赤牛だ。あれをあした売れば、へたな所持金より金になるわい」

と、八党東太がささやいた。

船虫は苦笑して、しかしやがてその百姓に近づいて呼びかけたときは、悪魔も心をとろけさせずにはいられない蠱惑の精と化していた。

「もうし、旦那さま、私は夫を失い、病気のしゅうとめを養うために、はずかしや情けを売っている女でございます。人助けと思うて、どうぞ私を買って下さりませ」

百姓はびっくりしたように、月明かりに船虫の顔を見ていたが、その媚笑にたちまち眼じりを下げてこれに応じた。

近くに、格子の落ちた閻魔堂があった。そのそばの立木に牛をつなぎ、堂の縁側で、百姓は快楽の天国にのぼり、舌切り雀の地獄に落ちた。

この惨劇を、縁側のはしに座った一匹の黒猫が金色の眼でながめていた。――船虫の愛猫だ。

苦鳴とともに縁の下にころがり落ちた屍体に、尻っからげした東太がはいよってきて、

「ちえっ……たった、百文しか持っていやがらねえ」

と、舌打ちした。

おそらくその百姓は、近郷で牛を買って帰る途中だったのではあるまいか。所持金は、それだけであった。

「牛を始末するにしても――もう一人か二人、つかまえろ」

と、いって、屍骸をひきずっていって、海へほうりこんで、東太は姿を消した。

妖しい女郎グモは、二人めの犠牲者を求めて、ふたたび街道に網を張った。

と、それから四半刻ほどたって、西のほうから一人、深編み笠の武士がやってきた。

船虫はハタハタとかけよった。

「もうし、お武家さま、私は夫を失い、病気のしゅうとめを養うために、はずかしや情けを売っている女でございます。人助けと思うて、どうぞ私を買って下さりませ」

武士は黙って彼女の腕をつかみ、一方の手で笠をあげた。

「これ、うぬはおれを、だれと思って呼んだ？」

月光の中に浮かびあがったその顔をふりあおいだときの船虫の驚愕にまさる驚愕は世になかったろう。

それは犬村大角——彼女の知るところでは、赤岩角太郎であった！

「あっ」

恐ろしい力で、狂気のように腕をふりはなし、十歩ばかり逃げて、どんともう一人の武士にぶつかった。

これは小山のように大きな体格を持った侍で、かるがると女をとらえて、

「こんどは逃がさぬぞ、船虫。——犬田小文吾じゃ」

と、深編み笠の中でいった。

「助けてっ、東太どのっ」

船虫は絶叫した。

闇のかなたから、一刀ひきぬいて八党東太がとんできたが、その前に三人めの深編み笠が、月光にもうろうと浮かび出て、

「待て」

と、立ちふさがった。

「あっ、犬飼現八。——」

八党東太は、恐怖の声をあげて立ちすくみ、ヘナヘナとくずおれた。

「ははあ、おれを知っておるか。お前はだれだ。——はてな、どこかで見た顔だな」

と、東太をふんまえて、犬飼現八が首をかしげているところへ、さらに三つの影が浮かんで近づいてきた。犬塚信乃、犬山道節、犬川荘助だ。

その犬川荘助も、船虫をのぞきこんで、

「ははあ、あの女か」

といったのは、越後の小千谷で、誤って救い、惜しくもとり逃がした盗賊酒転次の妻としてのこの女を想い出したからだ。

信乃、道節も、この大魔女の話はすでにきいている。

「どうしてくれよう、この毒婦め」

と、犬田小文吾がつぶやいた。かるく船虫の手くびをつかんだだけだが、船虫は鉄の環にしめあげられたように身をよじらせている。

寛闊な小文吾だが、いちどは罠にかけられ、二度めは刺されかかったとあっては、同情の余地はない。いや、それどころか、この女が盟友犬村大角の妻ひなぎぬに無惨の切腹をとげさせた張本人だときいた今においてをやだ。

その犬村大角は、一見典雅な若者だが、

「あえて殺生を好まぬ私だが……」

と、深怨にうすびかる眼で見すえた。

「この女ばかりは、首打ち落としてもあきたらぬ思いがする。……」

船虫はもとより、八党東太も鳥肌になった。

二人はやがて、自分たちの帯で、閻魔堂のそばの立木にならんでしばりつけられた。

六人が何やら相談しはじめたのを見ると、東太は戦慄して、

「こいつが悪い女だということはわしも知っておる！　赤岩角太郎どのの妻女を非業の死に追いこんだのはこの女だということは、わしも知っておる！　しかし、それはわしには関係ない！」

と、わめき出した。

「ともあれ、今夜わしがこの女に夜鷹させようとしたのは、もとの剣法の師のもとへ帰参の身支度をととのえんがため――このわしの、武士としての苦衷を認めてくれ！」

東太の苦しまぎれの弁明を深く問いただしもせず、

「お前のもとの剣法の師とは、籠山逸東太のことか」

と、犬村大角がきいた。赤岩村で、知っていたのである。

「さよう」

東太が上目づかいに答えたのは、籠山逸東太に対する角太郎の心情がよくわからないからであった。

「籠山逸東太はどこにおる」

きっとして、犬川荘助が問いかけた。

それは犬坂毛野から籠山逸東太のことをきいていたからであったが――それを東太は、果たせるかなこの連中は籠山逸東太にただならぬ感情を持っている、と判断した。

「籠山先生は、いま伊皿子城におられる。管領家の重臣じゃ」

彼は媚びるようにいった。

「今夜のことで、こりた。わしは帰参はやめる。助けてくれ。その代わり、籠山先生の動静について教える。籠山先生は、二十一日、小田原へ、管領どののお使者として出むかれる。――」

「ほう？」

六犬士は顔見あわせた。

しかし、籠山逸東太は、この六人に関係ないのである。赤岩村での逸東太を知っている大角あるいは現八も、いま籠山の動静をきいたとて、彼ら自身どうするというほどの気はない。

「ああ、毛野がいたら。……」

と、小文吾がつぶやいた。彼は湯島天神で、毛野が自分たちを追ったことを知らない。

籠山逸東太が犬坂毛野の怨敵（おんてき）だということは承知しているだけに、彼にことわりなく籠山に手を出せば、かえって彼に怒られるだろう。

「定正が城から出てこねば、何にもならん！」

慨然として、道節がうめいた。

この男のつけ狙うのは、ただ管領扇谷定正なのだ。

で、去年の秋以来、穂北の庄を根城として、日夜伊皿子城にある定正の動静をうかがう道節に協力して、その日、他の五犬士もこのかいわいを潜行し、その帰途、はからずも天網に魔女船虫をとらえたのであった。

「いずれにせよ、かかるけだものに、みずからやいばを下すことは、犬士のけがれじゃ。こんなところで、ながくかかわり合うことさえ、いとわしい」

と、道節がうそぶいた。

「よって、けだものは、けだものをもって、誅戮を加える！」

刀身が一閃すると、彼が切ったのは、木につながれている牛の綱であった。

先刻、みごとな赤牛だ——と、東太がほめただけあって、荒々しいまでにせいかんな牛は、綱を切られてすぐに走り出そうとする。

その牛を、前にまわった小文吾が、怖れげもなくむんずと両手でつのをつかんで、

「あれを刺せ！」

と、いいながら、グルリと首の方向を逆転させ、はっしとしりをたたいた。

かつて越後で、闘牛の牛をねじ伏せた小文吾だ。

凄じい力に驚いたか、怒ったか、牛は頭を下げ、つんのめるようにかけていって、立木にしばられた二人の人間につのを突撃させた。

どっちの口からあがった叫喚かわからない。この世の動物の声とは思われない絶叫に、牛は狂乱して、ふたたび、三たび、船虫と東太の腹へ、胸へ、顔へ、鉄のようなつのを打ちこんだ。

帯をとられて半裸となった二人は、その帯をふりちぎらんばかりにのたうちまわる。

この凄惨無比の大処刑を、黙って見ているのは、堂の縁に座った黒猫と、格子のない堂

の奥の、はげちょろけの閻魔の木像だけであった。六犬士の姿はすでにそこになかった。

遠く、月光の中を、波音をかき消すような大哄笑の声が遠ざかっていった。

しかし、期せずして六犬士は、籠山逸東太への警報者を事前に消したのである。

九

文明十五年一月二十一日朝、伊皿子の城から小田原に使者として立った籠山逸東太の一行を、犬坂毛野は襲撃した。

密使というたてまえであり、またこのことは籠山の独断専行ともいうべきはかりごとであったので、供侍は三十余人に過ぎなかった。

朝ではあるが、寒風は吹きすさび、墨のような雲がひくくたれ下がって、いつまでも夜があけきらぬような暗い日であった。

この行列が、海と森——後年有名な処刑場となったいわゆる鈴が森のあいだの、ただ一本の道だけが通っている場所にさしかかろうとしたとき、ゆくてに忽然と、白鷺のような白衣の男があらわれて、呼びかけた。

「やおれ、籠山逸東太。しばらくとどまれ。これはさんぬる寛正三年冬、なんじにだまし討ちされたる相原胤度の忘れがたみ、犬坂毛野、不倶戴天のかたき、いま討つぞ！」

背にたばねた髪に白鉢巻、鎖じゅばんに白衣の姿で、疾風のように走って斬りこんできた。

この日の籠山逸東太の日程を知らせた扇谷家の重臣河鯉権之佐は、毛野のふしぎなわざを見て、おそらく奇手をもって籠山を討ってくれるものと期待したにちがいない。

しかし、犬坂毛野は、堂々たる正攻法をもって敵にはせむかったのである。

たちまち籠山方の供侍が三、四人、馬上から斬り落とされた。

しかし、籠山一行は三十余人いた。ほとんど騎馬で、しかもこれは逸東太がえりすぐった特別親衛隊であった。

「曲者(くせもの)、ござんなれ！」

最初のみじかい混乱ののち、騎馬隊は刀槍(とうそう)をきらめかし、襲撃者をとりつつもうとする。が、場所はせまい一本道だ。

毛野は、馬と馬とのあいだをかすめて走った。とんだ。正攻法にしても、その姿は白い鳥さながらに空中を翔(か)けた。馬上の敵は、さらに五人、六人と血しぶきをまいてころがりおちる。彼のふるうのは、落葉(らくよう)の名剣であった。

しかし、毛野はやはり手品を使った。剣をふるいながら、いたるところで小石をひろって、前後左右に迫る敵に投げつける。すると石は必ずめざす敵に命中して落馬させ、昏倒(こんとう)させた。

激闘はつづいた。

毛野の白衣は朱(あけ)に染まった。それは敵の血ばかりではなかった。

敵はしりぞき、それを追って毛野はいつしか海につらなる広い田野の中でたたかってい
た。敵はしりぞいたが、逃げようとはしない。
「仁田山は南にまわれ、小杉は北へまわれ！」
馬上で、籠山逸東太は号令し、その指図どおりに騎馬隊は機のごとくうごいて、毛野の
四方から襲いかかる。毛野の血ばしる眼に、逸東太の姿はまだ遠かった。
死闘の渦が、とある森に近づいたとき――その森の中から、数十人の真っ黒な集団が、
黒雲のようにあらわれた。
彼らは、みな黒い桃型のかぶとに、腹巻、籠手すねあて、ことごとく黒く、それが殺到
してくる中で、大音声が烈風にながれた。
「犬坂毛野、助けにきたぞ、犬田小文吾ここにありっ」
「犬川荘助だっ。……ここに義兄弟の犬山道節、犬飼現八、犬村大角もおるぞっ」
やがて、籠山隊は潰乱状態におちいった。
一騎、伊皿子城のほうへ、狂気のように逃げる逸東太の馬に、一騎が追いすがった。
それが、七、八間の距離にせまったとき、その手からひとすじのなわがとんで、うしろ
から逸東太の首にからみついた。逸東太はのけぞって、馬からころがり落ちた。
それは、敵から馬を奪った犬坂毛野の投げなわであった。
彼が馬からとびおりて、怨敵籠山逸東太の首をあげたとき、まわりをいまの助勢者たち
がとりかこんだ。

籠山勢はことごとく算をみだしてたおれている。

犬田小文吾、犬川荘助が快然として、毛野がまだ知らぬ同志の犬山道節、犬飼現八、犬村大角を紹介した。――が、そのほかにも黒い武者たちはたくさんいる。

「これは江戸の北にある穂北の庄の衆だ。――くわしいことは、そこにひきあげてからいう」

と、犬川荘助はいって、このとき、きっと北のほうを見た。

その方角から、つなみのような叫喚が近づいてきた。

風になびく林のごとく、刀槍をふりかざした、おびただしい新手の敵であった。

これを見て、犬士たちは驚きもせず――小手をかざしてながめた犬山道節が、

「扇谷定正、城から出てきおったか。――出てきたことを祈る!」

と、ほえるようにいった。

彼はそれを待っていたのである。

実は、船虫を誅戮(ちゅうりく)した犬士たちは、きょうの籠山の使者の件は知ったが、犬坂毛野がそれを襲うとは知らなかった。いちどは籠山をほうっておくつもりになっていたのである。が、そのあとで道節が思いなおした。

伊皿子城のすぐ近くで籠山逸東太を襲い、一行をみな殺しにすれば、気のあらい扇谷定正は、その面目にかけても必ず自身で手勢をすぐって出てくるだろう、と。

この想定に、五犬士も、穂北の庄のあるじ氷垣夏行もうなずいた。夏行はこの作戦に配

下の郷士たちを参加させた。六犬士の一人ずつに十人、すなわち六十人の郷士を。

天なり命なり、この出撃が犬坂毛野を助けることになろうとは。

そして、想定通り、伊皿子城から敵が出てきた。しかも、果たせるかな、その陣頭に扇谷定正がたっていたのである。——

最初、鈴が森に一人狼藉者があらわれた、ということを、籠山勢の中から一騎はせ帰って注進したとき、さして気にしなかった定正も、ついで籠山勢に倍する曲者が出現して苦戦中だという急報を受けて、顔面に朱をそそいで即刻みずから出撃することを家臣に伝えた。

にえくりかえるようなさわぎの中に、よろいかぶとに身をかため、馬に鞍をおかせようとする定正にとりすがったのは、重臣の河鯉権之佐であった。

彼は、籠山逸東太はこれまで諸家を転々と変わり、その本心も知れぬ男、おそらく籠山を襲ったのは彼の過去に因するものと思われるが、さような正体不明の敵に、殿おんみずからかけむかわれることは、ご軽挙でもあり危険でもある、と必死の制止をした。

「やあ、なんじはかねてより籠山の反対者であったよな。いま、彼をそしるがごときさしで口、きく耳もたぬ。小田原へいで立った使者を、城の眼と鼻の先で討たれたとあっては、早雲のみならず、天下に対して定正の面目が立たぬわ、そこのけ、河鯉」

ぴしいっと鞭で打ちすえて、扇谷定正は手勢をひきつれ、城をかけ出した。

あと見送った河鯉権之佐の顔は、死相を呈していた。彼は見知らぬ若者に、彼がお家をあやまる奸物と信じる籠山逸東太の暗殺を依頼した。しかしながら、その結果、主君までが危地にみずから赴くことになろうとは予想もしなかったのである。

十

待つやひさし。——

おもわく通り、敵の大将扇谷定正が誘い出されたと知って、せいかん無比の荒武者犬山道節は狂喜乱舞した。

道節ばかりではない。他の犬士も、その雑兵となった穂北の郷士たちも勇躍してこれを迎え撃った。

雲はいよいよひくく、暗澹として、それは冥府のたたかいさながらであった。

犬士たちとその兵が六十人足らずなのに対し、定正につづいてくり出してきた扇谷勢は、それでも三百人はこしていたろう。

が、犬士たちはまさに万夫不当の勇者だ。それに扇谷勢は大あわてで出撃して、敵の正体もまだよく知らぬありさまであった。やがて扇谷勢もまた潰乱状態におちいった。

しかも——何たることか、いま出てきた伊皿子城が燃えている、という報告がはいったのである。

これは、この戦闘に直接加わっていなかった犬塚信乃が、配下の穂北郷士十人とともに、城に逃げ帰ってくる扇谷方を襲ってたおし、その旗さしものを身につけて、敗残兵に化けて城にはいりこみ、火をはなったものであった。

「定正、待てっ」

髪ふりみだして、犬山道節は敵から奪った馬にうちのり、疾駆していた。まるで軍神摩利支天のようだ。

扇谷定正は馬で逃げてゆく。

伊皿子城が炎上しているという報告に、彼はべつの支城、上野の向が岡城へむかったのだが、郎党すべて四散して、彼はただ一騎であった。

「これはさんぬる文明九年、なんじのためにほろぼされたる練馬家の旧臣、犬山道節なるぞ。なんじ管領の名に恥じずば、正々堂々馬をかえして、わが復讐のやいばを受けて見よやっ」

きこえたか、きこえぬか、定正は鞍に身を伏せて必死に逃走する。

もう一騎、追ってきた白衣の若者が馬をならべた。

「犬山どの！」

「犬坂毛野だ。おれのかたき討ちの助勢をしてくれた礼に、おぬしのかたき討ちの助勢をするぞ！」

彼は左手でたづなをとり、右手で大きく投げなわの輪をふりまわしていた。

と、前方から、一人の若侍につきそわれて、一挺のかごがやってきた。——若侍は、定正の姿を見ると何かさけんだが、定正はそれに応答もせず、かごをかすめてかけ去った。

「しゃあっ、ちょこざいなり、じゃまだてするか！」

道節が馬のままそのかごをとび越える体勢にはいったのを見て、犬坂毛野がさけんだ。

「待てっ、犬山どの！」

その声より、前方のかごに起こった異変を見て、道節はたづなをひき、馬はさおだちになった。

路上におかれたかごのまわりに、いくつかの青い炎が、メラメラと宙に旋舞している。

――

「おぬしは――」

と、毛野は呼びかけた。

「河鯉権之佐どのの――」

「せがれの佐太郎です」

と、若侍は答えた。

湯島天神で、父のそばにはべっていた顔だ。――毛野はいった。

「権之佐どののご依頼にこたえて、籠山逸東太はたしかに討ち果たしたぞ」

「その結果、主君はお城を出られ、案の定、敗れられたようでござるな」

この間答にいらだって、

「そこどけ、さなくば蹴殺(けころ)しても通るぞ！」

と、かたわらの道節が鬼神のごとく髪をさか立てたとき、またもかごの上、暗い虚空に青い火が燃えあがり、とびめぐる。

「父はすでに死にました」

佐太郎は、かごのたれをあげた。

「父は、主君を危難にみちびいた罪を謝し、さきほど切腹いたしました。籠山を襲ったのはおそらく湯島天神のあの若者、死んだ自分の姿を見せて、主君のおいのちを救え、という父の遺言により、ただいまここへ参ったものでござる！」

かごの中には、白衣に白いかみしもをつけ、下半身朱(あけ)に染まった河鯉権之佐のうなだれた姿があった。

じいっとそれをのぞきこんでいた毛野は、

「犬山どの」

と、えぐるような声でいった。

「相すまぬ。これにはわけがある。――武士のなさけ、私に免じて、きょうのところは扇谷定正を追うのはやめて下され、犬坂毛野、このおわびは後日必ずいたす！」

馬上でかっとむき出したままの道節の眼に、定正の姿はすでになかった。――

「ちええ、無念なり」

と、道節は歯がみしながら、――

「それにしても、いまの鬼火は死びとから出たものか」

と、きいた。

「鬼火？」

河鯉佐太郎は、けげんな顔をして、首をかしげた。

「さようなもの、私には見えなかったが。——」

そのとき背後から、いずれも騎馬の犬士とその兵たちがかけてきた。敵の大半は討たれ、逃げちったのだ。犬塚信乃の一隊も加わっている。

彼らは手傷いの味方を収容して、ひきあげにかかった。

品川の海へ。——きたときと同様、数そうの苫舟に分乗して、海から隅田川へ、そして彼らの梁山泊たる穂北の庄へ帰るのだ。疾風迅雷、敵から見れば、まるで黒雲のかなたからふってきて、また黒雲のかなたへ消えたとしか思われない襲撃隊の出没ぶりであった。

実の世界　神田同朋町

一

馬琴は語りおえた。——が、しばらく、眼を宙にすえたまま放心の態だ。

天保六年五月はじめの夕方である。

相手の眼には感嘆の光があった。いつも聴き役になっている北斎ではない。四十ばかりの武士だ。

その名を渡辺登という。——

だいぶ昔、息子の宗伯が絵の修行に、ある絵師のところへかよっていたころ、同門の友人として連れてきてから滝沢家と親しくなった人物で、その日、この春から病床についている宗伯の見舞いに訪れて、しばしその枕頭にあったあと、馬琴の書斎にきてあいさつをしたら、そのままここにとめられてしまったのだ。

そのとき登が、まず宗伯の病気について話し出そうとしたら、その前に、

「渡辺どの、きょう時間がおありか」

と、馬琴がきき、登がうなずくと、実は八犬伝のつづきの腹案ができたのだが、いつもそれを、ある人にきいてもらってから筆をとるのをならいとしている。その人間が、どういうわけかここのところさっぱり姿を見せないので困っている。だれにきかせてもいいというわけにはゆかないので、もしできるなら、あなたが聴き役になってくれないだろうか、と、たのみこんだのである。

むろん、登が以前から「八犬伝」の愛読者であることを知ってのことだろうが――その何か思いつめたような表情におされて、登がつい承知した結果が、いまの、犬坂毛野（いぬざかけの）をはじめとする犬士たちの管領（かんれい）襲撃の壮絶な戦いの物語であったのだ。

「ついに、船虫（ふなむし）に天誅（てんちゅう）が下りましたな」

と、登のほうから口を切った。

「少々残酷すぎるような気がいたしますが――」

彼は、この謹厳な老人のどこからあんな凄じい発想が出てくるのだろうとあやしんだのだが、いま語りおえた馬琴は、依然、ぼんやりとしている。

「まあ、あれだけの毒婦ですから、因果応報、当然の刑罰かも知れませんな」

「あれは、地獄の獄卒牛頭馬頭（ごずめず）から着想したものだが――」

馬琴はわれにかえったようだ。

「どうも、らちもないうそ話を、ながながときいていただいて、かたじけない」

と、頭を下げた。

「いえいえ、これが本になる前に、こんな面白い話をきかせていただいたのをありがたく存じております」

「ところで、渡辺どの」

と、馬琴は登の顔を見て、

「その牛の船虫殺しの場面をひとつ、いまここで絵にして下さらんだろうか？」

「私が？」

渡辺登はあっけにとられて、すぐに、

「そんな絵は、私にはかけませんよ。まして、いますぐここで、など——」

馬琴はしばらく考えていたが、やがて、

「いや、『玄同放言』とちがって、いまの崋山先生に読本のさし絵をかいていただくなど、失礼かも知れませんな」

と、いった。

実は、もう十五、六年も前、馬琴は自分の考証的随筆「玄同放言」という本に、若い登にさし絵をかいてもらったことがあるのだ。——登の画名を崋山という。

「いえ、そんなわけではありません」

崋山はあわてて手をふった。

「ただ、私はそんなに器用じゃないので。……」

馬琴はいい出した。

「実はね、この八犬伝は、いままでいつも腹案を例の北斎老にきいてもらって、いろいろと批評を受けた。北斎老はいまさし絵はかかないが、このときにかぎって、二、三枚絵をかいてくれたのです。それが、どれだけ私のはげみになったか知れない。――その北斎老が、ここのところとんとやってこないので、ついその役をあなたにやってもらおうと思いついたのですが――」

と、苦笑した。

この崋山はたしかに絵の名手だが、なるほど八犬伝をかいてもらっても、北斎のような神魔的鼓舞を自分に与えてくれないかも知れない、と考えた。

「北斎め、このごろどうやら江戸にいないようだが、どこをほっつき歩いておるのか……」

と、つぶやいた。すると、

「北斎先生なら、この春、石町(こくちょう)の長崎屋でお逢いしましたよ」

と、崋山がちょっと可笑(おか)しそうな表情でいい出した。

「私もお久しぶりで、いろいろと面白いお話を承りましたが」

二

日本橋石町の旅館長崎屋は、毎年三月、幕府にあいさつのために参府する長崎出島の甲(カ)

比丹（ビタン）一行の定宿となっている。

そのとき、いわゆる蘭癖（らんぺき）の連中がそこへ集まって、オランダのさまざまな珍奇な品物を観賞する習いのあることは、馬琴も承知している。

そしてまた、北斎がそんな集いに出たのには——かつて出島の甲比丹とオランダ人医師がひどく北斎の絵に感心して、あるとき彼に、日本人の誕生から葬式までの風習を絵巻物にしてくれと依頼したことがある。で、北斎は年余をついやして、二組の絵巻物をえがきあげた。すると、医者のほうが、自分は甲比丹とは収入がちがうので何割かまけてもらえないだろうか、といい出した。それは異国人向きにかいたので、ふつうの日本人にはちょっと売れそうにない絵であったが、北斎は、「それでは約束がちがう。日本の絵師は相手によって掛け値をつける、と思われては日本人の恥になる」といって、二巻ともひき裂いてしまった。——

それを甲比丹がきいて、ひどく感嘆して、医者を叱責（しっせき）したという話だ。

そんなことから北斎と縁ができたのだろうが。——

「ほほう。……」

「そうそう、そのとき、曲亭（きょくてい）先生、あなたのお話も出ましたよ」

「はて、どんな話を？」

崋山は首をかしげて、

「さあ、そのときのお話をしていいものやら、ちょっと迷いますが……」

「かまいません。北斎は拙者のことについて、何をいったのでござる？」

「それじゃ、申しましょう。……甲比丹一行の見せてくれた品々のなかに、あちらの絵もありまして……実は北斎先生もそれを見に長崎屋にこられたようですが……そのなかに、一枚、幽霊船の絵がありました」

「ふむ。……」

「それが、暗い空の下に、ボロボロの帆船……というより、帆柱に妖しげな鳥がとまり、綱にいっぱい何やらがぶら下がり、船体にも海藻やカキガラなどがうずたかくへばりついて、原形も見えないような船なのですが、それを見ながら北斎先生が、ふと、こりゃ馬琴の小説のようだな、と、おっしゃったので。……」

「なに、私の小説が、幽霊船。……」

馬琴はぽかんと口をあけたが、すぐに了解した。

「八犬伝」は、彼のしゃべる腹案に、構想の枝がのび、講釈の根が盛りあがり、説教の葉がしげり、余談の蔓（つる）がはいまわって、世に出る物語になったときは、もとの骨格も不明なほど巨大で怪異なものになっている――いや、馬琴自身には大筋はわかっているのだが、そういう評がある。いちばんズケズケとそのことを口にするのは北斎だ。

「幽霊船とはひどいな……それだけでござるか」

「ああ、それから、こんな話もなすった。ふと私を見て、あんたこのごろ侍としてえらくなられたそうだが、侍としての渡辺登が実かね、画家としての渡辺崋山が実かね？　と」

「ははあ。……で、あなたは何と答えられた？」

「私は、しばらく思案の末、どっちも実だと答えました」

「なるほど。——それについて、北斎は？」

「北斎先生は、こんな意味のことを申されました。一般に男は二つの姿を持っておる。仕事と家庭と。——仕事が実で、家庭は虚と考えてるのがこの北斎、家が実で、仕事が虚と考えてるのが馬琴、どっちも虚と考えてるのは仙人か廃人で、どっちも実と考えてるのは馬鹿か幸福人だと思うが、さて崋山君、あんたは馬鹿か幸福人か、どっちかな？　と、私をのぞきこんで、カラカラと笑われました」

　崋山も笑った。

「馬鹿か幸福人か——おそらくどっちも当たっているでしょう。実際、私にはお勤めも絵も家庭も実なのです」

　馬琴はうなずいた。

　この崋山に関するかぎり、そう認めないわけにはゆかなかった。

　若いころから滝沢家に出入りしているので、こちらは一応年長者らしい口をきいているけれど、この人物はいま三河田原藩三宅家の、家老格にもあたる年寄役であるのみならず、画家としても堂々たる大家なのである。

「北斎先生の場合、絵が実で、あとは虚だといわれるのはわかります。なにしろこのごろは画狂老人、と称していられるくらいですから。……しかし、曲亭先生が、御著作を虚と考えていられる、というのはわからない。……そこで、そこのところをもういちど、おうかがいしようとしたら……」

崋山はしばらくいいよどんだ。

「どうしました」

「妙な事件が起こったのです」

「何が？」

「ふいに門口のほうから、どどっという足音がしたかと思うと、大広間の入口に、半被（はっぴ）にねじり鉢巻の、二十二、三の若い男があらわれて、宿の衆に組みとめられながら、逆手にのみをふりかざし――殺してやる、ここへこい、北斎じじい、おふくろが肺病だってえのに知らない顔で、てめえはうめえものをたらふく食い、じじいのくせにあっちこっち、蝶々（ちょうちょう）みてえにとびまわっている薄情者、見殺しにされたおやじやおふくろのかたきだ、ここでたたっ殺してやるからかくごしろ――とか何とかわめいているうちに、自分もがぼっと血を吐いて――」

「へえっ？」

「北斎先生はいつのまにか屏風（びょうぶ）のかげにかくれておいでしたが、やがてその男がみなにとりおさえられてひかれてゆくと、頭をかきかきあらわれて、いや、いまのは私の孫だが、とんだ乱暴者で、私をゆすり、追いまわす。それでここのところ江戸から逃げておりましたが、久しぶりにこの長崎屋へきたところ、どうしてそれを知ったか、いまのようにあばれこんできたようで、とんだ恥をみなさんにお見せして申しわけございません。と、ペコペコおじぎなされました」

馬琴はふっと宙に眼をすえていたが、

「その男は、手に何を持っておりましたと？」

と、きいた。

「のみです。どうやら大工のように見えましたが。……はじめて知ったことですが、北斎先生には大工をやっているお孫さんがおありだったのですか？」

馬琴は答えるのも忘れて、眼を天井の隅にあげている。

その眼が、何か変なのに崋山は気がついた。ここへはいってきたときから、馬琴の風貌に何か異常なものが感じられて、いま八犬伝の長物語をきかされる羽目になったのも、いくぶんかそのせいもあるが、どうやらそれは馬琴の眼らしい。

しかし、眼のどこがおかしいのか、よくわからない。

馬琴は――もう十年ほど前になるか、たしか北斎と堺町(さかいちょう)の芝居を見物にゆく途中、和泉(いずみ)橋(ばし)でかいま見た北斎の孫を想い出していた。

あの少年がもう二十二、三になったのか、なるほどそうなるはずだが、あの大工の道具箱を小さな肩にのせて、フラフラ歩いていた孫が――なんだと？　いま、のみをにぎって祖父を追いかけまわしていると？

「それから、北斎はどうしました？」

「さすがに、だいぶしょげておられましたが……わけをきこうにも、ききかねるほどで……そのうち私の耳に、崋山君、わしは百まで生きるつもりだ、百まで生きたらわしの絵は完璧なものになる、それまではおちおち死ねん、と笑ってささやいて、そのまま風のように長崎屋を出てゆかれました」

「北斎らしいな。……そうでしたか」

三

「ところで、曲亭先生」

　崋山は居ずまいをただして、

「さっきちょっと口にしましたが、先生はほんとうに、ご自分のお仕事を虚だと思っていらっしゃるのですか?」

「ああ」

　馬琴はうなずいた。

「私のかくものなどは……いわでもしるき架空の言、ひっきょう遊戯三昧にて、ちとも世に裨益なし……と、いえるものです」

「しかし――」

と、崋山は相手を見た。

さっき見舞った自分の眼で見ると、息子の宗伯の命は旦夕に迫っているように見える。それなのに、そのことについては何もふれず、八犬伝の長物語をきかせるこの馬琴という老人に、彼はあらためて驚嘆していたのである。

「おう」

馬琴も気がついたようだ。この老人が顔をあからめて、

「そんな無益な作り話をながながときいていただいて、何とも申しわけないことでござった」

と、うめくように、わびごとをくりかえした。

「実は、渡辺どの……私は宗伯のことを思うと、怖ろしうてな。じっとここに座って考えておるに耐えられんので、それであなたにあんな話をきかせた。いや、そういうと、いよいよ申しわけないか」

彼はふかぶかと頭を下げ、

「宗伯のことについては何もいって下さるな。長い長い病体の子です。いままで、なんどもこんなことがあった、また病状は軽うなるかも知れん。ただ……」

と、頭をあげて、すがるように、

「この年になって、いまさらこんなことをいうのはおかしいが、私も宗伯も、口はばったいが、まず悪というものをなしたことがない。それなのに、こういう運命を見る。……そう考えるにつけて、正しき者が勝つという主題でかいておる私の小説などは、いよいよも

って虚しきわざではないか……と思うのです」

胸のおくそこから嘆息をもらす老作家を、崋山は大きな眼でじいっとながめていたが、やがてふとい声でいった。

「先生。……曲亭先生に対しておこがましい言葉でおそれいりますが……私は、正義は虚であっても、それをつらぬいて一生を終えれば、その人の人生は実となる。決して虚とはならん、と信じております。先生も、どうかそうお信じになって下さいまし」

そして彼も、故意に宗伯のことから話をそらし、

「ところで、せっかく八犬伝の物語をおきかせいただいたので、ちょっとおうかがいしたいのですが」

と、笑顔を作ってきいた。

「いまのお話のなかに、品川の伊皿子城（いさらこじょう）とか、上野の向が岡城（むかいがおかじょう）とか、そのころの江戸にあった城の名が出てきたようですが、太田道灌（どうかん）の江戸城はむろんあったのでしょう。ああ、ずっと前、道灌の子も登場しましたね。どうして江戸城をお出しにならないのですか」

「それは」

と、馬琴はいった。

「あぶない」

「あぶない？　いまのお城ではない。何百年か前の道灌時代の江戸城を出すのが、どうしてあぶないのです」

「お上というものは、どうとでもいいがかりをつけられるものでな。……私は以前、ある版木師に、天下の職人はお前一人ではない、と叱った手紙をやったところ、その職人があることで御用になったときその手紙を押収されて、私までがお呼び出しを受け、戯作者ふぜいが天下など口にいたすはふとどき千万、とお叱りを受けたことがあります」

馬琴は苦笑し、ふと崋山を見て、

「お、そういえば渡辺どの、あなたも長崎屋へゆかれたそうだが、それはただオランダの絵だけを見にゆかれたのでござるかな？」

「あ、いや」

崋山は、ちょっとひるんだ。

彼はこのごろ、憂国の志から「尚歯会」一名「蛮社」と称する西洋事情研究会をひらいていたのである。

「去年、御老中におなりあそばした水野越前守さまは、これまでの御老中とはよほど変ったきびしいお人柄ときく。……私も、そういう点だけはだてに年をくってはおらぬ。まことに老婆心じゃが、渡辺どのもご用心なされたほうがよろしいぞ」

崋山はしばらく沈黙していたが、

「その点はご安心下さい。私は天地神明にちかって、お国の法にそむくようなことはいたしません」

と、白い歯を見せた。

——のちに思えば、渡辺崋山が「国家」の運命について、近づく足音を明敏にきいていたように、馬琴も「個人」の運命について、近づく足音を敏感にきいていたのである。

が、崋山は——この馬琴の若いころの苦闘と、それにもめげぬ不羈(ふき)の性行は耳にしたことがあり、彼が中年の馬琴を知ってからも、そのつらだましいの片鱗(へんりん)をなんどか見たおぼえがある。そもそも曲亭馬琴という筆名をつけたのはこの家にはいった年だというが、これがクルワデマコトとも読めるという、いまの馬琴からは想像もつかないしゃれた命名だったのである。それがこのごろ急速にこの老人は、取り越し苦労をするようになり、臆病にさえなった、と感じた。

「もう一つ、おたずねしたい」

と、崋山は話をもとにもどし、

「これはもう、ずっと前に本になっているところですが……例の八犬伝の一人、たしか仁の珠を持っている大八という子供、あ、犬江親兵衛(いぬえしんべえ)とか改名しましたな。あれは、雷雨の中でゆくえ不明になって……その後、どうなりました？　まさか、お忘れではございますまいな」

と、以前から愛読者として気にかかっていたことをきいた。

「忘れてはおらぬ。だいたい私は、八犬伝に登場する人物で姓名を与えた者、何十人か何百人かまだ自分でもわかりませんが、全部それぞれ処置をつけるつもりでいます」

馬琴はうすく笑った。

「ましてや、親兵衛は——犬江親兵衛の再登場ぶりには、いかなる読者もあっと手をたたくでござりましょう。待っていて下さい」

崋山は気圧されるものを感じた。——やがて、

「それで安心しました。では」

と、笑って、

「きょうはこれで失礼しますが、またきっと参ります。どうぞご子息をお大事に」

と、一礼して立ちあがった。

それを送るために馬琴も立ちあがったが、足もとに積んだ書物につまずいて、ちょっとよろめいた。

縁側に出ると、庭で、馬琴の二人の孫を相手に、娘むこの清右衛門がぶどう棚のつくろいをしているのが見えた。

「清右衛門、渡辺どのにおかごを」

馬琴にいわれて、清右衛門はかけ出そうとした。

「ああいや、かごは無用、二本の足がござれば」

と、崋山は笑って手をふった。

とにかく一藩の家老格の身分でありながら、崋山は公用以外ほとんどかごに乗らない。どうしても乗らなければならないときでも、私用の場合は町かごに乗る。

もう暮色のただよう神田明神下の町を歩きながら、改めて崋山は、滝沢馬琴という作家

に舌をまいていた。

この老人を思うと、華美泰平をすぎて、ただれるようないまの世に、重い石が一つ、ごろんところがっているような気がする。

馬琴を知る人々の間では、その狷介ぶり、剛愎さ、執拗性にへきえきする者が多いらしいが、自分からみると、それすら魅力だ。

そもそも自分が滝沢家に出入りするようになったのは、最初こそ息子の鎮五郎と画友の縁によってであったけれど、その後は馬琴の無限とも見える学力に対する尊敬のためだが、その学力のもとは窮苦の青春期にあったときく。

とにかく正規の学塾も経験せず、独学で漢籍の白文まで読みこなす力をたくわえるなど、そんな性格でなければ不可能なことだと思う。

あのカチンカチンの老人が、あんなとてつもない雄大怪異の物語を生み出すなど、魔術を見るような気がするが、あれも才能というより同じ超人的努力からだろうと思う。

そう考えていたのだが、しかし——いま、息子が重病の果てにあると見えるのに、あの壮絶無比の長物語はどうだろう？　本人は、そのための苦悩をごまかすためだといったけれど、犬江親兵衛の再登場をほのめかしたときの、少年のような眼のかがやきはどうだろう？

崋山は、はじめてあの老作家に対して、讃嘆を超えたぶきみさをおぼえた。……

四

——一方、書斎にもどった馬琴も、崋山のことを考えていた。

ひとを素直な眼で見ることのできない、みずから「ひがもの」と自認している馬琴だが、あの男ばかりは感心せざるを得ない。

あの男がはじめてここへやってきたのは、たしか廿歳前後であった。まだ少年の息子の鎮五郎を、はじめ絵師で身を立てさせようと思い、まわりに北斎をはじめ浮世絵師はうんといるけれど、息子はのちのち大名のお抱え絵師に、という望みがあったから、谷文晁の流れをくむちゃんとした本絵師に入門させた。崋山はその同門であったのだ。

そのころから、人見知りをすぎて人を怖れる気味のあった鎮五郎が、心から敬愛の念をもってつきあい、そしてうちへも連れてきたのであったが、やがて崋山は父のほうの友人ともなった。鎮五郎より四つ年長の彼は、最初から、話にきく戯作者馬琴のほうに好奇心をいだいて近づいてきたようだ。

彼は、三河田原藩、三宅家の百石の侍の子ということであったが、田原藩が一万五千石という最低にちかい小藩で、しかも江戸詰めの父が病身でほとんど出仕できないありさまであったので、百石というのも名目だけで、極貧の少年時代をすごしたらしい。二人の弟も、幼時、寺の小僧にやられたほどだという。彼が絵師に入門したのも、実は絵を売って家計の足しにするのが目的であったという。

鎮五郎にまるで画才のないことはすぐにわかったが、崋山のほうはみるみる成長した。すでに彼がまだ二十代のころに、馬琴は「玄同放言」という随筆のさし絵をかいてもらったほどである。

そして、絵以外でも、彼の武士としての能力は殿さまの認めるところとなって、いまや田原藩年寄格という地位にある。

もともと大きな体格であったが、いま四十を越えて、堂々たる風格がただよう。

馬琴が感心するのは、しかし何より崋山の人柄であった。

もともとが好学のために馬琴に近づいてきたようなものだが、その好学が近来蘭学とやらへむけられているらしいのが気がかりだけれど、しかし崋山が当世めずらしい忠孝の人たることは疑えない。しかも、剛毅と寛容、闊達とやさしさがみごとにとけあっている。なかんずく、だれもが打たれずにはいられないのは、数分の対話でも感じられる彼の誠実さであった。

これほどみごとな人物がこの世に実在するのか、と、つくづく感服する。

崋山が年長者に対する謙譲さを失わないので、北斎との間のようにざっくばらんにはゆかないけれど、考えてみると、訪ねられて心がやや明るくなるのは、北斎のほかにはこの崋山くらいなものだ。

それでも、それとは別に、崋山をみると、馬琴の胸に、暗愁の雲がただよう。――それは自分の子の宗伯との比較が、自然と浮かばずにはいられないからであった。

はじめ絵の相弟子で、宗伯が友人として連れてきたから思わずくらべるのだが、実は比較にも何にもなりはしない。崋山は最善、どう見ても宗伯は最悪の出来の子と嘆じないわけにはゆかない。

――崋山の帰ったあと、あれほど創作の筋をしゃべったのに、仕事には手もつけないで、馬琴は物想いに沈んだ。

思うに馬琴は、家族と家庭のためにたたかってきた。心に染まぬ戯作を延々とかいてきたのも家族を養うためであった。隣人、商人、下女から肥汲み（こえくみ）の百姓とまでやり合ってきたのも家庭防衛のためであった。

が、彼がいちばん悪戦苦闘してきたのは、息子の宗伯であったのだ。

正確にいえば宗伯に巣くう病気だが、しかし事実として宗伯という人間ぜんぶが病巣と化し、いまやそれが崩壊しようとしている。――

彼は家族のため家庭のためにたたかってきたといったが、しかし奇怪なことに、実は彼の家はもともとが一種の小地獄なのであった。

あまりその状態がながくつづいているので、馬琴も家族も、苦しむ一方でそれに麻痺しているところがあったが、地獄だという形容が大げさでない証拠は、くる下女がほとんど一ト月（ひとつき）、はなはだしきは数日で逃げ出したということでもわかる。

当時、どんなにつらい、どんなにみじめな待遇でも耐えるしかなかった下女が、滝沢家ばかりは、みんな、化け物の家からのように早々に遁走したのはよくよくのことだ。

五

第一の化け物は、老いたる馬琴の妻のお百だ。

根は人のいい下町の女なのだが、ただふだんから頭痛持ちで、癇性の女であった。それが七十を越えて、床についていることが多くなり、いよいよヒステリックになった。

そのかんしゃくをまともにあてられる嫁のお路や下女の難儀はいうまでもないが、いつのころからか、ときとして馬琴や宗伯にもむけられるようになった。

「草双紙やら人情本やら、もっと世間さまに合わせりゃらくにお金がはいるのに、ひとりでいばって、おかげで爪に火をともすような暮らしをしなけりゃならない、なんてえわからずやのごうつくばりだろう」

というのが、ほとんど一生、夫に投げかけてきた彼女の愚痴であったが、このごろはさらに馬琴をにがりきらせる声がくりかえされるようになった。

「ああ、ああ」

という、わざとらしい歎声につづいて、

「あたしゃ、どうせ無学ですよ! 下駄屋の娘だもの、無学で何が悪いんだ。へっ、何かといえば、人に知られた滝沢馬琴の妻らしくしろなんて説教ばかりしやがって、なんてえ面白くない一生だったんだろう、あたしゃ下駄屋の女房をしてたほうが、一生らくに暮らせたんだ。……」

という、かんだかい声がながれる。

家は二十坪くらいしかないから、それが書斎にまでひびいてくるのである。むろん、夫にきかせるためだろう。

はては嗚咽し、号泣する。なんど馬琴は八犬伝の筆を止め、立っていって、とり鎮めるのに手を焼いたろう。

彼は決して声をあらげなかった。お百の怨言に三分くらいの理があると思うばかりでなく、飽かずじゅんじゅんといってきかせるのが、こんな場合の馬琴のやりかたであった。

「まったく私が悪い。私の不徳のいたすところだ。……しかし、お百きけ、夫婦がおたがいにもう七十前後になって、いまさら相手をうらみ、相手を呪ったとて、何のやくにも立たん。胸をさすって、残り少ない余命を心しずかにすごそうではないか。……」

ときには、馬琴がゆく前に、宗伯がたまりかねて、病室からはい出していって、母をたしなめることもあった。

もともと宗伯は、父には絶対服従であったが、母はどこかあなどるところがあったのである。——

その結果、半月ほど前のことだが、馬琴の耳に、その耳をおおいたくなるような二人のいい争いの声がながれてきたのである。

「父上はりっぱな方です。正直にいって、あなたにはもったいない方だ。それなのに、その不足がましい悪口はなにごとですか！」

という宗伯の声につづいて、

「へん、お前、母親に説教するのかい？　まだ三十代ってえのに、何もしないで、ウジ虫みたいにただグニャグニャ寝てばかりいる役立たずの息子が――」

と、お百がやりかえすのが聞こえた。

すると、突然、宗伯は狂ったようなかん高い声をはりあげた。

「そうだ、私はウジ虫だ。しかしウジ虫のような息子を生んだのはだれだ。父上ではない。あのすぐれた頭と丈夫な身体を持っておられる父上では断じてない！　それはあなただ。病身で、知能劣等のあなただ！」

「何いってやがる」

お百はさけんだ。

「だって、子供のころは、お前、そりゃ少しは弱かったけれど、まあふつうだったじゃないか。お前はあの父親にいじられすぎて、それで変になっちゃったんだよ。お前を廃人同様にしたのもあの父親、お前をしつけ殺すのもあの父親だよ！」

そして、化け猫のように、二人の泣きわめく声がながれてきた。

縁側で遊んでいた孫たちが、わけがわからないなりに、これまたわっと泣き出し、嫁のお路のひくく叱る声がした。

まるで阿鼻叫喚の地獄だ。

いって宗伯を叱らなければ、と思いながら、馬琴は顔色蒼ざめて、机の前から身動きできなかった。

いまでも、この二人の問答、とくにお百のせりふを思い出すと、身体がふるえそうになる。

六

さて、その宗伯だ。

これこそは、少年期までは唯一の希望の星であり、青年期以降は最大の苦悩の泉であった。

鎮五郎と呼んでいた少年時代までは、きゃしゃではあったが、なみの子に見えた。それどころか、親の欲目かも知れないが、頭の点では知り合いの子供たちより、いくぶんか立ちまさっているのではないかと思われたほどである。

これこそ滝沢家のあとつぎだ。この子によって滝沢家は武士の世界に帰るのだ！

馬琴は手に唾して、猛烈な「教育パパ」となった。将来武士になっても恥ずかしくないように、まさに息子をこねあげた。

そのための細心の気くばりは周囲にも及んだ。長女のおさきのむこの清右衛門を宗伯が呼びすてにしても、それを黙認していたのもそのあらわれだ。

ほかに、おゆう、おくわ、という次女、三女たちも、子供のころから、弟の鎮五郎をぶったり、たたいたりすると、馬琴の雷がおちた。

男女の差別がいちじるしかった当時でも、滝沢家ではそれが極端で、そのためか馬琴自身は彼なりに、次女、三女の縁づき先にも気をつかったつもりで、おゆうは麹町(こうじまち)のせり呉服商人へ、おくわは小伝馬町(こでんまちょう)の町医者へかたづけたのだが、彼女たちは嫁入り後はあまり実家へ近づかず、まれにきても、ほんのしばらく母親と話しこむくらいで、書斎の馬琴のところへは、あいさつの顔も見せないで帰ってゆくことが多い。

この娘たちのよそよそしさにくらべれば、長女のおさきはまだしも近しい。宗伯の子供は三人あるが、まんなかの女の子をあずけているほどだ。飯田町(いいだまち)の家を与えたせいか、娘たちのうち彼女だけが、いくぶんか父に敬愛の念をいだいているようだ。

そして、彼女より、むこの清右衛門のほうが、大まじめに馬琴をえらい人と見ているらしかった。伊勢から出てきて、もと呉服屋に奉公していた男だが、百姓のように純朴で、ほとんど毎日滝沢家にやってきて、妻の弟の宗伯に呼びすてにされながら、植木の手入れや走り使いその他の雑用をしている。

ついでにいえば、嫁のお路もわりに素直に馬琴のいうことをきく。

考えてみると、馬琴との仲が比較的円滑にゆくのは、妻や子より、あかの他人のむこや嫁のほうなのである。おさきにしても、十八から二十四になるまでお屋敷奉公に出ていて、その間馬琴のもとにいなかった娘なのであった。

ところで、馬琴の性格の一つに、執拗性ということがある。

これは彼の日記や手紙を読んで、彼がどんな細事も忘れることなくそれぞれ結着をつけずにはいられない、それどころか、結着がついてもなおいつまでもそれにこだわらずにはいられない性質を見て、ウンザリしての評語だが、彼自身も「ともかくものをきわめ申さねば済まぬ癖」と告白している。

よくいえば完全主義者で、たとえば日記につける天候でも、晴とか雨とか曇とか、一字だけの日はほとんどない。

「昨夜より雨、今朝四時前より雨止む。風は止まず、曇、程なくまた雨、風止む。また程なく風雨、昼後より小晴、風は止まず、夜中風烈、始終南風なり、暁風止む、ただし風雨の節遠雷一発」

とか、

「天明より大雨、明六つ(あけむ)過ぎ止む。晴れず、風立つ。その後折々ばらばら雨、たちまち降りたちまち止む、昼後より降らず、また晴れず風止む」

とかいったたぐいで、これは特別の気象ではない。ほとんど毎日こんなありさまなのである。

だから馬琴は、毎日座ってお天気ばかり見ていたのではないかなどといわれるが、むろんこれはつけ足しで、本文たる家庭内の出来事の記述は微にいり細をうがっているのだ。

この調子で宗伯は育てあげられた。いや、純粋培養された。

宗伯の幼年時、父は近所の町の子たちと遊ばせなかった。少年時、夏でも裸にせず、冬でも炬燵にはいらせなかった。青年に至っても、遊廓はもとより、芝居すら見させなかった。

宗伯がちらとでもこれらの束縛から逃避の姿勢を見せると、父はこんこん、じゅんじゅんと説諭した。

馬琴が声をあららげることはめったになかったが、そのこんこん、じゅんじゅんの理づめの説教は、逃げもかわしもならず、雷よりもはるかにこたえるものであった。——いったん町家に落ちた者が武士階級に復帰するには、大名お抱えの儒者か絵師にするほかはない。そう考えて馬琴は、はじめ息子を儒者にしようとし、次に絵師にしようとして、それぞれ高名の師に入門させたが、やがて宗伯に、それらの道でそんな身分になれるだけの能力はないことがわかった。

それでこんどは、お抱え医師をめざして、医者の修行をさせた。——

進路に迷うのはだれの少年期青年期にもあることで、げんに馬琴の青春もそうであったが、ただ馬琴の場合は本人自身のもがきであり、宗伯の場合はすべて父次第であったのだ。が、ともかくも宗伯は師から医者の免許を受けたのである。しかも、二十三歳のとき、松前家のお抱え医師の地位を得たのだ。

そのときの馬琴の満足は筆舌につくしがたい。

それは馬琴が、まだ娘のおさきと飯田町で別居していたころであった。おさきが伏姫人形を買ってきて、その高価なのに叱言をいったりしたが、しかし夜ふけてしみじみと、

「――いま、わが家は万事うまくいっている」

と、至福の思いにひたったことを思い出す。

なんぞ知らん、それから数年後、宗伯が廃人同様になろうとは。

七

前にのべたように文政七年の夏、馬琴は神田同朋町に移り、宿願の家族合体を果たしたのだが、その春、松前家の千住のお屋敷に出仕していた宗伯が、突然腰がぬけて動けなくなるという騒ぎが起こった。

なんの病気かわからない。

もともとが病弱で、銭湯にゆくとあくる日は寝こむといったありさまの宗伯ではあったけれど、ともかくも医者になって松前家にも出仕するほどだったのだが、これ以来彼は、病気の波をただよう物体のようになってしまった。

まず、頑固な頭痛と、夜一睡もさせないほどの歯痛だ。眼は少年時からうすく、十九で眼鏡をかけなければ本も読めないほどであったが、その上しょっちゅう結膜炎を起こした。いつも咳をし、痰を吐き、のどと胸の痛みを訴えた。悪心、嘔吐、下痢、そして腹痛はほ

とんど慢性であった。いつも手がふるえ、ときとしてまた腰がぬけたようになって歩行不能となったり、ふいにのけぞって倒れる発作を起こしたりするのである。

　これらの症状が、少なくとも文政七年ごろから、かわるがわる、あるいは複合して、もう十年以上もつづいているのである。

　当然、家の中は暗澹とした。下女が逃げ出したのは、何よりこの雰囲気のせいであったかも知れない。

　それでも、そのあいだ、梅雨の晴れ間のように、まず異常のない時期もあった。お路という嫁をもらったのは、宗伯が無事なときで、もう八年ほど前になる。

　それ以後も宗伯は、とりかえひきかえ右の症状で寝たり起きたりしているし、一見したところ夫婦仲も決して円滑ではない。

　病気からくる宗伯のかんしゃくは、いちばん容赦なくお路にむけられ、それが理非を越えているのでむりからぬところもあるが、これに対するお路の態度も決して従順とはいえない。

　それどころか、どこか夫を軽蔑しているような感じさえあり、それで宗伯はいよいよかんしゃくをぶちまける。

　さて、それなのにこの夫婦の間に、いつか馬琴が北斎に、ふしぎでならん、と首をひねっていったことがあるが、もう三人も子供が生まれている。

　それはともかく宗伯は、病気でないときも、一人前の男らしいことは何もしていない。

松前家への出仕もやめ、馬琴の愛読者であった老侯がその後亡くなったこともあって、いつしかそのほうからの扶持もこなくなってしまった。

せっかく医者を開業するためにいまのこの家を買ったのだが、これははじめから開店休業の状態だ。

それでも宗伯は、生薬屋から原料を仕入れ、奇応丸とか神女湯とか名づけて、家伝の薬なるものを作っているが、これとてべつに売薬の看板を出しているわけではなく、まれに知人や近所の人が、お義理か気休めに求めにくるにすぎない。——実は、その名や薬の配合も、支那の医書などを参考に馬琴が考えたものだ。

ときに思い立って、家じゅうの掃除をしたりするが、これが小さな一部屋に一日がかりという始末だ。それは病身のせいもあるが、棚の裏側、机の下側までも拭ききよめなければ気がすまない性質のゆえでもあった。

それでいて、あるときお路にいったという。

「私はこの世で、ほかの衆がたのしいと思うことは、何一つたのしいとは思わない。ただ、家じゅう掃除して、一点の塵もとどめない状態にして、そのあと一人で座って煙草をのんでいるときがいちばんたのしいと思う」

そうだ、この家で、彼がいるので少しは助かることがほかにもある。

一つは、毎日の家計簿だ。

滝沢家は、下女もおどろくほどつましい家計であったが、それをつけて、必ず父の馬琴の点検を受ける。その中に、どうしても思い出せない支出があると、一文（もん）一厘（りん）のことでも気にして、一晩じゅう考えつづけて暁に及ぶといったありさまであった。

　それからもう一つは、馬琴の仕事の助手をやることであった。書いたものにフリガナをつける。刷ってきたものを校正する。これがなかなか面倒なことだが、それを宗伯がやってくれる。

　あるいは、数千冊に及ぶ本を順次虫干しにし、紙の折れたのがあればのばし、とじ糸のきれたものがあればつくろう。

　――かきならべると、一応の仕事をしているようだが、何といっても三十男が、これだけやって日を暮らすほどのことではない。ましてや医者の免状を受けた人間の仕事ではない。

　宗伯は、病気と小心の、寒天状の凝塊であった。

　滝沢家の経済は、依然として老いたる馬琴の肩ひとつにかかっている。

　――私に、どうしてこんな子ができたのか？

　以前からの馬琴の自問に、さる日老妻のお百は宗伯にむけて答えた。

「お前はあの父親にいじられすぎて、それで変になっちゃったんだよ、お前を廃人にしたのもあの父親、お前をしつけ殺すのもあの父親だよ！」

　あんな怖ろしいことを、お百が思いつくはずはない。――馬琴はずっと以前、北斎が鎮五郎のことを、

「あんた、少しあの息子をしつけ過ぎてるんじゃないかえ？　息子さんがあんたを見る眼は、いつも叱られている犬みたいだぜ」

と評したことを思い出した。北斎はその後もお百に、同じ意味のことをしゃべったにちがいない。

しかし馬琴は、北斎をにくいやつだと思うより、いま痛切にうらやましいと感じた。あの男がはじめからまともな家庭を持とうとしないのに首をひねっていたけれど、子供を捨て、孫を捨て、自由自在に絵の世界を飛びまわっている北斎に、心の底から羨望をおぼえないわけにはゆかなかった。……

馬琴はまた、飯田町に別居していたころ、ふと北斎が、

「いまが滝沢家でいちばんしあわせな時期かも知れんなあ。……いや、別居してる家族のほうがさ」

と、笑ったことを思い出し、同時に、ある戦慄すべき記憶をよみがえらせた。

十年ほど前、この神田明神下の家へ引っ越してくるときだ、荷物はすべて運び終わり、そのあと馬琴はひとり旧宅を出て、途中昌平橋にさしかかった。ちょうど小雨がふっていて、彼は傘をさしていた。ところが橋の上で、その傘の柄がポッキリ折れてしまったのである。

驚いて、調べてみると、いつのまにか柄に虫くいができていたのであったが、そのときはただ苦笑したけれど、あれこそ不吉の前兆ではなかったか。……

馬琴がここへ移ってから、やがてもののけに襲われたように宗伯の病気がひんぱんになったのだが、それ以前、その春から宗伯の腰がぬけたのは、父との同居が近くはじまるという恐怖から、無意識的にあんな発作を起こしたのではあるまいか?

八

馬琴がいちばん悪戦苦闘したのは宗伯の病気だといったが——しかし、馬琴の最大の敵は、実は彼自身なのであった。

彼の人生の目的は、「武家」滝沢家の復活と、それにふさわしい家庭の創造であった。それは幼年時の武家の追憶と、少年期の家庭の欠落から発生した馬琴の生涯をかけての執着、執着というより悲願だ。

ところが彼は、彼の気づかない悲喜劇だが、実は全然家庭的な人間ではなかったのである。

第一に馬琴は、小さな家の中にあって、家族とは別の世界を持っていた。この彼だけがはいる夢想の世界はもとより、物理的にもふだん彼は、書斎にほしいままに、家人がはいることを許さない。

これは作家という職業からきた現象だが、家族からすると、いっそ彼がそこに一日じゅうとじこもっていてくれればまだ助かるのだ。あるいは、出てきても俗事には放心状態であってくれればいいのだ。

ところが、馬琴は出てくる。そして、あらゆる俗事に口を出し、家族すべての行動を支配する。しかもそれは、家事、買物、交際、すべてにわたって家族の自由意志を認めないうるささであった。

馬琴の性格の最大特徴は、完全主義者であることだ。

崋山にも豪語したが、「八犬伝」の登場人物――結果的には四百数十人といわれる――すべてその末路を明らかにするという小説世界での綿密性、粘着性、執拗性が、日常生活にも適用されたにすぎない。

が、馬琴は、いまの荒涼たる家庭の最大の要因が、自分のそんな性格にあるとは思ってはいなかった。

「そんなことがあるものか」

いくらお百に罵(ののし)られても、北斎に笑われても、

「もし、私の育て方が悪いというなら、武士の子はみんな宗伯のようになってしまうはずではないか？」

と、心にいいきかせる。

むしろ彼は、

「たかが戯作者の分際でありながら、息子のために新しい家を買ってやったり、それにまた自分の書斎を建て増しするなどしたのはオゴリの沙汰(さた)で、そのため天が罰を下されたの

ではなかろうか?」

と、不安になったり、

「考えてみると、世に高名な人は多く子に縁がないようだ。自分もはからずも虚名を得たからそれで鬼神が憎んだのではないか」

と、疑ったり、はてはおのれの作品で、薄命に死んだ義人が必ず子によって酬(むく)われる、と親子二代で一つという着想のものが多いことを思い出し、自分でそれにとらわれて、

「父があまり長生きしているから、子の寿命が薄いのではあるまいか?」

と、おびえたりした。

この天保六年、彼は六十九歳になっていた。当時としてはすでに長命だったのである。

——渡辺崋山が、この人は老いて臆病になった、と見ぬいたのは当たっていたのである。元来ひとから変だと思われるくらい合理的な考え方をする彼が、次第に迷信ぶかくさえなっていた。

これほど、この子のために苦悩しながら、馬琴は宗伯を見捨てたり、厄介視したりはしなかった。これは彼の濃厚な性格からもくるが、つきはなすにはあまりにも宗伯は可憐児(かれんじ)であった。

馬琴が、「宗伯をしつけ殺す」というお百の言葉に慄然(りつぜん)としつつも承服できないのは、宗伯が幼少時から、かつて自分に反発、反抗の態度をいちども見せたことがないという事実からもきている。

宗伯は、馬琴と別居しているころも、一日に一度は必ず飯田町へ父の安否をうかがいにきた。

この家に同居してからも、父のそばにいて校正の手伝いをするのが何よりうれしいらしく、それが終わらないと暁まで寝ないという始末だ。

病んでからも、父が見舞うと、床の上に起きなおってあいさつする。――のちに馬琴は、嘆息して書く。「その敬の過ぎたるをもて、父の心かえって安からず、折々は打ち解けてもよかしと思えども、さる本性なるをいかがはせん」

父への恐怖からくる恭敬の態度が三十九になるいままで、ずっとつづくはずはない。宗伯は「本性」から、まじりけなしの尊敬を父にいだいているとしか信じられない。

頑健な馬琴だが、ときには病臥（びょうが）することもあって、それでも例の日記が欠けることを忌んで、宗伯に何度か代筆させることがあった。

そんなとき宗伯は、父同様に丹念にその日その日の家事を記してゆくのだが、父のことについては、

「御不例少しずつ御順快。昨今大小用御快通ござなく候えども、本日御大便二度、御小水三度ばかりあらせられ、御食気これなく候えども、本日は粥（かゆ）五匁二度、かたくり麵九匁ほど召しあがられ候」

など、たとえ日記とはいえ、またたとえ長幼の序のあったころとはいえ、それこそたかが戯作者の家庭で、まるで殿さまあつかいだ。

しかしその文章を見ると、宗伯が決して魯鈍（ろどん）などではないことはわかる。

一方、馬琴もまた、たとえば文政十二年七月五日の項に、

「宗伯、昼飯椀（わん）中、米笊（ざる）のとげこれあり、ふと咽喉（いんこう）に立ち候よしにて、とれず、服薬無効につき、予、すなわち加持金平の四字を小紙に書きのましむ。しばらくして右のとげ除き去る。この呪（まじな）い霊験あり」

と、記しているように、おそらく当時三十三の息子の口をアーンとあけさせて大騒ぎしたものであろうが、この父は同時に宗伯の母でもあった。

のちに宗伯追悼の文章「後の為の記」に、馬琴はいう。

「（宗伯）癇癖（かんぺき）短気のおりは、さしもあらぬに嫁を叱り懲（こら）し、母にすら不遜（ふそん）の言まで聞ゆ。その怒気の治まるを待ちて父は彼に教訓しぬれば、先非を悔いて落涙す」

――この可憐児を、どうして見捨てることができるだろう？

すでに馬琴は、この子にかけたあらゆる期待は捨てている。いまはただ、何もしないでいいから、とにかく家族の一員として生存していて欲しい、と望むだけであったが――その宗伯の、まだことし三十九にしかならない命は、どうやら数日後に迫っている。……

この二月ごろから、宗伯の舌のさきやふちに、赤黒い粟（あわ）のようなものが生じて、やがてそれが潰瘍（かいよう）し、穴があき、そこから出血しはじめた。

どうしてよいかわからず、とにかく寒ざらしの臙脂（べに）をすりこんでみたが、なんのききめ

もない。宗伯は痛がり、食事もとれぬ状態になって寝こんだ。

もともと病気のかたまりのような宗伯であったが、この妖病以来、はげしい喀血と下痢をくりかえすようになり、いままでとはちがう死相をみるみるあらわしはじめたのだ。

それでも彼は、なんどか、

「八犬伝の校正をしなければ。……」

と、うわごとのようにいって、寝床をはいずり出そうとした。

この数カ月、馬琴もまた夢魔の世界にある思いで——たまたま訪れた渡辺崋山に、去年ごろ構想したまま、まだかかずにいる「八犬伝」のつづきを、憑かれたように語ったのは、その懊悩をまぎらわせようとする彼のうわごとであった。

ああ、惨憺たる「実の世界」にくらべて、いかに「虚の世界」とはいえ、それはなんたるむなしき勇壮の世界であったことか。

崋山が帰ったあとも、馬琴はいつまでも凝然と書斎に座りつづけていた。

「——私はともかく、生まれて以来、毛ほどの悪もなしたことのない宗伯が、なぜこれほどの劫罰を受けなければならぬのか？」

地上の多くの人間があえぎつつ問いかけるこの最大の疑問に、いま六十九歳の大作家馬琴は逢着し、小説の世界では後に「馬琴神学」と呼ばれるほど滔々千万言の説教をつらねるにもかかわらず、なんらみずから答える言葉もなく、戦慄しながら闇を見つめていたのだ。

九

実際に、暮れなずむ五月の夕も、いつかうす闇を部屋にひろげていたが、彼は動かない。うしろのふすまが、そうっとひらいた。

「お父さま」

しずかにはいってきたのは、嫁のお路であった。

「まあ、もう暗くなりましたのに、灯もつけないで。……おつけしましょう」

「いや、私がつける」

馬琴はわれにかえり、

「それより、宗伯はどうした？」

「いま、とろとろと寝たようです。……お父さま」

と、お路はいった。

「寝る前に申されたことですけれど……父上には、いってくれるなと申しましたが……宗伯どのは労咳だそうでございます」

「なに、労咳？」

馬琴は衝撃を受けた。それが死病であることは当時の常識であったからだ。

「だれがいった？」

「宗伯どのでございます。自分の診断(みたて)にまちがいない、と申しました」

馬琴は声も出なかった。

なんども喀血をくりかえしているのだから、いままでにこちらも気がつきそうなものだが、あまりに余病が多いのと、ひとつはもしやというそらだのみで、労咳とは断定できなかったのだ。

しかし、事実、宗伯の根源の病巣は肺結核であり、舌の妖病はそれが舌結核にまでひろがってきたあらわれなのであった。

「そして、申しますには」

お路はひくい声でいった。

「私はもうだめだ、お前は若いから、どこかへまたお嫁にいってもうらみはしない。ただ、父上母上は老いられ、三人の子は、八つ、六つ、三つとまだ幼い。……だから、しばらくうちにいて、両親や子供の世話をしてくれればありがたい。……」

あまり泣くのを見たことのないお路の眼に、ひかっているもののあることが夕闇の中にもわかった。

「また売薬のことは、私の死んだあとは父上がやられるかも知れないが、それでは御著作にさしつかえる。お前もいままで手伝って、やりかたはわかっているだろうから、これからはお前の仕事としてやっておくれ、と。……」

馬琴は両手で顔をおおった。

お路は、この強い舅が、はじめて嗚咽する声をきいた。

「わかった。とにかく、お前は宗伯のそばにいてやってくれ。……」

お路が去ったあとも、馬琴はじっと病室のほうに耳をすませていたが、やがて机の上の小行灯を手さぐりにひきよせようとして、それを倒した。

薄闇のせいもあるが、彼は右眼を失明していたのであった。

その眼がかすむのを感じはじめたのは、おととしの秋ごろからのことだ。外見はべつに異常はなく、本人がそれに手をあてて左眼だけで見ると、こちらはべつに変わりはないので、彼は、これはいつも火鉢を右において仕事をしているので、その火気にあてられたのだろう、と自己診断して、その冬からは火鉢をはなすようにした。しかし、それでもなおらない。——

江戸には有名な土生玄碩という眼科医がいたが、そこへゆくと執筆はおろか読書まで禁じられるにきまっていると考えた馬琴は、特に後者の事態をおそれて、自己流に漢方で洗眼水を作って手当てしているうち、去年の春ごろから、完全に右眼は見えなくなってしまった。——崋山が、馬琴の眼に異様なものを感じたのは、そのせいであったのだ。

行灯をもとにもどし、灯をいれて、馬琴は伊勢の殿村篠斎に手紙をかき出した。この春、一家の近状を知らせたなかに、宗伯の病気のことをかいたので、数日前、篠斎からその後の安否をうかがう手紙がきた。

左眼だけをたよりに、例によってこまごまとかきつらねた返事の終わりに、彼はしるした。

「……大部の小説を作りはじめ候節、末々までは考えず書きおこし候えども、しかれども始終はかようかようと、大づもりのくくりをつけぬことはなし。しかるに、わが生涯の小説は、この末いかようの筋になりて団円に及び候や、実にはかりがたく存じ候。……」

――自分の作る「虚の世界」の末は見当がつくが、自分の生きる「実の世界」の末は予測もつかないといっているのである。

それから二日目の五月六日、知り合いの三河田原藩三宅家の侍が、殿さまが馬琴から借りていた古書を返しにきた。そのとき馬琴は、ふと同じ屋敷に奉公している渡辺崋山のことを思い出し、

「もし、渡辺登どのに会われたら……お時間があるなら、なるべく早くおいで下さるまいか、とお伝え下さい」

と、依頼した。宗伯にとってせめても友人といえるのは、あの崋山一人だったということに気がついたのである。

しかし、崋山はこなかった。

翌々日の八日の朝、まんじりともせぬ一夜を明かした馬琴は、客間に出て、ひとり茶をのんでいた。代わって嫁のお路は書斎にはいって掃除をしていた。

するると、病室のほうで宗伯のただならぬうなり声がした。

「これ、だれか宗伯を看てやっておるのか」

と、馬琴がさけぶと、

「私が背中をなでておるが」

と、お百が、これもただならぬ声で答えた。

いまの馬琴のさけびに驚いたとみえて、お路が書斎からかけ出して、病室へはいっていったようであったが、すぐ客間にきて、

「お父さまを呼んでいます。すぐにいってやって下さい」

と、いった。

馬琴がいそぎ、病室にはいってゆくと、まるで餓鬼草紙の亡者のようにやせおとろえた宗伯は、胸をかきむしって苦悶しつつ、なお床から身を起こそうとした。

馬琴はそれをとめながら、ふるえる手で熊の胆を煎じたものを盃にいれて、口にそそいでやった。

宗伯は半分のんで、

「父上……これまでの大恩に、子としてなんのお酬いもせず死んでゆきますが、どうぞおゆるしを……」

と、あえぎながらいった。

「何をいうか。いらざることを口にすな」

馬琴は叱りつけたが、病人が臨終にあることはもはや明らかであった。

お百とともに泣き出したお路が、ふいに、「太郎を……」といって、立ちあがろうとし

た。

「いや。……幼児に親の死ぬ姿は見せんがいい」

と、馬琴はとめたが、ちょうどそのとき起きてきたらしい孫の太郎が、母を呼びながらはいってきて、おびえたように立ちすくんだ。

やがて宗伯の苦しみはいよいよ甚だしくなり、馬琴がはげましながら水天宮のお守りで胸をなでてやっていると、突然宗伯は、

「水を……」

と、うめき、父の手から茶碗で一口のむとかくんと息絶えた。

初夏の朝のひかりはもう障子いっぱいにあたっていたが、馬琴の一眼の視界が、そのときもう一眼もつぶれたようにすーっと暗くなった。

ここ数日、覚悟はしていたものの——自分のいままでのすべての生活はこの子の未来のためにあった。「八犬伝」などいう著作さえ、そのための手段であったと信じる馬琴は、いま心のうす闇の中に、すべてが崩壊するとどろきをきいていた。

十

崋山がかけこんできたのは、その翌日の午後おそくになってからであった。

「宗伯どのはどうしました」

と、きき、

「実はきのうの朝亡くなりました。むくろはいま、棺桶にいれて、まだ納戸においてござる」

という馬琴の答えに、呆然として立ちすくんでいたが、やがて、

「実は、ご伝言を依頼された朋輩が、多用にまぎれて、拙者に伝えてくれたのがほんの先刻なのです。あの仁も、まさかご子息が死にかかっておられるためのお呼びとは知らなかったようで……私も実は、いま主命でお使いの途中なのですが、どうにも気にかかり、とにかくここにかごをまわさせた次第」

と、頭を下げ、

「では、ともかく最後のご拝顔をいたそう」

と、納戸にはいっていった。

一時間ばかりして出てきて、一枚の紙をさし出した。凄惨な枯相の宗伯の写生であった。

「いずれ絵にして、お持ちいたします。それでは、急ぎますので、ともかくきょうのところは、ごめん」

と、その紙をしまって、崋山はあわただしく去った。

北斎に代わって「八犬伝」執筆を鼓舞するさし絵をかいてくれなかった崋山は、いま愛児宗伯の死顔の絵を残してくれたのである。

見送る馬琴は、二人の孫を抱くようにして、なお放心状態に見えた。——六十九歳の彼

は心中にうわごとをつぶやきつづけていたのだ。

「――日は暮れんとして道遠かり。吾それを如何(いかが)すべき。……」

虚の世界　犬士漂泊

一

七犬士が、江戸鈴が森で、管領扇谷定正の軍勢を撃破したのと同じ文明十五年一月のことである。

南総里見家は突発的な一つの厄難に襲われた。

ことは、不吉な隣人、上総・館山の城主蟇田素藤なる人物に発する。

蟇田素藤の素性をいえば盗賊であった。しかも近江の伊吹山をねじろとし、かずかずの大悪をなす中に、孕み女をさらってきて、生きながら腹を裂き、その胎児を酒のサカナにして食うのを好むという、人間ばなれした大凶賊蟇田石六なる者の子であった。

数年前、六十余になるこの父石六が、京の祇園会を見物にいってつかまり、処刑された。その急報をきいて、せがれの素藤は盗みあつめた大金を懐中にして伊吹山から逃亡し、数カ月、関東を放浪したあと、上総の館山にきた。

ここは小鞠谷主馬助が領主だが、酒色におぼれて治安が悪いときいて、わざわざやってきたのだから、さすがに大盗だけあって、眼のつけどころがちがう。

きてみると、なるほど領内はあれはてている。百姓からの年貢のとりたてが過酷なのだ。どこできき耳をたててもきこえるのは、領主への怨嗟の声ばかり、また隣国安房の里見家への憧憬の声ばかりであった。

実に、その城下に、泊まるはたごもないありさまだ。

ここにきて、七日目の夕方、素藤はたまたま夕立ちにあって、もよりの神社に逃げこんだ。

この国では、どこの神社仏閣も、その神田寺領を領主にうばわれて、建物も破れはてたものが多く、その諏訪神社も雨やどりにもならない始末であった。

彼はまわりを見まわし、境内にある一本の樟にほらあながあるのを見て、そのほうへかけよった。

樹齢千年か二千年か、数人の人間が手をつないでもかかえきれないような大木で、地上一間あたりは、無数の根が大蛇のようにからみあって盛りあがっている。

巨大なほらあなは、その上にあった。

中にはいってみると、厚い落ち葉がつみかさなり、人間の三人くらいはらくらくと横たわれそうで、へたなはたごよりはるかに寝ごこちがよさそうだ。

夕立ちは嵐になった。

その夜、蟇田素藤は、闇黒のほらあなで眠り、ふしぎな夢を見た。夢というより、森を吹きたける風雨の音の中に、しゃがれた女の声をきいたのである。

「私はお前を待っていた。お前のような人間のくるのを待っていた。……お前もすでに知っていようが、ここの領主小鞠谷主馬助は自分で墓穴を掘っておる。お前はそれをつき落とせ、そうすれば、お前はここの領主になれる。――無謀なことではない。隣国の里見義実も、一介の落ち武者の身でながれてきて、領主の山下定包をほろぼし、安房一国を乗っとったではないか。お前にもできる。お前ならできる。その法は次のとおりじゃ……」

それは天の声であったか、悪魔の声であったか。――

二

数日後、蟇田素藤は、近郷の庄屋の家に、京からきた陰陽師と名のってのりこみ、ここで遠近の病人に神水と称する水を与えはじめた。のみならず、貧者にはおしげもなく金をほどこした。

水は例のほらあなの隅にたまった雨水で、金は伊吹山からもってきた盗み金であったが――たちまち彼はそのかいわいの聖者となった。

凶悪きわまる面貌の素藤であったが、それだけに迫力がある。金はもとより、雨水さえ病人によくきき、百姓はおろか小鞠谷家の侍たちも彼から神水をもらいにやってくるようになった。

領主の主馬助はこの評判をきき、「そやつ、鬼術をもって愚民をまどわす曲者じゃ。余がじきじき取り調べてくれるゆえ、ひっくくって参れ」と、奉行の内股幸弥太に命じた。

しかるにこの奉行自身が、すでに娘の病気でその陰陽師の神水をもらったおぼえのある男であった。彼は煩悶のすえ、事前にこの主命を庄屋に知らせて素藤に逃亡をすすめ、ころあいをはかってのりこんだ。

ところが、のりこんでみると、素藤を主座に、庄屋以下百姓たちが粛然とならんで、怖れげもなく彼を迎えたのである。

素藤はここで奉行に、切々と叛逆の正当性を説いた。

内股幸弥太は説き伏せられた。

その日、陰陽師をしばって城内に帰った内股幸弥太は、それを庭上に座らせ、報告と称して主馬助の前へすすみ、いきなり主君を斬殺し、

「神意により、悪領主に天誅を下す！」

と、さけんだ。

このとき庭上の素藤のなわがバラリとおちた。そして、内股のところへ走り寄った。

ここまでは内股幸弥太も承知の上のことであったが、その素藤が刀をうばいとり、

「天意により、謀叛人に天誅を下す！」

と、さけんで、自分の首を打ち落とそうとは、夢にも思いがけなかった。

驚愕し、混乱する城侍たちに、素藤はふたたび声涙ともに下る大演説をおこなった。

当国の百姓が悪政に苦しんでいるのは諸子のよく知るところ、その悪領主は殺された。悪領主とはいえ、主は主、その主を害した逆臣はいま討ちはたした。これ天道でなくて何だろう。

これより、当城はおれがあずかる。一介の外来者が城をとって、桃源郷を作っている例は、隣国安房にある。諸君、力をあわせて里見家にならおうではないか。

城侍たちは結局承服した。

ところが、承服しなかった者がある。

小鞠谷主馬助には朝顔、夕顔という二人の寵妾があった。

蟇田素藤はこの二人の女を呼んで、その美しさに心魂をとばし、その夜のうちに寝所に二人をはべらせようとしたが、二人の愛妾はこれを拒否し、みずからのどをついて自害してしまったのである。

さて、蟇田素藤の国取りの次第は、まさに里見義実のひそみにならったものといえた。しかし、そのあとは地と天ほどちがった。

素藤は、さっそく伊吹山からかつての配下——盗賊たちを呼んだ。彼の場合、特に腹心の部下を必要としたからである。そして酒池肉林の快楽にふけりはじめた。領民には、以前にまさる虐政をもってのぞんだ。もとの城侍たちが、あてはずれのなりゆきに顔見合わせたとき、要所要所は、凶暴きわまる盗賊あがりの新家臣団に完全ににぎられていた。

　そして、数年。

　この蟇田素藤がひそかに身をやつし、三、四人の家来とともに安房にはいったのは、文明十四年の夏のことであった。

　これはただ安房の民情を視察する目的であったが、この旅で、たまたま洲崎明神(すのさきみょうじん)へ参詣する里見家の浜路(はまじ)姫を見て――かごから下りたつ姿をちらと見ただけだが――そのせつなから煩悩(ぼんのう)のとりこになってしまった。

　国へもどれば一城のあるじだ。

　きけば、里見家には八人の姫君があり、浜路姫はその五女で、しかもながらくゆくえ不明になっていたのが、去年の春、忽然(こつぜん)と帰ってきた姫君だという。

　素藤は、領内の美しい娘を手あたりしだいにとらえてきて獣欲のいけにえにする生活をしていたが、一方で妙な高望みをいだいて、まだ正式の妻を持っていなかった。

　自分が里見家に縁組みを申しこんでも、決して不当でもふつりあいでもないし、そんなさだめの姫君なら、里見家もことさらいやとはいうまい。――それに、自分が館山城のあるじとなって以来、年始節句のあいさつ、贈り物は、ぬかりなく里見家には通じてある。

　素藤は、浜路姫を自分の妻に迎えたい、と申しいれた。

　すると、里見家のほうから、あっさりとことわりの返事があった。

　それさえあるに、あとで素藤は、里見の隠居の義実が、

「氏素性の知れぬ蟇田が、里見の娘を妻にしたいとは、何をねぼけたことをいっておるか」

と、からからと笑ったという話をきいて激怒した。

「見そこなったな、老いぼれ。いまに必ず蟇田素藤のこわさを思い知らせてやる。どんな手段をとっても浜路を手にいれて、この身体で踏みにじってやるぞ」

怒りと欲望に、彼は歯がみした。

が、暴発して武力に訴えたとて、安房四郡の大守里見家に歯がたたないことは、いかに盗賊あがりの素藤にも自明のことだ。

三

そこに彼は、館山の城下にこのごろ八百比丘尼（はっぴゃくびくに）と呼ばれるふしぎな尼僧があらわれて、人々の信心をあつめているといううわさを耳にした。

なんと、遠方からでも、ときにはあの世からでも、思う男、恋する女を呼び出して、生きながらそばに出現させるという。――

「その八百比丘尼とやらを呼べ」

と、彼は命じた。

呼ばれて八百比丘尼はかごで城へやってきた。

かごから立ちいでた彼女を見て、蟇田素藤は眼を見張った。――その妖艶さにである。
尼は、白い尼僧頭巾、白りんずの衣服に黒い蟬の羽根のようなころもをつけ、錦のけさをかけ、手にじゅずをまいていた。年のころは、しいていえば四十前後であろうか。が、そのやせぎみの姿態には老女の気品があり、そのなよやかさには若い女のなまめかしさがあった。

それが、

「お召しによって参上しました」

といって、艶然と笑ったときには、ほかに望む対象があって呼んだにもかかわらず、このほうでは気の多い素藤が、ついムラムラとこの尼にも春情をもよおしたほどである。

やがて、正式に対面する。

「生まれたのはどこか」

「わけあって土地の名は申せませぬが、安房の国で」

「年はいくつか」

「八百歳」

といって、またニンマリと笑った。

人を馬鹿にしているようだが、あまり魅惑的なので、素藤は腹をたてるのも忘れている。ただ、声は少ししゃがれていた。素藤は、どこかでその声をきいたことがあるような気がした。

「ところで、きょうそなたを呼んだのは」

と、いいかけると、八百比丘尼は、

「殿の恋しいお方を出してくれ、と、おっしゃるのでござりましょうが」

と、うなずいた。

「わかっておるのか」

「わかっております。……では」

尼のさしずどおりに、やがて城内の一室に、戸、窓をすべてとじ、燭台(しょくだい)を八つおき、経机に、彼女が持参した一つの香炉がおかれた。それはどうやら、たぬきのかたちをしているように見えた。

密室の中は、八百比丘尼と蟇田素藤の二人だけであった。

その香炉がしずかに煙を吐く中に、尼が何やら呪文をとなえることいくときか、八つの銀燭が、いっせいにすうと暗くなっていった。そのため、いっそう濃くなった煙の中に、もうろうと二人の女の影があらわれた。

素藤は、かっと眼をむいた。

「朝顔、夕顔！」

彼がこの城を乗っとったときに自殺した前城主の愛妾たちであった。

燭台がみるみるふつうの明るさをとりもどした。

彼をこばんで死んだはずのその二人の女は、しかしいま彼を見つめて、なまめかしく微(ほほ)

笑(え)んでいる。――

失ったものはとうとい。あれから何十人かの美しい女を手にいれては捨てたが、最初に失ったあの二人の寵姫(ちょうき)こそ惜しい、と、いくたびか舌打ちはしたけれど、それにしてもこの尼は、どうしてそんなことを知っているのか、と疑うより先に、

「ちがう！」

と、素藤はさけんでいた。

「おれの出してもらいたいのは、べつの女人じゃ！」

「里見家の姫君でござりますか」

平然と尼はいった。

「しかし、殿さま。……あのお方を、私の反魂術(はんごんじゅつ)でお呼びすることはやめましょう」

「な、なぜじゃ？」

「こんなことを私が申しては何でございますが……私の呼ぶ人間は、実は影なのでございます。浜路姫の場合、まさか影をあなたさまの御台(みだい)になさるわけにはゆきますまい。どうしてもほんものでなくてはなりますまい」

「それはそうだが、そのほんものを呼ぶ法がないのじゃ」

「ござります」

「なに、その法がある？」

「されば。……」

声をひそめて、八百比丘尼は語り出した。

その法の意外さ、大胆さにうなるより、素藤は、尼が奇計の一材料として諏訪神社の大樟のことを口にしたとき、思わずあっというさけびをあげた。

あの嵐の夜、そのほらあなに眠っていた自分の耳にきこえたのと、それは同じ女のしゃがれ声ではなかったか？

この女が、あのほらあなのどこにいて、何のためにあんなことをいったのだ。――私はお前を待っていた。お前のような人間のくるのを待っていた。……

「そなたは、何者だ？」

「それはお知りにならないほうがいいでしょう、ほ、ほ、ほ、ほう」

八百比丘尼は笑った。

「それより、私のいったことをおやりになる気がござりますかえ？」

「やる！」

と、素藤は大きくうなずいた。

「それから、私がいま出した影の朝顔夕顔、ふつうならすぐに消すのですけれど、お相手は殿さま、もしお望みなら、当分このままにしておとぎをつとめさせてもよろしうございますが、どういたされますえ？」

「それも、たのむ」

と、素藤は二人の美女をかえりみて、舌なめずりした。

その翌日、なおおしとどめる素藤に、「私がいつまでもお城にいたらおかしいでしょう」と一笑し、八百比丘尼は妖風をひいて城を去った。「殿、ようしなされや」という言葉を残して。

四

数日後から、荒れはてていた諏訪神社の大修復がはじまった。

昼夜兼行の工事が終わり、蟇田家から里見家へ、諏訪神社再興の報告とともに、

「これは里見家の祖、源家にゆかりある神社でござれば、きたる十五日の奉幣の儀式になにとぞ里見家より、ご名代として太郎ぎみのご参詣をたまわらんことを」

という使者がたったのは、翌年の一月になってからのことである。

この使者を受けて、隠居の義実は難色を示したが、当主の義成は、

「さて？　この前、浜路への縁談をことわったばかり、これもまたことわるはいかがでござろう？」

と、いった。

「それだから、けんのんなのじゃ。蟇田という男、どうもゆだんがならぬ」

と、義実はなお不安の意を表したが、事が事だけに拒絶する口実がなかった。結局、義実は、忍びの者をもって事前によく調べさせることを命じて承知した。

太郎ぎみは十歳で、義成の嫡男であった。

さて、その日、一月十五日、里見家の御曹子とそれを守る一行三百余人は、滝田から館山領にはいり、諏訪神社に詣でた。

——思いあわせれば、これは江戸湯島天神で、犬坂毛野が猿をとらえたのと同日のことである。

が、この諏訪神社は、湯島天神の十分の一もあるかないかの小さな境内だ。神社の建物も、再興というのがおこがましいほどのものだ。

里見家からついていった三百人ははいりきらないので、大部分は玉垣の外に待ち、太郎ぎみだけが三十人ばかりの供とともに、蟇田家の家老に案内されて本殿にむかった。

社前には、蟇田素藤以下十人ばかりが、うやうやしくこれを迎える。

境内の木々の葉は大半おちつくし、ほかに人影もない。また、ここと城とは二町ばかり距離があるが、忍びの者をもって見張らせても、その間、蟇田方の武者らしい姿は見えなかった。

しかるに、太郎ぎみが社前についたころ——突如として、まるで黒雲のように、境内に武者の姿がわき出した。

これが、あっというまに太郎ぎみとその供侍をおしつつんだのみか、四方に散って、玉垣の間から鉄砲の銃口と弓の矢を外にむけた。

いや、四方に散るというより、みるみる境内をうめつくしたのである。その数は、五、六百人もあったろう。

外に待っていた三百人の里見家の侍たちは、自分の眼をうたがった。

こはいかに、この武者たちは、どこから出現したのだ？

その武者たちは、あの大樟のほらあなから奔出したのである。そのほらあなは本殿のほうにむいているので、神社の前方からは見えなかったが、たとえ見えたとしても――いかに大きなあなとはいえ、そこからこれだけおびただしい武者がわき出すとは想像を絶していたろう。

すべてをたくらんだ蟇田素藤でさえ、魔術を見る思いであった。

眼をうたがったのもしばし、やがて里見方は叫喚して神社めがけて殺到した。

それにむかって容赦なく、玉垣の間から銃丸と矢がはなたれた。

里見方は屍（しかばね）をつみ、みだれたち、潰走（かいそう）した。

その背にむかって、数十の矢文（やぶみ）がとんだ。――

滝田に逃げかえった里見の侍の数人が、これを義成に提出した。それにはこうあった。

「浜路姫を館山の城におくりこされなば、これかれ、ひきかえに御曹子を返し申すべし」

温厚な里見義成であったが、この凶変には逆上した。

ただちに一千の大兵（たいへい）をもよおして、館山城におしかける。二、三度、これと城方と銃火の応酬があったが、里見家を立往生させたのは、いうまでもなく人質となった太郎ぎみであった。

残忍無惨の蟇田素藤は、城頭に、この十歳の太郎ぎみをしばりつけたはりつけ柱を立てさせたのである。

そして、それとならんで、高い竿を立て、「浜路姫をおくりこされなば、ひきかえに御曹子を返し申すべし」と大書したのぼりをひるがえさせた。

義成をはじめ、里見の将兵は、血の涙をながした。

滝田の城から浜路姫がかけつけて、自分を館山の城に送ることを父に請うた。義成は首を横にふった。

「ならぬ、ならぬ、かかるたわけたおどしに屈しては、里見家末代までの恥辱となる。たとえ太郎を死なせようと、お前をいけにえにすることはまかりならぬ！」

しかし、太郎をしばったはりつけ柱は、毎日おしたてられる。

雨の日も、風の日も。——

きびしくしつけてはあっても、十歳の子供である。泣きさけぶ顔が、日ごとにやつれてゆくのがまざまざと見える。

しかも、それをどうすることもできない。打つ手がない。

——この間、江戸では七犬士が例の鈴が森のたたかいをくりひろげたのだが、こちらはそのことを知らない。犬士のことは、義成は尼崎十一郎からいくたびかきいていたが、実際にまだ見たことのない犬士を呼んで助けを求めるということを思いつくべくもない。また、たとえ呼んだとしても、この大難題を彼らとてどうしようもあるまい。

五

凶悪の城をとりかこんだまま、地獄のような日はすぎて、三月のはじめに至った。――さしもの老侯義実も苦悩していた。

そして、このころになって、もだえのはてに思いついたのが、伏姫の墓に詣で、その神助を祈願するということであった。わが娘ながら、伏姫はすでに義実にとって聖女となっている。

侍の大半は館山城にむかっており、義実はただ十余人の近習足軽をつれて、富山にのぼった。――

難所の谷川は、ふしぎに涸れていて、ぶじにわたることができた。

山は春色たけなわだが、この一画ばかりは依然として別世界のように荒涼森厳の気をたたえている。

そして、例のほらあな近くの伏姫の墓の前に義実がぬかずいたとき、四辺の林からむらむらと一群の、猟師風の男たちがあらわれて襲いかかってきた。

その数は三十人ばかり。――

これは蟇田方の忍びの者であった。

実は蟇田素藤も、いつまでたっても里見が姫をよこさず、包囲もとかないことにじれていたのである。もし太郎ぎみが死んでしまえば、もはや館山城は全滅のほかはないからだ。

そこで、太郎ぎみばかりでなく、里見の老侯もさらえば、いくらなんでも義成が屈服するだろう、と考えて、手うすとなった滝田に、かつての伊吹山の盗賊の配下を潜入させて、老侯の動静を見張らせていたのである。

従者はわずかに十余人だ。その半ばは足軽の上に、墓参のこととてみな軽装だ。これに対して襲撃者は三倍し、いずれも剽悍(ひょうかん)無比の凶盗のむれであった。

場所は救いも求められぬ深山の中だ。

供の者はみるみる三人、四人とたおされ、義実も墓の前で、佩刀(はいとう)をぬいたが死を覚悟した。

このとき、遠く、下のほうから、ひづめの音がきこえてきた。

義実は斬り合いをはじめた。老いたりとはいえ、若い日、いくたびか戦いに加わって敵を斬りなびけた大将だ。二人をたおしたが、みずからも肩や腕から血をほとばしらせた。

ひづめの音は近づいた。

曲者(くせもの)たちはふりかえって、思わず口をあけて立ちすくんだ。

あらわれたのは一頭の馬であった。それがふつうの馬の一倍半はある巨大な馬だ。しかも、その上にまたがっているのは。——

なんと、子供なのである。

それが、前髪に、鉢巻をむすび、錦の陣羽織をひるがえし、六尺棒をかいこんで、

「下郎ども推参なり、これは里見家名代の八犬士、犬江親兵衛にソーローぞ、いでや眼にもの見せてくれんっ」

可愛らしい声で呼ばわると、累々たる岩石もものかは、馬をおどらせてかけよってきた。まるで鬼ガ島の桃太郎か、足柄山の金太郎だ。

と、みるや、いや、その強いこと、風ぐるまのごとくまわる樫の棒のうなるところ、三十余人の曲者たちは、かけめぐる巨大な馬の四脚の下に、木の葉のように舞って悶絶する。あっというまにみんなかたづけて、童子は馬からとび下り、義実の前に、お尻をたかくもちあげて平伏した。

「はじめて御意を得、恐悦しごくに存じソーロー。まだご奉公はいたしませねど、犬江親兵衛と申すものにてソーロー。曲者はすべてあの通りにソーラエば、もはや心安うおぼしめしソーラエ」

このあいさつに、義実はしばし二の句もつげぬ態であったが、やおら、

「犬江親兵衛？」

と、ききかえした。

義実も、ゝ大法師とは、二十余年別れたきりだが、その代わり随時帰ってきて報告する尼崎十一郎から、八犬士の名はもとより、その出現ぶりや動静はとくときいていたのである。

「そりゃ……何年か前……青海波にさらわれたという。——」

「さんソーロー」

まだあどけない口で、怖ろしく古雅な言葉をつかう相手を笑う余裕などなく、義実はひろがった眼でうしろに寂然と立っている巨大な馬を見て、

「青海波！」

と、うめいた。

ああ、二十五年前、伏姫をこの富山へ乗せてきて、みずから谷川のしぶきに消えた青海波は――その後、忽然と下総にあらわれて、四歳の犬士、この犬江親兵衛をさらい去ったときいたが――いまここに、その親兵衛を乗せて、自分の前に不死の神馬のごとく出現したのだ。

「なんじは……何歳に相なる？」

ともかくも、きいた。

「九つにてソーロー」

ゆくえ不明になったとき、たしか四歳ときいた幼児は、当然その年齢まで成長していたのである。

くりくりとふとって、大がらな身体は十二、三歳にも見える。しかし、それでも背丈は三尺四、五寸、まっかなほっぺたをして、顔は九歳相応のあどけなさであった。

「珠を持っておるか」

「さんソーロー」

幼犬士はひざまずいたまま、手をさし出した。

小さな掌の上の珠に、「仁」という文字が浮かんでいた。

「して、その親兵衛は、いかにして育ち、いかにしてここにあらわれしぞ」

義実も、親兵衛の口調につりこまれている。

「それはただいま、ふもとから上ってくる者におんききソーラエ。……あっ」

ふいに親兵衛はおどりあがり、二間ばかりとんで、一本の刀をはらい落とした。

生き残った里見の家来の一人が、地にもがいている襲撃者の一人をひきずり起こし、その首をはねようとした刀である。

「殺したまうな」

と、親兵衛はさけんだ。

「それがし一人も殺しソーラワず、みなしばりあげて、お城へつれてゆきソーラエ」

そして彼は、自分の背の二倍ちかくある棒を立てて、里見の家来が、気絶した男たちをしばりあげるのを見張っていた。ときに、逃げようとするやつがあると、飛鳥のようにかけていって、もういちどなぐりたおした。

そのとき、むこうから、四人の男女――正確には六人の男女があらわれて、近づいてきた。

六

正確には、と、ことわったのは、一人の老人、一人の老女、若い女二人のほかに、その手にひいているのは五つほどの男の子二人であったからだ。

彼らは義実の前へすすんで、いっせいに地に伏しておじぎした。

「ふもとにて茶屋をひらいておりまする姥雪世四郎、女房のおとねと申すものでございます」

と、老人はいった。

「また、ここにおりますのは、私らの嫁、ひくて、ひとよ、ならびにその息子の力二郎、尺八でござりまする」

「やあ、あの上州荒芽山から馬で逃げた——」

と、義実はまたひとみをひろげた。

「ご存知でござりまするか」

「家来の尼崎十一郎から、彼が犬士たちからきいたかぎりの報告は受けておる」

感激のおももちで、姥雪世四郎は語った。——

五年前の七月上旬、上州荒芽山から、ひくて、ひとよ、とともに、二頭の馬に乗せられて逃げた世四郎とおとねは、途中気を失った。

気がついたのは、荒涼とした山の中——すなわち、ここであった。実に信じられないことだが、馬をあやつっていたひくて、ひとよも途中鞍の上で失神状態になり、どういう風にここへきたのか知らないという。

その二頭の馬は、彼らのそばにたおれて死んでいた。馬腹や足に、いくつかのひどい傷があったが、口から血を吐いていたところを見ると、ひたすら走りつづけたあげく血を吐いて死んだものと思われた。

馬腹にむすびつけられていた息子の力二郎、尺八の生首は、腐臭をはなちつつ、依然、死微笑をきざんでそばにころがっていた。——

ここが安房の富山、伏姫さまご自害の土地だとはあとで知ったことだ。たしか自分たちを馬に乗せた犬山道節や犬田小文吾は、下総行徳の古那屋というはたごをゆくさきに指定したが、それさえおぼつかない行程なのに、なんと安房までかけてくるとは。——その間、だれの眼にもふれなかったのか、たづなをもつひくて、ひとよもともに失神しているのに、どうしてこの地へきたのか。——すべてはその二つの生首のさしずと加護によったものとしか思われない。

さて、自分とおとね、ひくて、ひとよ、四人が座って呆然と顔見合わせていると、どこかで子供の泣く声がした。

立ちあがって見まわすと、岩のむこうに一頭の大きな馬が草をたべていて、その足もとに四つくらいの男の子が泣いていた。

やがて、そのふところから一個の珠を発見し、それに「仁」の字が浮かんでいるのを見、子供のわきばらに牡丹のかたちをしたあざがあるのを見て、これこそ荒芽山で一夜だけの夜がたりだが、犬田小文吾からきいた幼犬士犬江親兵衛ではないかと思いあたった。

行徳の古那屋においてきたというその子供が、どうしてこんなところにいるのか、そのときは狐につままれた思いであった。

――のちに、ひくて、ひとよをひそかに行徳へやって、この子が妙真という祖母とともに旅立って、途中、ゆくえ不明になってしまったことをきいてきたが、それがどうやら自分たちが荒芽山を逃亡したのと、期せずしてほぼ同日ごろであったらしい、と知った。

ともかくも山を下り、とりあえずこの子を里見家へとどけようと思ったが、何しろ四つでは何のお役にもたつまい。それより、自分たちがここでこの子にめぐりあうことになったのは、この子をお前たちが育てよ、という伏姫さまのみこころではあるまいか、と考えた。

しかも、この子や馬のことが人の目にたっては世に怪しまれると考えて、この子と馬は山上のあそこのほらあなに住まわせ、自分たちはふもとに茶屋をひらいて、かわるがわる山に上って、この子と馬を養ってきたのである。

自分はこの子が、六つ、七つになるにつれて、八犬士の由来と、日本の軍書や水滸伝の物語を話してきかせた。おとねは昔からのおとぎばなしをきかせた。親兵衛が妙な言葉づかいをするのは、その影響だと思われる。

剣術も自分が教えたが、親兵衛自身が、「仁」の珠を持っている人間が人を斬るのはいけない、といって、一年ほど前からあんな棒を使い出した。この山中を、青海波に乗って、毎日棒をふりまわしているのだが、わずか一年ほどのうちに、魔童子のような力を発揮するようになった。

このごろ、あんな桃太郎のような姿をさせたのは、ひくて、ひとよのいたずらだ。

そのひくて、ひとよという二人の嫁だが、ここへきてまもなく両人が懐胎していることが判明した。三々九度のさかずきもかわさないうちに双方の夫が討ち死した処女妻なので、はじめはおどろき疑ったが、両人はぜったい潔白だという。

やがて生まれた二人の男の子を見て、はじめて納得がいった。それは、それぞれの夫、力二郎、尺八そっくりであったからだ。

自分は、力二郎、尺八の亡霊が荒芽山にあらわれた意味について首をひねっていたが、ここにおいてはじめて腑におちた。幽鬼と化した力二郎、尺八は、それぞれの妻に身籠らせるために荒芽山にきたものに相違ない。

その二人の子供がこれだ。それぞれの名は、父をついで、力二郎、尺八と名づけた。

さて、さきほどご老侯のご一行がこの富山に上られてまもなく、怪しい猟師風の男たちがあとを追っていったのを茶屋で見かけ、これは大変だと私たちもそのあとを追った。そして、途中、青海波と遊んでいる親兵衛をつかまえて、先にここへこさせたのである。

――

——姥雪世四郎は、こう語った。

そして、

「このたびの里見家の大難はすでにうけたまわっております。この子を里見家にささげるのはせめて元服がすぎてのことと存じておりましたが、それでは間にあわず……まだ九歳ではござりまするが、ただいまごらんのごとく、もはやご奉公させても大事ないと決心いたしました」

と、いい、

「これ、親兵衛、まいれ」

と、遠くで棒をついて立っている親兵衛を呼んで、

「親兵衛。……館山の城にとらわれの身とおなりあそばしておる御曹子をお救いできるか」

と、たずねた。

「かしこまってソーロー」

と、幼犬士は春の蒼空に愛くるしい顔をあげて答えた。

老侯義実は感にたえた表情で、

「そなたの話、ことごとく驚くべきものじゃが……何より、尼崎の報告に、ゆくえ不明の一犬士のことがあったが、それがいま、直接にわしの手にはいろうとは！」

と、つぶやいた。

一応、滝田の城にひきあげた。

老侯一行の死者、けが人、おびただしい捕虜、子供さえまじえた奇妙な男女の客たち——に、みなが驚きさわいだのはむろんだが、中にも青海波にうち乗って棒をかかえた桃太郎のような少年の姿に、眼をまるくしたことはいうまでもない。

中でも、

「親兵衛？……これが、あの、親兵衛？」

と、悲鳴にちかい声を出した初老の女性がある。そして、じいっと見いっていたが、

「おう、大八！　これはやっぱり大八じゃ！」

と、しがみついて、泣き出した。親兵衛は、キョトンとし、少しこまったような顔をした。

老女は、祖母の妙真であった。——五年前、親兵衛をさらわれ、喪神状態におちいった彼女をこの安房へつれてきたのは尼崎十一郎であった。そして妙真は、いまこの城で浜路姫つきの老女をつとめていた。

親兵衛は四歳以前の記憶をほとんど失っている。それを、うれし泣きしながら、妙真がかきくどく。——見ていて、みんな、もらい泣きした。

しかし、この祖母と孫との泣き笑いの再会をくわしくのべているいとまはない。妙真自身も、いつまでも再会のよろこびにひたっているわけにはゆかなかった。

彼女はすぐに、明日、敵城に使者にゆくという親兵衛の衣裳を仕立てる仕事にとりかかった。

七

その翌日、館山の城兵は、外から近づいてくる変なものを見て、みな、まばたきした。見たこともないような大きな馬に乗っているのは、大紋に引立烏帽子、長ばかまという姿だが、たしかに少年だ。馬のそばには、六尺棒を持った白いまげの供侍一人だけである。

それが、堀にかかる橋のたもとで、よくとおる少年らしい声で呼ばわった。

「城方に物申さん、これは里見家の使者、犬江親兵衛と申すものにてソーローぞ。主従ただ二人、驚きおそれたもうな、木戸をひらいて蟇田素藤どのにあわせソーラエ」

城兵は、めんくらいつつ、素藤に注進した。

「浜路姫は同行しておらぬのか。……そんな使者は追いかえせ！」

と、いちどははねつけた素藤も、

「待て。……なんじゃと？　使者は十くらいの子供で、供は老いぼれ一人じゃと？」

と、首をかしげ、

「ならば通したとて大事あるまい。とにかく話だけはきいてやろう。通せ」

と、命じた。

玄関に馬と供を待たせ、小さな使者は建物の奥へ、颯、颯、と長ばかまをひきずってゆく。いたるところ、武装した城兵がおしあい、へしあいして、みんな眼をまるくした。

なにしろ、大紋烏帽子の桃太郎としか見えない。

これが大広間にはいると、上座につっ立って、長ばかまをひっさばき、

「蟇田素藤、これへ」

と、そっくりかえった。

使者の口上をきく以前に、これには蟇田素藤も満面を朱に染めた。

「しやあっ、いかに幼童の使者とはいえ、無礼しごくのふるまい。——かかる小児を使いにするとは、里見も乱心いたしたか。——ともかくも、その座からひきずり下ろせ」

と、左右をかえりみた。と、——

「なんじが蟇田素藤よな」

と、犬江親兵衛は長ばかまをひいて、あゆみ寄った。

前にあゆみ寄られて、おとなげもなく——というより、本能的に危険をおぼえて、素藤が刀をぬく。その腕を親兵衛はむぞうさにつかんだ。

「あーっ」

そこにいた武者たちが、いっせいに叫喚した。

小さな使者の頭上を、素藤の巨体は足を空に、水ぐるまのごとく一回転してたたきつけ

られたのだ。

はね起きようとする素藤の胸へ片足ふみかけて、

「使者の用は、太郎ぎみを返し給えということにてソーロー。ここへ太郎ぎみを出しソーラエ」

と、親兵衛はいった。

城侍たちは、混乱しつつ、いっせいになだれかかろうとした。

「殺生は、好むところにあらざれど」

と、親兵衛はみなを見まわした。その小さな足の下に、素藤はまるで百貫の石をのせられたような絶叫をあげ、四肢をけいれんさせた。

城侍たちはみなかなしばりになった。

「太郎ぎみを出すように申しソーラエ」

ちょっと、足をあげていう。——素藤が、

「太郎ぎみを出せ！」

と、さけんだとき、その鼻と口からほそく血があごへながれ出した。

里見の御曹子がつれてこられた。蒼白くやせおとろえた太郎ぎみに、親兵衛は、

「犬江親兵衛、お助けに参ってソーロー。いざ、帰りソーラワん」

と、ニッコリ笑いかけ、足下の素藤をかるがるとひき起こすと、その腕くびをつかんだまま歩き出した。

「殿……殿っ」

侍たちが走り寄ろうとすると、腕くびをにぎられたままよろめき歩いている素藤が、凄じい悲鳴をあげてのけぞりかえる。

こうして三人は玄関に出た。

すると、そこに待っていた供の老人が、持っていた棒をわたし、なわを出して素藤をしばるのにかかった。

狂気のようにかけよろうとする侍たちに、親兵衛の棒がうなりをたてると、一振りごとに、七、八人ずつが、もんどりうって、たたき伏せられた。

蟇田素藤をたわらみたいに馬腹にぶら下げると、親兵衛は太郎ぎみを抱くようにして――なんと親兵衛は、太郎ぎみより一歳年下なのだが――馬上にうち乗り、

「これにて万事解決、祝着（しゅうちゃく）にてソーロー」

と、いうと、ゆうゆうと城門のほうへ馬を歩ませ出した。供の老人がそばに従う。彼は姥雪世四郎であった。

馬はしだいにかけ足になった。数人、その前に立ちふさがったが、巨大な馬は前足をあげて蹴ちらした。――城兵ことごとく、なかば喪神したようにこれを見送るばかりであった。

一千の兵で攻囲して、どうにもならなかった事態を、怪童の使者は一騎で城に乗りこんできて、人質のみか城主まで、あっというまにさらい去ったのである。

凶主を失って、館山城は降伏した。

まことに万事は、あっけなく結着した。と見えて、そうは問屋がおろさなかったのだが。

——

八

さて、親兵衛がとらえてきた蟇田素藤を、ただちに義成は処刑しようとした。

ところが親兵衛がこれに反対した。

「これほど里見家をなやましたる悪人を首にするはあたりまえでソーラエども、それよりこれほどの悪人をなお仁の教えにしたがって、いのちをゆるしたまわることこそ、里見家のおんためになると存じソーローー」

義成の前に小さな身体できちんと座って、まるいほっぺたをさくら色にひからせて、この小犬士はいうのであった。

義成は意外な表情をし、なみいる家臣の間からも得心できない動揺が起こった。——しかし、やがて義成はうなずいた。

「こんどの始末は、すべて親兵衛の働きによるものじゃ。この子のいうことはきかずばなるまい。——蟇田とその走狗(そうく)たりしやつばらは、百のむち打ち、いれずみして追放の刑でときはなってやろうぞ」

数日後、蟇田素藤とその側近——伊吹山の盗賊あがりの連中——は、百のむち打ちを受け、また舞いもどってこないように、ひたいにめじるしの黒い三日月のようないれずみをいれられ、舟で運ばれて、江戸の隅田川の西で追いはらわれた。

館山城は里見家のものになった。

ただ、ふしぎであったのは、素藤には、朝顔、夕顔という愛妾がいたというのだが、どこへ逃げたのか、このさわぎのあと、いかにさがしても見あたらず、城兵もまた一人としてそのゆくえを知らなかったことである。

ともあれ、安房はふたたび桃源の春をとりもどした。その春風にのって、雲水姿の尼崎十一郎が飄然(ひょうぜん)と帰ってきて、めでたい知らせを伝えた。

尼崎十一郎は、回国のゝ大(ちゅだい)法師と里見家との連絡役として、ゝ大法師からの報告、里見家からの資金の運搬を任務としていたのである。

彼の知らせによると、七犬士はすべてそろい、きたる四月十六日、結城合戦で討ち死した里見義実公のおん父季基(すえもと)公のために結城で大法要をいとなむべく、目下江戸北郊の穂北(ほきた)の庄で待機中だというのであった。

「八人目の犬士がここにおる」

と、義実は、そのときそばにいた親兵衛をさした。

「十一郎、お前が話してくれた行徳の古那屋で起こった悲劇——山林房八(やまばやしふさはち)なるものの子の大八が、すなわちこの犬江親兵衛じゃ」

「えっ……あのときの子が……」

尼崎十一郎はしげしげと親兵衛をながめ、感動のあまり涙をたたえた。――あの事件後、その大八が怪馬にさらわれたときにも彼は立ち合っていたのだから、むりもない。

「その犬士たち、すべてこの安房にきてもらいたいが」

と、義実はいい出した。

「しかし、その前に、親兵衛、お前もその結城の大法要にいったらどうじゃ？　ほかの七犬士すべてがそこにおるという。その中にはお前にとって伯父にあたる犬田小文吾もおる。一日もはやくあいたかろう。お前がいって、犬士たちをつれてきてくれぬか」

親兵衛はおじぎした。

「それはそれがしにとって、何よりありがたきお言葉にてソーロー」

「ただ、四月十六日といえば、すこし日があるが――」

「いなとよ」

親兵衛は九歳の童子らしく、こぶしでひざたたいて、

「それがし、ものごころついてから富山の山中をいでしことなく、さればこれよりあっちこっち、見物して歩かばやとこそ存じソーラエ。また、早目に江戸についたりとて、その穂北の庄とやらで先輩犬士連といっしょに法要の日を待たばよろしからんと存じソーローー」

数日後、犬江親兵衛は安房を旅立った。

さすがに桃太郎の姿ではないが、ちびっ子ながら深編み笠に、野羽織(のばおり)にどんすのはかまは、祖母の妙真の心こめての支度だ。ただべつに、自分の背丈の二倍ちかい六尺の棒を肩にかついでいた。

九

……うすくもやのかかった野末(のずえ)に、赤い鎌のように弦月の浮かんだ武蔵野を、蟇田素藤はさまよっていた。

里見家の舟で運ばれて、隅田川のどこかで追いあげられてから幾日か。——舟にのる前から、むち打たれた背と、いれずみされたひたいが膿(う)んで、高熱を発していた。そればかりか、あの怪童子にふみつけられたあばら骨、つかまれた手首が、まだ骨がきしむほど痛い。

ほかの配下とは別に、ただ一人ほうり出された素藤は、二日二晩、草の中に横たわってうめいていた。

が、ようやく立って歩けるようになって、さらに二、三日か、その間、二度盗賊をした。相手は旅の老人と女であった。どちらも背に負った網づつみを食糧と見て、

「食い物を出せ！」

と、路上で呼ばわったら、いれずみをした顔を見ただけで、その網づつみをほうり出し

て逃げていったのである。

とにかく身体がまだ痛むので、強そうな旅人にはかかれない。刀もない。それに、いまは金よりも、ただ一食だ。

これがほんのこのあいだまで、ともかくも一城のあるじであった男のていたらくであった。

上総の一城のあるじとはなったものの、もともと上方の人間である素藤は、ここが武蔵野のどこらあたりか知らなかった。ただ、うしろに遠くひろがる河面と、潮のにおいから、隅田川の河口にちかいところだろう、という知識しかなかった。

——と、草の中の道を、市女笠をかぶった女が三人歩いてきた。

あきらかに上臈とも見えるのに、どうしたことか供侍もいない。

それを怪しむより、このとき素藤はただ飢えていた。

彼は草の中から路上にとび出してさけんだ。

「食い物を持っておらぬか、食い物を出せ！」

三人の女は——二人が前にならんで、一人がうしろという配置であったが——じっと立ってこちらをながめている。

「きこえぬか、食い物を出せ！」

もういちど素藤はさけんだ。

すると、笑い声が起こった。

「人間、いかに出世しても、おちぶれれば、もとの根性にもどるものと見えますのう。なるほど元伊吹山の盗賊にふさわしい。ほ、ほ、ほ、ほう」

声はうしろの女から出た。

「そなたら、顔を見せてあげや」

前の女二人が、笠をあげた。

「朝顔、夕顔！」

と、素藤はさけんで、棒立ちになった。が、次の瞬間、うしろの女をのぞきこんで、

「その声は、八百比丘尼ではないか！」

自分がつかまったあとのことは知らないが、とにかく降伏さわぎのうちにゆくえ不明になったときいていた愛妾の朝顔、夕顔が、八百比丘尼とこんなところを歩いているという怪奇はさておき、蟇田素藤はかみつかんばかりに歯をむき出して、

「尼御前（あまぜ）、わしはそなたのさしずによって、里見のせがれを人質にして浜路姫を手にいれようとした。それがまんまと破れたとき、そなたはどこで何をしておった。なぜわしを助けてくれなんだ？」

と、責めた。

「あなたが降参したとき、私は伊吹山にいましたわいの」

八百比丘尼は答えた。

「ただ、思うにそのとき私がそばにいたとしても、どうしようもなかったでおじゃろ。あ

の魔童子には私の術も及ばぬ。……強いからではなく、天衣無縫（てんいむほう）の子供ゆえ手におえぬのじゃ」

八百比丘尼は、すでにすべてを知っているらしい。

「それに人質の兵法は、おどす相手が屈服しなければどうしようもおじゃらぬ。とくに館山城の場合、侍の大半は元小鞠谷（こまりや）の家来じゃによって、心もとないところがおじゃった。それで私は、万一敗れたときにそなえて、あなたのふるさと伊吹山へいって、上方一円の盗賊、野盗のたぐいを百何十人かつれてきたのじゃわいの」

「えっ？」

素藤は眼をまるくした。

「それはどこにおる？」

「あそこに」

と、指さした。

素藤はふりかえって、いつのまにか帆をかけた大きな舟が二そう、赤い弦月の下の河口に、おぼろおぼろと浮かんでいるのを見た。

「あれに、あなたも乗るのじゃぞえ」

八百比丘尼はいった。

「あの舟を夜のうちに安房につけて、もういちど館山城を乗っとる。……さいわい、いまあの魔童子はるすじゃ。城をうばいかえすのはいまでおじゃる」

「城を乗っとる?……おい、いま館山の城におるのは里見の兵なのだぞ。この前の小鞠谷のときのような奇策はもう通ぜぬ。たとえ百何十人かでおしかけたとて、そうやすやすとうばいかえせるか」

「おろかや、あなたにはいつか諏訪神社の大樟のほらあなの魔法を教えてあげたのに、あなたはあの御曹子をさらうときしかお使いにならない。あのほらあなの使いかたは、もっとほかにもあるのでおじゃるぞえ」

さしもの蟇田素藤も、ぼんやりした顔で立ちつくしている。

「伊吹山の大盗蟇田素藤ともあろう人が、たったいちどの敗北に意気くじけて、路上のかっぱらい泥棒におちて満足しておじゃるのかえ?　はずかしう思われぬのかえ?」

妖尼(ように)は冷笑した。

「それとも、いのちだけは助けてくれた里見の寛仁大度(かんじんたいど)とやらに、ヘナヘナになられたのかえ?　みれば、その面上のいれずみ、手足もフラフラ、そのざまでのたれ死になさるおつもりかえ?」

「いいや」

素藤は歯ぎしりりして、

「もういちど里見に仕返ししたい。とくに、あの小わっぱめにほえづらかかせたい!」

と、黒炎のような息をふいた。

「しかし、あの小わっぱはいま安房におらぬと?」

「されば、ごほうびの浮かれ旅に出たようす。……」

「帰ってきたら、どうする?」

「帰ってこれぬようにする」

「どういう風に?」

「素藤どのを助命したは、あの童子のさかしらだった進言によるとやら。それがまたあなたに館山の城をうばいかえされれば、それみたことか、小わっぱの浅知恵でこんな羽目になったとみな地だんだふみ、小せがれはふたたび里見家へ顔を出せぬ始末となろう」

「なるほど」

「魔童子のみならず、寛仁大度をいいふらす里見家を、それを逆手にとって苦しめる兵法は、みなこの尼の胸三寸におじゃるわいの」

何だか以前とちがって、人を見下した言葉づかいに変わっているようだが、そもそも最初に一城のあるじとなった計略からして、すべてこの尼僧の教えによるものだから、素藤も頭があがらない。

「して、城の奪還はどうしてやるのだ?」

「それは、あの舟に乗ってから」

蟇田素藤は、妖尼と二人の女にみちびかれて、赤い三日月の下を、隅田川の河口に浮かぶ帆かけ舟のほうへ歩いていった。

十

館山城が乗っとられたのは、それから数日後である。

里見方としても、手にいれてからまもない城で、夜でも哨戒(しょうかい)の兵を要所にたてていたのだが、それが敵の侵入をまったく気づかなかった。外からちかづく何の物音もきかなかった。

城内には三百人ほどの侍が眠っていたのだが、うしみつどき、それぞれの部屋で、すぐ耳もとから起こった、ただならぬ物音に目ざめ、たいまつと抜き身をさげた見知らぬ武者が乱入してくるのを見て、はね起きようとして、いっせいにころがった。

それ以前にいつのまにか、みなの足くびになわの輪がかけられて、数人ずつ結びあわされ、動くとしまるようにされていたのだ。

百数十人の敵は、手品のように忽然(こつぜん)と城内にわき出していたのである。

それでも抵抗する者は斬殺(ざんさつ)された。ほとんどが捕虜となった。

この急報を受けて、翌朝、滝田からおっとり刀でかけつけた里見勢に、城から矢弾の雨がふりそそいだ。

そして城頭には、こんなことを大書した三本ののぼりがひるがえった。

「姫を送られ候まで、里見の家来を一日三人ずつ断頭すべし」

「攻撃すれば断頭十人」

「寛仁大度の里見家ならば、無用に家来の血をながしたもうことなかれ」

その通り、蟇田素藤は、その日から城の高いところで、捕虜にした里見の家来を、毎日三人ずつ斬首しはじめた。

それをあおいで、義成は窮地におちいった。

浜路を送るか。それはならぬ。では毎日三人の家来を殺させるのか。それはならぬ。

……

これは息子の太郎が人質になっていたときにまさるとも劣らぬ苛烈(かれつ)で急迫した事態であった。

苦悩にやつれてゆく主君を見て、家来の間に動揺が起こった。同情、焦燥、怒り、どうしていいかわからない混乱の中に、

——あの犬江親兵衛を呼べ。

という声がひろがった。

しかしそれは、この危地を救うものはあの六尺棒をもった桃太郎しかいない、という期待からではなく、

——そもそもこんどの大難は、素藤をゆるせというあの小僧のちょこざいな進言から発したものだ。あれを呼びかえし、責任をもって素藤を討たせろ。

という声か、

——いっそ成敗してしまえ。

という声であった。

親兵衛の祖母妙真はもとより、姥雪世四郎も懊悩した。

数日後、ともかく世四郎は、親兵衛をさがしに出立した。が、呼んできていいのか、帰ることをとめにゆくのか、自分でも判然としない。とにかく里見家にいたたまれない思いであったのだ。

だいいち、親兵衛がどこにいるのかわからない。

ゆくさきは穂北の庄だということはわかっているのだが、それまでに房総や江戸のあちこちを見物してゆきたいといっていたから、時日から計算すると、いまごろは江戸のどこかをうろついているだろうと思われたが、その所在は不明だ。——

十一

で、その犬江親兵衛はどこにいたのか。

姥雪世四郎が安房を出てから数日後の晩春の夕、彼は江戸は上野不忍の池のほとりの、よしずでかこった茶屋で、すましてお茶をのんでいた。もっとも外にはさっきから春雨がけぶっている。

むろん、後世の上野の景観とは大ちがいだ。

不忍の池は、池というより芦(あし)と蓮におおわれた沼にちかく、手前にこの茶屋をふくむかやぶきの集落があるばかり。それでも対岸の森のむこうに小さな城のいらかがのぞいて、なかなかいい眺めだ。

どこでもそうだが、この小さな武者修行は好奇と笑いのまとになり、ここまでくる途中、からかいぎみにからんできたごろつきも何人かあったが、たちまち棒の一閃(いっせん)に眼をまわす羽目になった。

この日、雨のせいか茶屋にはほかに客は二、三人しか見えなかったが、茶屋の婆さんが面白がって話しかけ、そのうち、皿にだんごを山盛りにして持ってきた。

「こはなんぞ」

「きびだんごでござい。婆さんは口をおさえて、言葉も可笑(おか)しい。

「かようなものはたのみソーラワず」

「桃太郎さまにご進呈するきびだんごでございます」

武芸者風にこしらえてもらっても、やっぱり桃太郎に見えるらしい。

「きびだんごをもらうのは、猿、犬、きじにソーラワずや。桃太郎にきびだんごをくるるなんじはなんぞ」

「私は、きつね。——」

「えっ?」

親兵衛は眼をまるくして、

「桃太郎のおとぎばなしに、きつねが、いでソーローや？」

「いえ、きつねは出ません」

と、婆さんは笑った。茶屋の婆さんにしては気品がある感じなので、親兵衛もなんとなく好感をおぼえ、かたぱっしからだんごをたいらげながら、

「あれはなんぞ？」

と、池の向こうに組まれた竹矢来を指さした。

「あれは……私もこのごろこの茶屋につとめたものですから、よく存じませんが……昔からある、向が岡城のお仕置き場とかききましたが」

「あの城か。殿さまはどなたにソーローや」

「管領の扇谷定正さまでございます」

老婆はいった。

「これまで伊皿子のお城におられましたのが、この一月たいへんなさわぎがあってそちらのお城が焼け、それ以来こちらにお移りになりましたそうで」

親兵衛はちょっと黙って、だんごを口にほうりこんだ。

この旅の出発前に、尼崎十一郎が義実公にいろいろ報告した中に、七犬士が扇谷定正を襲撃したという話があったのをそばで自分もきいていたが、そのことだろうと思った。

そのとき、突然親兵衛は、やっとさけんで床几からとびあがった。

「おじい！」

雨の中を小走りに、茶店へかけこんできた老人が棒立ちになり、

「親兵衛、こんなところにおったか。……あっちこっちさがしまわって、やっとつかまえた」

と、胸をたたいた。

姥雪世四郎であった。

「親兵衛、大変なことが起こった」

「何ごとにソーローや」

「お前の助けたあの蟇田素藤めが、また館山の城を乗っとった！」

「へーっ」

さすがに眼をまんまるくした。

姥雪世四郎は、館山城がうばわれた次第を語った。——

「ただわからないのは、夜とはいえ、見張りの者が眼をひからせ、耳をすませておるのに、どうして敵がやすやすと城内にはいったかじゃ。あやうく城から逃げた二、三の味方の話によれば、忽然として百何十人かの敵があらわれたという。——」

きいているうちに、犬江親兵衛のまるいほっぺたが、まっかになった。

「いそぎ帰りソーラワんっ」

と、立てかけた棒をひっつかむのを、世四郎老人があわてて、

「待て待て、それが——お前が帰ってよいものやら悪いものやら、よくわからんのじゃ。滝田では、すべてはあの小わっぱのせいじゃ、呼びもどして成敗せよという声も高い」

と、とめたとき、そばで、

「ああっ」

というさけび声があがった。

十二

顔をそちらにむけると、茶屋の老婆が棒立ちになって、池のほうを見ている。いままでそこに老婆が立っていたことなど気づかなかった二人は、ぎょっとなり、ついでその視線を追った。

不忍の池のむこうの例の竹矢来のほうへ、馬に乗せられた白衣（びゃくえ）の男と、それをとりかこんで槍を持った十人ほどの侍が歩いてゆくのが見えた。

「ああ、あれは佐太郎さまじゃ！」

と、老婆はうわずった声でいった。

「こんなこともありはしないかと、毎日見張っていたのじゃが、とうとう心配していたことがほんとうになったようじゃ」

と、ふるえ声でいい、ふいにこちらを見て、老婆は姥雪世四郎にひしとしがみついた。

「助けて下さいまし、お侍さま！」

「なんじゃ？」

世四郎はめんくらった。

「あれは私のご主人、いえ、昔私が乳母(うば)をしておりました河鯉(かわごい)佐太郎さまとおっしゃるお方でございます」

「あの、しばられて馬に乗せられている人か」

「はい。……この一月、管領さまが鈴が森であやうい目におあいになったのでございますが、その曲者(くせもの)の手引きをしたのが、佐太郎さまの父御(ちちご)の河鯉権之佐(ごんのすけ)さまだという疑いをかけられ……権之佐さまはその日に切腹なされました。それで疑いがいよいよ深くなり、お子の佐太郎さまも牢にいれられなされたといううわさがたっておりましたが……ああ、いま、あそこにひき出されておゆきになります」

老婆は身もだえした。

「おねがいでございます。どうかあの方を助けて下さいまし、どうか、どうか……」

「そうか」

といったが、世四郎は、とんでもないことに出くわしたといった表情で、

「婆(ばば)、きのどくだが、老体のわしにそんな力はない。また、いま当方にそんなことをしているいとまもない」

「じじ、おん待ちソーラエ」

と、親兵衛が声をかけた。

「管領を襲った人を手引きしたといえば、犬士の味方にソーラワずや？」

世四郎老人は虚をつかれた顔をした。

「そういうこともあろうが……事情は知れぬ」

「親兵衛は、人を殺すのはきらいにてソーロー」

と、親兵衛はいった。

「人が殺されるのを知らない顔をするのもいやにソーロー。さればいま、ちょっとあの人を助けてゆきソーラワん。それがし、すぐに逃げてそのまま安房へ走るゆえ、じじはあとでゆっくりまいられソーラエ」

異議を申したてるひまもない。親兵衛は棒をひっかかえて、茶屋をかけ出した。

そのまま、韋駄天のごとく池の周囲をとんでいって、竹矢来の中へ、棒高とびでとびこんだ。

時あたかも、中では死の座にすえられた罪人に断頭の刃がふりあげられた刹那であったが、この天空から飛来したような曲者が思いがけぬ小童と知って、眼をむきながらいっせいにおどりかかってくる役人たちを、親兵衛はことごとく棒でなぐり伏せ、悶絶させた。

「これは……」

若い罪人が呆然として顔をむけたのに対し、

「わけはそれがしもよくわからず、ともかくもあの茶屋の婆にききソーラエ」

と、いって怪童子は、あとを追ってくる老人と老女を指し、そのまま棒をかついでまたかけ出した。

十三

――半刻(はんとき)ばかりのち、依然として春雨けぶる暮色の武蔵野を南へいそいでいた犬江親兵衛は、ゆくての路上に座っている一人の人間を見て、口をアングリあけた。

なんと、あの茶屋の老婆なのである。

眼をパチクリさせて近づく親兵衛に、

「さきほどはどうもありがとうございました」

と、老女はひれ伏した。

「おかげさまで、佐太郎さまは命びろいなされ、さりとてもはや管領家にお帰りになるわけにも参らず、あのご老人とごいっしょに、おっつけ安房にゆかれることになりました」

「それはけっこうにソーロー。なれど、お前は、いかなれば先まわりして、かかるところへ……」

「はずかしながら、私、人間ではございません」

「えっ？」

「めぎつねなのでございます」

と、老女は小さい声でいった。

「きつね?」

また口をぽかんとあけた。

「お前が、きつね?」

親兵衛はさっき、この老女が茶屋で、「私はきつね――」といったことを思い出した。あれはじょうだんだと思っていたのだが。――

老女は語り出した。

「私はもともと安房に生まれためぎつねなのでございますが、二十何年か前、夫のおぎつねといっしょに江戸へきて、あの向が岡城の庭に棲むことになりました。そのころ、向が岡城の城代をなすっていたのが、扇谷家の重臣河鯉権之佐さまでございました。

ところがあるとき、河鯉家の下郎のかけた罠のために、夫は死に、私もつかまりました。すんでのことに私も殺されようとしたとき、お助け下すったのが権之佐さまと奥さまでございます。おふたりは、一匹残された私を可哀そうに思って、それから毎日、庭に赤飯やあぶらあげをおいて、私を養って下さいました。

そのうちご子息の佐太郎さまがお生まれになりましたが、おきのどくに奥さまは産後のひだちが悪く、まもなくお亡くなりになってしまいました。

さいわい河鯉家には政木という乳母がいて、佐太郎さまはその乳でお育てになられたのでございますが、ある日、いま申した下郎が乳母を不忍の池のほとりにつれ出してかけおちをすすめ、これをことわった政木と争いになり、二人とも池におちておぼれ死んでしまったのでございます。

たまたま私は芦のかげからそれを見ておりまして、びっくりしましたが……さて、そのとき考えたのは、みどりごの佐太郎さまのことでございます。佐太郎さまには新しい乳母を探されるよりほかはあるまいが、それより……ご恩返しするのはこのとき、いっそ私が……と思いつめた一念の通じるところ、私はまんまと政木に変化(へんげ)することができたのでございます。

それ以来、私は政木として佐太郎さまをお育て申しあげ、乳がいらなくなってからも、そのまま河鯉家にご奉公して参りました。佐太郎さまは私におなつきになり、権之佐さまもおやさしく、私はもうきつねの世界にもどるのはいやになったのでございます。

ところが、佐太郎さまが七つにおなりになったとき、ふと私は病気にかかって寝こみました。高い熱を出してうつらうつらしておりますと、ふいに佐太郎さまのお声が聞こえました。どうしたのじゃ、政木——お前はきつねの顔をしているではないか！

高い熱を出しているのに、私はふらふらと起きあがり、そのまま河鯉家を出てゆきました。

そのときはもう人間の顔になっておりましたが、またいつきつねの顔にもどるかも知れない——という怖れと恥ずかしさのために、私はもう河鯉家にとどまる勇気を失ったのでございます。

そして、だいぶながい間、本郷の妻恋稲荷(つまごいいなり)の森に棲んでおりましたが、そのうちまたどうしても人間の世界が恋しくなり、数年前から湯島天神前の茶屋で働かせていただくことに相なりました。

ところが、この一月、その湯島天神に参詣なされた管領さまの御台(みだい)さまのご行列の中に、十何年ぶりかに河鯉さまおん父子の姿を見つけたのでございます。私もわれを忘れてかけよりました。

佐太郎さまは、『政木ではないか』と、呼びかけられました。

そのとき御台さまのおかごの中から、ご愛玩の猿が急にさわぎ出して外へ逃げ出すという出来事が起こりました。猿は私を見ると、怖ろしいさけび声をたててにらみつけました。

この騒動で、佐太郎さまは一応その場をお去りになりましたが、あとでまたきっと私のところへもどっておいでになるにちがいありません。そう思って、私は茶屋から逃げ出しました。

いえ、佐太郎さまのことより、私はその前に猿がさわぎ出したことにふるえあがっていたのでございます。猿は私にきつねのにおいをかぎつけたに相違ございません。

私が逃げ出したあと、その猿は、湯島の境内にいた大道居合師(だいどういあいし)にとりおさえられたそうでございます。

管領さまが伊皿子城外で、六人の曲者に襲われて、すんでのことで管領さまもお命あやういところというさわぎがあったのは、それから間もない一月二十一日のことでございました。

その六人の曲者の中に、その大道居合師がいたというのでございます。

そのあとで、湯島天神の猿騒動のとき、河鯉権之佐さまがその居合師と何やら密談なされていたということがあきらかになりました。

また管領さまご出馬のさい、権之佐さまがたいへんあわててとめられたということや、管領さまがおあやういとき、佐太郎さまが敵と談合して、追うことをやめさせられた、ということもいよいよお疑いを受けるもととなりました。

実は、湯島から逃げたものの、そのあとも私は河鯉さまおん父子への心がかりのあまり、伊皿子城のまわりをかげながらうろついておりましたので、その佐太郎さまが曲者をとめられたときは、及ばずながらきつね火を出してご助勢いたしました。

けれど、私は知っておりますが、河鯉さまは決してご主人に弓ひく陰謀をくわだてられるようなお方ではございません。まったくのご忠臣でございます。

にもかかわらず、佐太郎さまがあの向が岡のお城で入牢なされた、といううわさをきいて、私は心配で心配で、不忍の池のほとりの茶屋に奉公して、その後のようすをうかがっておりました。

この河鯉家の大難のもとの一つとなった猿騒動は私のとがでございますし、それに私は何より、私の乳でお育て申しあげた佐太郎さまのことが気がかりでならなかったのでございます。

それからのことは、あなたさまのご存じの通りでございます。

心みだれるままに、まったくゆきずりのあなたさまがたにご援助をおすがり申し、それをきいて佐太郎さまを逃して下さいましたことは、何とお礼を申しあげてよいやらわかりませぬ。

ただ、さっき茶屋で、ちらっと承りました館山の城にまつわるお話、まだよく事情がわかりませぬが、私はあのお城についてあることを存じておりまして、それがお役にたつならと、あなたさまのあとを追っかけ、死物狂いに先まわりして、ここにお待ち申しあげていたものでございます。……

と、申しますのは……館山のお城の近くの諏訪神社に大樟（おおくすのき）があって、それに洞穴（ほらあな）がございます。そしてお城の中の片隅にも大樟があって、これにも同じような洞穴がございます。中にはいって、どこをたたいてもかたいので、だれもただの洞穴だと思っておりますけれど、実は奥のほうは枯葉と土でぬりかためたもので、槌（つち）か何かでたたくと大きな穴があきます。そして、その二つの穴のあいだ二町ばかりは、人間が立って歩けるほどの地底の道がつながっているのでございます。……」

「やっ？」

親兵衛は大目玉をむいた。

彼は、姥雪世四郎からきいた——蟇田素藤の一軍が突如館山城内に再出現した謎を、いまはじめて知ったのである。同時に、そもそも里見家の御曹子が諏訪神社でとりことなったわけをいま知ったのである。

武蔵野には雨がふっているのに、ふしぎなことに陽（ひ）がさしてきた。

「そは、まことにソーローや」

「はい」

「お前は、いかなればさようなことを」

「私たちは、数百年前からその館山の地の底の穴に棲んでおったきつねの一族でございました。いえ、その地底の穴も、私たち一族で作ったものなのでございます。……それを、二十何年か前、一匹のたぬきに襲われ、このたぬきが怖ろしい悪智恵（わるぢえ）と魔力を持っておりまして、一族みな殺しにされ、私たち夫婦だけで江戸へ逃げてきたのでございます。……」

老女は顔をおおった。

「ああ、こんなことをいう私も、年老いて、どうやら人間の世界で暮らすことがつらくなりはじめたようでございます。もう生まれながらのきつねにもどって、できれば館山のそのきつね穴に棲みたいと思っているのですけれど、あの怖ろしいたぬきがおっては。……」

その声がしだいにしゃがれ、細くなり、その姿が、老婆の姿からきつね——白狐（びゃっこ）の姿にかわっていった。

白狐はしかし、あきらかに親兵衛におじぎし、うしろざまに大きくとぶと、銀色のきつね雨けぶる草の波の中へ消えていった。

ぽかんと口をあけていることしばし、犬江親兵衛は棒をとりなおし、ふたたび韋駄天のように安房の方角めがけてかけ出した。

十四

まさに疾風童子。

親兵衛が館山城内に忽然とあらわれたのは、その翌日の深夜のことであった。

彼は、むなしく城をかこんでいる里見勢とは無関係に、きつねからきいた地底の道を通って城にはいってきたのである。

陰惨な城にも、春の月は照っている。

城の中の土蔵のそばを歩いていた二人の城兵は、角をまわったところで、すぐ前に異様なものを見つけた。

小さな影が、長い棒を横たえて立っている。

——あっ。

のぞきこんで、

——あいつだ！

と、さけび出す前に、

「声を出すな」

と、小さな影は子供の声でいい、

「声を出すとこの通りにソーローぞ」

と、いうや、その棒で土蔵をついた。するとその壁は粘土と化したように、棒はぷすうっと一尺もめりこんだ。

むろん、二人は声も出なくなった。それに彼らは、いつぞやこの怪童子が主君の蟇田素藤を手玉のようにとりこにした光景を目撃している。

「むこうをむいて、二人ならんで歩きソーラエ、素藤のところへ」

二人は歩き出した。うしろから棒が、ちょい、ちょい、ぼんのくぼや腰骨のあたりを突くのに追われて。

着いたさきは、三階の楼閣であった。素藤自身が作った望里楼という建物だ。城下の里を望むと読ませて、実は里見を望むという野心がこめてある。

そこへはいると、

「出合えっ、曲者でござるぞ！」

「あの怪童が推参してござるぞ！」

と、二人の侍ははじめて、声帯が破れたような声を出して、前方へ逃げ出した。親兵衛はわざとほうっておいた。

その大広間の壁には、あちこち網でかこったあぶら皿がおかれて、その下に十余人の侍が寝ていたが、これがいっせいにはね起きた。

里見勢の包囲の中にあるから、みんな武装したままの姿で、しかもここにつめていたのは伊吹山からきた盗賊ばかりの連中であったが、まさか曲者が突如ここへ出現しようとは思いのほかで、はね起きたものの、まだ夢遊の状態で宙を泳いだ。

それにはかまわず、暗い光の中に、隅に作られた大階段をみとめて、親兵衛はそのほうへ走った。

二階へ上る。ここも同様であったが、混乱の中にもさすがに数人、抜刀して親兵衛におどりかかると、数瞬のうちにはそこは死闘の大渦となった。

わずかに背は三尺五寸、これが六尺の棒をふるって、前後左右、体格巨大な凶賊あがりの城兵をあたるをさいわいなぎ伏せる。妖光の中に、それはまるで一本の撥で無数の鞠をあやつっている曲芸のようにも見えた。

その光景そのものがすでに超現実的であったが、さらに驚くべきことは、その棒のふれるところ、相手は必ず悶絶するが、死んだ人間は——あとになって判明したことだが——一人もいなかったことである。この怪童はこれでも手ごころを加えていたのである。

激闘の旋風をまき起こしながら、親兵衛は三階に上った。二、三段ごとに、うしろなぐりにふるう棒のひとなぎで、数人ずつがもつれあって、大音響をたててころがり落ちる。

三階に蟇田素藤は、これもはね起きて寝衣のまま抜刀し、三人の女をうしろにかばうようにして立っていた。

実に素藤は、毎日里見の捕虜を三人ずつ斬るという凶行をつづけながら、毎夜この女たちと怪しき快楽(けらく)にふけっていたのだ。

八百比丘尼が死界から呼びもどした朝顔、夕顔という二人の美女はもとより、うばざくらながら八百比丘尼の妖艶さに欲望もだしがたく、それより比丘尼からの挑発もあって、ついにこれに手を出して、伊吹の盗賊時代からそのほうの逸楽はほしいままにした素藤なのに、実に人外境にある快美に心魂しびれつくす日々をすごしてきたのであった。

いま、そのけしからぬ悦楽の世界を土足で蹴破られ、しかも闖入者(ちんにゅうしゃ)があの少年だと知って、彼は驚愕し、激怒し——しかしそれ以上に恐怖した。

その快童子の神変の力は、この前思い知らされていたからだ。

階下の叫喚から、すでに襲撃者の正体を知り、いちど窓をおしあけたが、三階なので逃げられないと知って、

「尼御前(あまぜ)、どうすればいいのだ？」

と、顔をふりむけたが、さしもの八百比丘尼も美しい顔を恐怖にねじくれさせて、

「あの魔童子がどうしてここへ？」

と、わななく声でいうばかりだ。

そのうちに、その魔童子がついに眼前に姿をあらわして。——

「こら、この前ゆるしてつかわせしに、なにゆえまた悪事をなしソーローか」

りんりんたる声で、とがめた。

「推参なり、小わっぱ」

絶叫して、蟇田素藤は猛然と斬りかかる。

凄じい音とともに刀は二つに折れてとび、はねかえる棒の下に、素藤は昏倒してころがった。

「ここにくる前、城下でききソーローが、素藤をそそのかした悪い女はなんじにてソーローや」

親兵衛は棒をかまえ、あゆみよった。

すると、窓ぎわに立ちすくんでいた三人の女は——そのまんなかの尼僧が、両わきに二人の女を抱くようにして、あおのけざまに窓の外へとび出したのである。

なんたる怪異、三人の女は地上に落ちず、晩春のおぼろ月のかなたへ、妖々と翔け去った。——

いや、まさかそのつもりはなく、五間くらい離れたけやきの大木のこずえにとび移ろうとしたらしかったが、このときはやく、

「ええい！」

親兵衛の片手があがって、その手から白い流星がとんだ。

それに打たれて、三人合わせて一羽の大怪鳥と化したかのような影は、天空から地上へ落ちていった。

親兵衛は窓から下界を見下ろし、地面に動かぬその姿を見ると、悶絶した蟇田素藤を彼の刀の下げ緒で、四肢を一つに結んで荷物のようにまるめ、棒にひっかけて、肩にかついで階段を下りていった。

算をみだしてたおれている城兵の中には、まだ立ちあがろうとしてよろめいている者もあったが、もはや抵抗しようとする者はいない。

親兵衛は地上に出た。

三人の女は、庭にたたきつけられて死んでいた。――女ではない。それは実に異様なものであった。

「ふうん……?」

彼はうなり声をあげたが、棒の先の素藤を下ろし、地面に眼をさまよわせて、何かをひろいあげた。

それはさっき、彼の手から投げられて、空をのがれようとする魔女を撃ちおとした一個の珠であった。彼は念のため、それを月光にすかしてたしかめた。珠には「仁」の文字が浮かんでいた。

このとき地上で、四肢をしばられたままの素藤がもがき出した。

「気づきソーローや。ならば見ソーラエ、これがお前といっしょにいた女たちにソーローぞ」

と、親兵衛は棒のさきでさした。

素藤はのぞきこんで、ぎょっと眼を見ひらいた。

衣裳はまぎれもなく八百比丘尼のもの、あるいは朝顔、夕顔のものであったが、そこからのぞいている首、手足はけだもので——それもあきらかにたぬきであったのだ。八百比丘尼のたぬきはひときわ大きく、老いて見え、朝顔、夕顔は小だぬきであった。

「ぎおっ」

蟇田素藤は怪声を発して、嘔吐しはじめた。……彼はきょうまでたぬきと怪しき快楽にふけっていたことを知ったのである。

「わかりソーローか」

親兵衛はいうと、もういちど棒の先に素藤をぶら下げて、ゆうゆうと歩き出した。

このとき望里楼以外の城兵が黒雲のように集まっていたが、この怪異と、さらに小さな童子が五倍くらいありそうな城主を、かるがるとかついでゆく怪異に息をのんで、遠まきにして見まもるばかりであった。……

この再度のとりこを受けとって、里見義成が驚倒し、一部始終をきいて嘆声を発したことはいうまでもない。

滝田城から義実老侯も急行してきた。そして、館山城内にはいって、三匹のけものの死骸を見ていたが、じいっとまんなかのたぬきに眼をそそいで、

「……おお、そやつは、昔、たまずさの飼っておったやつではないか！」

と、さけんだ。

そばにひざまずいていた白髪の老臣、杉倉木曾介、堀内蔵人も水をあびた思いがした。

彼らはその昔、安房の前領主山下定包の愛妾たまずさが誅されたとき、「殺さば殺せ、私のたたりで里見家は、子、孫まで畜生道におとして煩悩の犬と変えてやるわ！」とさけんだこと、その首の血を吸って逃げた一匹のたぬきがいたことを思い出したのである。――そして、その後伏姫さまをあの悲劇におとした妖犬八房は、たぬきの乳で育てられたということや、また富山で八房を射殺した金碗大輔――いまの、大法師が、そのときなお一匹のたぬきが伏姫さまにまつわりついていたらしい、と話したことを想起せずにはいられなかった。

ともあれ、四十余年、里見家を呪いつづけた妖姫たまずさの怨霊は、ここでやっと滅びの日を迎えたのである。――同時に、館山城の悪霊もついに最後の運命を迎えた。

これについても犬江親兵衛は、ショウコリもなく、なんとまた蟇田素藤の助命を嘆願したが、こんどはさすがの義成もにが笑いして、

「親兵衛、すべてはお前の手柄じゃが、それだけはかんべんしてくれい」

といって、素藤を処刑した。

さて、こうして犬江親兵衛は、改めて勇躍して他の七犬士にあうために――彼らを安房に呼ぶために結城大法要にむかうことになった。――

虚実冥合　四谷信濃坂

一

天保八年秋。

七十一歳の馬琴は、童犬士犬江親兵衛が妖狸を退治するくだりを語りおえた。——聴いたのは、北斎でも崋山でもない。——嫁のお路である。

そして、ここは神田同朋町ではなく、四谷信濃坂であった。

この家で、さきほどお路がたすきをかけ、薬研で生薬をきざんでいると、馬琴がはいってきて、声をひそめていった。

「お路。……つかぬことをきくが、お前、八犬伝を読んだことがあるかね？」

お路は、とまどい、顔をあからめて首をふった。

「いいえ。申しわけありませんけれど。……」

それまで彼女は、次々に生まれた三人の子供の世話、病む夫やしゅうとめの看病、それに下女難の家庭で、しゅうとの小説など読むひまはなかったのだ。

「そうか」

馬琴はうなずいた。

彼は、お路はむろん、女房のお百(ひゃく)も娘たちも、自分の作品など読んでいないことは知っている。

が、彼はおずおずといい出した。

「実はお前にたのみがある」

「何でございましょう？」

「お前も知っているだろうが、私は小説をかく前に、だれかにあら筋をきいてもらって、いろいろ批評してもらうことにしておる。それをいままで北斎老にやってもらい、この前は崋山さんにやってもらった。ところが、北斎老はその後とんとこないし、崋山をこんなところに呼ぶわけにもゆかん。……その聴き役をお前さんにつとめてもらいたいのだ」

「えっ、私に？」

お路はのけぞるほど狼狽(ろうばい)した。

「私、お父さまのおかきになるようなむずかしいものは、とても――」

「むずかしくはない。私は女子供でもわかるようにかいているつもりだ。げんに、おんな衆の読者はたんとある」

神田明神下に住んでいるころでも、お大名の女中などが、愛読者だといってときどきこのしゅうとを訪ねてくることがあったのは、お路も承知していた。承知しているどころではない。面会をきらう馬琴の命令でお路自身が馬琴は病気だなどいって、なんどもことわり役をつとめたくらいだ。

「だいたい私は、かきたいことを三段も五段もひき下げてかいておるのだ」

と、馬琴はいった。

「それにな、今回は、いままで読んでおらんでもわかる話で、少しおとぎ話じみておる。お前がきいても充分わかると思う。……たのむ、是非きいてくれ」

「それでは」

と、お路はこっくりしたが、なお何か気がかりのようにまわりを見まわした。しゅうとめの部屋はひっそりしている。ここへきてから、老衰でほとんど寝たきりのお百であった。

「薬研一式をあちらに持ってゆきなさい。薬をひきながら、きいてもらえばいい」

と、馬琴はいった。

庭では子供たちの明るい歓声がきこえた。秋草の中で虫をとっているらしい二人の孫たち——十の太郎と四つのおさちの声であった。

それでも、この四谷信濃坂の午後はさびしかった。神田明神(みょうじん)あたりの騒音はおろか、犬さえ鳴かないへんぴな土地で、幼児の声だけがひろい大空にひびくのが、いっそうさびしさを誘った。

二

息子の宗伯が亡くなってから二年たつ。

馬琴一家は、去年の秋、思いきって神田からこの四谷へ引っ越してきたのである。

馬琴がそう決心したのには、いろいろなわけがあった。

第一に、宗伯が苦しみ、家人たちが苦しんだ同朋町の家につづけて住むのが、あまりにもつらかったからだ。

第二に、相変わらず地主風を吹かせる御家人杉浦の老母や、宗伯の死を、「どうじゃ、戯作者風情が武家の猿まねをしようとした天罰はあの通りだ」と出入り商人にいいふらすような、言語道断のねじけ者伊藤常貞を隣人に持つことにたえられなくなったからだ。

そして第三は、これがいちばん大きな理由だが、去年の春、この信濃坂の鉄砲同心の古家が、御家人株つきで売り出されたのをきいたからであった。この家を買えば、孫の太郎が成年に達したとき鉄砲同心の職を得られるのをあてにしたのである。

宗伯の死による落胆は大きかったが、しかしそれよりも馬琴は、この先のことを思うと、むなしく悲しんではいられなかった。

「しっかりしなくてはならない。私が、しっかりしなくてはならない。……」

現在も未来も、すべては自分の肩にかかっているのだ。

しかし彼は七十になっていた。この年では、明日のいのちもはかりがたい。そこで彼は、その鉄砲同心の家を株つきで手にいれることを決心したのであった。

決心は動かなかったが、実行するには心をきざむような思いをした。

だいいちにこの家は、あばら屋同然であったが、土地は二百四十坪あり、百五十両もした。その金がないのだ。神田の家を処分しても、その土地は借地であったから、とうてい及ばない。

そこで彼は、所蔵の本を売りはらった。

吝嗇（りんしょく）とそしられた馬琴だが、本を買うことだけは金を惜しまず――それどころか、かつて「ただこの無用の書を著わして、もって有用の書をあがなう」と豪語したものだが、それらの本を手ばなしたのである。その中には稀覯本（きこうぼん）と目されるものも少なからず、さらに、これからなおかかねばならぬ「八犬伝」に必要な「房総史料」その他の本もあった。

その上、彼は去年の夏、柳橋（やなぎばし）の料亭をかりて「書画会」までひらいたのだ。

書画会とは、画賛した扇や風呂敷を、来会した知人に買ってもらうもよおしだが――思い出せば二十三年前、そのことで相談にきた山東京伝（さんとうきょうでん）に彼はいったことがある。「書画会などと、名は風雅めかしておるが、実際はおしつけがましい金集め……京伝先生のお名にかかわりましょう。そりゃ、先生、おやめになったほうがよろしかろう」

彼は、先輩の京伝に「教訓」したのである。

その書画会を、七十になって馬琴は、身をよじらせる思いでもよおすことを余儀なくされたのだ。

――果然、彼は知らなかったが、京伝の弟京山は、骨を刺すような憎悪と嘲罵にみちた手紙を越後の鈴木牧之に送っている。

「京山、老馬を偽君子と視ること五十余年、不善積んで年をなし、今老境に入りて一眼を失い、一子は死別し、家に離れ多病にして窮迫に至れること、天なるかな」

老馬とは老いぼれた馬琴という意味である。

ついでにいえば、牧之の「北越雪譜」は、京山のあっせんでおととし出版されている。原稿は馬琴ににぎりつぶされたのだが、控えの原稿があったと見える。

しかも、あんなことがあったにもかかわらず、大人の牧之は、腹の中は知らず以前と変わらぬ親しげな手紙をよこし、いったんは絶交されることをかくごした馬琴も、これに対して何事もなかったかのような返書を送りつづけている。――「実の世界」は、いかなる「虚の世界」よりも怪異であった。

引っ越しにあたって、もう一つ馬琴を苦労させたのは妻のお百であった。

なにしろ、生まれてから神田を離れたことのない女だ。それが、七十を越えて、しかも病身で、いまさら江戸の果てのような四谷信濃坂へゆくとは――と、蒲団にしがみつく。

結局、強引にむこの清右衛門が負ぶって運ぶ始末になった。

さて、その清右衛門だが、引っ越してからも、神田から一里半の道を、彼だけがまめに足を運んで、何かとこちらの家の始末をしてくれたのだが――この夏、食あたりで突然死んでしまったのである。暑い日、途中で何か悪いものを食ったらしい。

これには驚いたが、むろん宗伯の死ほどの衝撃はない。ただ、これから先、後家になったおさきをどうしよう、という心配がまず胸に浮かんだくらいである。――おさきは、あずかった孫の一人、おつぎをそのままおいてくれ、といい、飯田町で八百屋に貸してある家の家賃と仕立物で、それ以後ひっそりと暮らしているが、さきざきの心配はいまもある。

朴訥（ぼくとつ）で、忠実なむこの死は、これから家の修繕や庭の手入れや走り使いをしてくれる者がいなくなったという点で、馬琴を困惑させたが、しかしそれ以上の損失として、小説は読まなくても、ただ純粋に自分を「えらい人」と尊敬してくれる、数少ない貴重な人間を失ったということを、彼はまだ自覚しなかった。

この信濃坂は、まさに江戸の果てであった。

四谷とはいうものの、伝馬町のほうなら知らず、このあたりは森や畑の中に御家人の家が点在しているばかり、青山六道の辻といううすきみ悪い地名のところがいちばんちかい町屋の小集落だが、そこへゆくにも、七、八町は歩かなくてはならない。

安御家人の家でも二百何十坪かあったのも、そんなへんぴな土地だったからで、風の強い坂――信濃坂という――の上で、間口は六間（けん）、奥ゆきは四十間という、彼が箸箱（はしばこ）のような地所と形容した屋敷で、まわりは竹垣だけ、奥の三分の一ほどは大竹藪にふさがれていた。

お百のみならず、深川で育ち、神田でずっと暮らしてきた馬琴も、篠斎（じょうさい）への手紙に、

「人のゆくえは心にまかせぬものにて、思いがけなきところに余命を送る仕合わせに候」と嘆声をもらし、彼自身が「辺土」と呼んだこの四谷信濃坂が、やがて彼の終焉の地となるのである。

ここにきて、もう一年たつが、まだあばら屋のままといっていい。

それでも一室を書斎としたが、神田の家とちがって、山積していた書物はほとんど消えて、書斎ではないような、がらんとした感じであった。

ここでお路は、童犬士犬江親兵衛の物語をきかされたのである。

三

彼女はその間、薬研をひきながらきいた。――決してうわのそらできいたわけではない。ききほれて、薬研をひく手が思わずとまると、馬琴がそのたびに注意を喚起して、手を休ませなかったくらいだ。

宗伯が生前にせめてもの仕事とし、死ぬときに、これからもお路につづけてやってくれとたのんだ滝沢家「家伝」の薬作りであった。お路はそれを守っているのだ。

「……どうじゃ、わかったか？」

と、馬琴はきいた。

「はい、ほんとうに面白うございましたわ。……」

お路は、彼女にしてはめずらしい、ぼうっとした眼でうなずいた。

いままでの「八犬伝」を読んでいないにもかかわらず、お路には面白かった。それには馬琴が適宜説明を加えたせいもあるが、彼がいったようにこの犬江親兵衛再登場のくだりが、なかば独立した一つの童話となっていたからだろう。

「そうか、面白かったか」

と、馬琴はほんとうにうれしそうに笑った。

彼は、この口が重く、愛想のない嫁が、それだけに口先だけのお世辞などいわない女であることを知っていた。

庭のむこうで、また子供たちの声がきこえた。

「でも、その犬江親兵衛という子供、九つなんですか。太郎は十ですけれど、ずいぶんちがいますこと」

と、お路は笑った。

「こちらは、あんなに虫とりに夢中になって」

この嫁の笑顔はほんとうにめずらしい、と馬琴の心もなごんだ。

もともと器量はそう悪くないほうだし、年も三十を過ぎたばかりだし、ふだん笑わないだけに、思いがけずはなやかな顔になる。

お路も、謹厳な老人のいまの笑顔を、子供のそれのように感じた。だいたいこのしゅうとは、家族の前で笑ったことなどないのである。

いま自分が「面白い」といったのがうれしかったのだろう、とお路は考えた。そして、これまでの「八犬伝」を読んだことはないけれど、宗伯が死んで、あれほど意気銷沈していたしゅうとが、いまきいたような愉快なお話を作りあげる気力をとりもどしたのをよろこび、その能力に讃嘆した。

お路は、夫が亡くなって二年、このさびしい江戸の果てにきて、このごろやっと心の安らぎを得たように感じていた。

「いや、親兵衛はとにかく超人の犬士なのじゃから」

と、馬琴が大まじめに弁解したとき、横のふすまがすうっとひらいた。

「何してるんだ」

お百であった。

このごろは厠にゆくのも難儀なほど弱っている老婆が、蓬々たる白髪をふりみだし、すが目の眼をうすびからせて立っていた。

「二人で、長いあいだ、ここで何してるんだよ」

どうやらお百は、病間でじっとききき耳をたてていたらしい。

「見る通り、お路に薬を作らせておる」

と、馬琴はお路の前の薬研に眼をやって答えた。

「薬なら、こんなところで作らなくったっていいじゃないか」

「実は新しい薬を考案したものだから、それをここでお路に教えているのだ」

と、馬琴はいった。

滝沢家で作っている「神女湯」や「奇応丸」などの薬は、みな馬琴が処方したものだ。それを丸薬にしあげることをいまお路が仕事にしているが、それは宗伯の遺言をまもるというより、涙ほど少ないそのもうけでも、いまや滝沢家にとって決しておろそかにはできない収入源になっているからであった。ここでは買い手もないから、本屋の小僧に飯田町のおさきのところへ運んでもらい、そこで売ってもらうのである。

お路は、さっきしゅうとが薬研一式を持参しろといったことの深謀遠慮にはじめて気がついたが、それにしても、それを弁解するしゅうとの声が少しもつれている。

お百はなお疑惑のはれない眼で、ジロジロ見まわしながら、

「病人をほうっておいて……効きもしない薬なんか作って……いまさら何さ」

と、にくにくしげにいった。

――お路の心の安らぎは、まだ得られそうになかった。

四

天保九年がきた。

七十二歳の馬琴は、八犬士の結城の大法要と、それにつづく犬江親兵衛上洛のくだりをかきつづけていた。……

——文明十五年四月十六日、この日、去る四十数年前の結城落城に際して討ち死した里見季基公を弔うために、結城の古戦場跡で、ゝ大法師が導師となり、八犬士が参集して大供養をおこなった。

これは、犬士の大半が一見里見家とは無関係な出生なので、ここで彼らを里見家に結びつけるための——すなわち、「南総里見八犬伝」という題名にそむかないための——物語の上でのいわば「通過儀礼」であった。

この儀式の次第を、馬琴は延々と細述する。

それでも、さすがにこれだけでは読者がたいくつするだろう、と考慮したのだろう。

この法要に、ゆかりの寺々の僧を呼んだのだが、招かれなかった一寺の悪僧がこれをねたみ、当時の結城城主の家来や末寺の坊主、檀徒たちを煽動して、この法要になぐりこみをかけ、八犬士がこれを蹴散らす物語をつけ加える。

ここで犬田小文吾と犬江親兵衛という八犬士中の伯父と甥が、五年ぶりに再会して歓喜する場面を馬琴は忘れない。

そして八犬士は、ようやく全員集結して、安房におもむき、里見義実、義成父子に謁し、はれて主従のちぎりを、また、ゝ大法師と父子のちぎりを結ぶ。

それとは別に、浜路姫にふたたびまみえ、姫がいつのまにかかつての恋人浜路にそっくりの顔だちに変貌しているのを見て、犬塚信乃の胸には万感が去来した。……

この結城大法要のくだりを、しかし馬琴はお路にきかせなかった。

この前はともかく、はじめからの「八犬伝」を知らない人間に、こんな話をきかせても理解不可能だろうと判断しないわけにはゆかなかったのだ。

ついで彼は、童犬士犬江親兵衛上洛のくだりへ、ひとりで筆をすすめる。

鈴が森のたたかいで、犬士たちに撃破され、いのちからがら逃げのびた管領扇谷定正（かんれいおうぎがやつさだまさ）は、その後八方に探索の手をのばして、ついに穂北（ほきた）の庄に疑惑の眼をつけた。そしてこれに急襲の手をむけた。事前にこれを察知した穂北党は、部落を焼きはらってゆくえをくらます。

やがて定正は、結城大法要の件を知り、また自分を襲った犬士たちが安房里見家にかくまわれたことをかぎつけ、ついに里見討伐のたくらみをたてる。

ただ八犬士への報復のみならず、このところ仁慈の「里見王国」といううわさの高い里見家をこの際ねじ伏せておこうと発起したのである。

彼はそのために、関八州（かんはつしゆう）十万の兵の動員にとりかかった。

定正は、扇谷麾下（きか）の諸大名、武州大塚城の大石家や石浜城の千葉家、上州白井城（しろいじょう）の長尾家などはもとより、これまで不仲であった古河（こが）の足利成氏（しげうじ）や、争覇相手の山内顕定（やまのうちあきさだ）などにも声をかけ、参陣をうながした。

風聞によってこれを知った里見家は、断乎これをむかえ撃つ支度にかかる。

一方で義実は、夏になって、犬士の一人を上洛させる案を持ち出した。

それはこのたび八犬士が、大法師、前名金碗大輔（かなまりだいすけ）の養子となるについて、朝廷から正式に金碗の姓を拝領させる、という名目で上洛し、その間、室町御所にも見参し、もし近く里見対扇谷のたたかいがはじまったとき、公方はいかなる態度に出るか、それを打診するためと、叶うことなら里見家のほうに好意的な立場をとりつける、というのが目的であった。

その提案をしたとき、そくざにそのお役は手前に、と、のり出したのは九歳の犬江親兵衛であった。そのわけを、――

「ほかの犬士諸兄は、これまでみな諸国をめぐり、多くは京へもゆかれたというのに、それがしはまだ安房と江戸のあいだを一、二度うろついたばかり。もしよければ、これを機会に京見物をいたしたくソーロー」

と、親兵衛はあどけない顔でいうのであった。

みな顔を見合わせたが、やがて義実が破顔して手を打った。

「うむ、天子さまや公方どのへの見参のおゆるし、親兵衛のほうがかえって首尾ようゆくかも知れんぞ。それに――その上の用件も、あの蟇田素藤退治の次第からみても、大丈夫じゃろう」

やがて親兵衛とお供の姥雪世四郎と尼崎十一郎は、舟に莫大な進物をつんで、安房から浪華へ海路で旅立つ。

途中、海賊に襲われる難をへつつ、上洛した親兵衛は、はからずも京で、室町御所のえらんだ、剣、槍、弓、鉄砲、鉄杖などの武芸者と御前試合をおこない、ことごとくこれらを破ったのみならず――比叡山で虎退治までやる武勇伝をくりひろげる。この虎が――なんと、平安朝の絵の名人巨勢金岡（こせのかなおか）がえがいて、瞳だけいれてなかった絵に瞳をいれたために、これが生動して現実世界におどり出た虎なのである。

五

馬琴は、思いきった怪異の着想家であった。その怪異は、荒唐無稽であればあるほど人を面白がらせる。しかしこれは一歩あやまると、ばかばかしさに失笑させる。面白がらせるのと失笑させるのは紙一重である。

画中の虎がとび出すとは。――馬琴は、この紙一重の判断に狂いが出はじめたのだ。彼の脳髄は、ようやく老化しはじめたのだ。作者が、馬琴の物語の紹介法をここで簡略化したのは、そのためにほかならない。

しかし彼は、どうしても虎を出さなければならないと思いこんでいる。

一つには、「八犬伝」が「水滸伝」を踏んだものである以上、「水滸伝」の豪傑武松（ぶしよう）の虎退治を再現させなければならないと思っている。二つには、これまであれほど動物を登場させた以上、どうしても虎を加えなければおさまりがつかない気がしている。

かつて北斎が、「八犬伝は人獣混合の大曼陀羅をえがこうとしてるのじゃないか」といい、「お前さんも人が悪い」といった。こちらは別にそんな大それた考えを持っていたわけではなく、犬ではじまった物語だから馬や牛を出したわけだが、そのうち北斎の言葉に触発された気味もあって、せめて十二支の動物はできるだけ使ってみようという気になった。十二支のうち、蛇やねずみや羊などは使う機会がなかったが、その代わり猫とたぬきを出し、北斎との話以後、猿ときつねを出した。あに虎を出さざるを得んや、だ。

馬琴の子供らしいまでの完全主義のあらわれだ。

そもそもが、親兵衛上洛の段そのものが、彼のきちょうめんさの産物といえる。ともかくも京における場面をいれなければ、この物語全体がたんなる「地方史談」に終わると考えて、むりやりにこの一段を挿入したのである。

結城大法要と親兵衛上洛のくだりは、合わせて現在の四百字詰原稿用紙にして一千枚を超える量にのぼるが、面白かろうと、面白くなかろうと、馬琴にとっては、物語上の必要より、心理上の必然によって、どうしても経なければならない手順なのであった。

しかし、これをかく馬琴の心は沈んでいた。

宗伯が死んだあと、逆に彼は一種凄惨な昂揚（こうよう）にとらえられていたが、やがて当然ながら、ふかい沈鬱期がきた。

篇中にさしはさむ、読者への便りともいうべき随想に、例の歎きぶしが多くなる。

「小説は世渡り、評論はなぐさみ」

「物語作者の仕事は、風をつかまえ、影を追うようなものだ。架空無根、世の人になんの益もない」

「ただ春の日に独座の睡魔を破り、秋の夕に寂寥の憂鬱をいやせば足る」

しかし、こんな自嘲を読者にもらす作者がほかにあるだろうか。

しかも馬琴は、これを半盲の状態でかいたのである。

右眼が見えなくなったのはもう四年ほど前からのことで、いまはもうだれにもわかるほど白くにごっている。

彼はいつも火鉢を右において執筆していたから、炭火にあてられたのだろうと思っていたが、実は老人性白内障にかかっていたのであった。

それには、読書、執筆、校正など、長年の眼の酷使――しかも、夕暮でも行灯を惜しんで仕事をするというような節倹の習慣がたたったにちがいない。

まことに馬琴は、ながいながい刻苦勉励の果てに、京山が嘲罵したように、

「今老境に入りて一眼を失い、一子は死別し、家に離れ多病にして窮迫に至れること、天なるかな」

という境涯におちいったのであった。

六

ほかのことはともかく、経済的にどうしてこんなことになってしまったのか。

直接の原因は、このあばら屋を――ほんとうのところはこの家についた御家人株を――

買ったことだが、要するに神田同朋町の家を売り、屈辱の書画会をひらき、秘蔵の書籍を処分したら、あとはすっからかんになるほど滝沢家にたくわえがなかったのだ。

いまなお当代のベストセラー作家である馬琴が、である。ひとから吝嗇といわれるほど倹約してきた馬琴が、である。

それが、ない。

本がいくら売れようが、売れるに従って作者にも収入をもたらす印税制度というものがない当時、本の売れゆきのいいことは、作者の自尊心を満足させる以外、なんの関係もない。

馬琴の受けとるのは、最初の稿料だけである。

それによる滝沢家の収入は、彼の全盛時、平均して月に十両程度、年に百二、三十両。当時の侍でいえば、まず三百石くらいにあたるだろう。

が、芝居見物でさえ最低一両二分はかかる時勢で、千石取りの旗本でも火の車だった時代だ。見栄のいらない滝沢家なら、節約すれば中流の下くらいの生活は送れるけれど、何か特別にまとまった金が要るとなると、たちまち当惑する事態となるのであった。

それにしても、遊び上手の京伝や、気っぷのいい三馬が、本の売れゆきは馬琴に及ばず、かつ生産量も少なかったのに、ちゃんと遺産らしいものを残しているのに、馬琴がこのていたらくであったとは。——

そのわけは、具体的には、彼が表の金しか——稿料だけしか受けとらなかったことにある。当時の作者は、ほかに商売を持っていたり、扇子や色紙に揮毫したり、ひいきに御馳走になって「おかご代」をいただいたり、ときには町の商店の広告文をかいて謝礼をもらったりするのがふつうであったが、馬琴はそんなものとほとんど無縁であった。要するに、生計につたないのである。

しかし、ほんとうのところは、金にこまかいにもかかわらず、それはほかの何事にもこまかい性癖のあらわれに過ぎず、彼の本質の底にむしろ金銭に対する拒否感があったせいではないかと思われる。金に拒否感を持つ男に、金がくっついてくれるわけがない。だから、彼は、この境涯におちたことに対して——これは彼の性格のめずらしい美点だが——天を恨まなかった。

そもそも世に印税制度の概念がないのだから、本が売れても収入が少ないことに不平の持ちようがない。それどころか彼は、息子の死や半失明の不幸におちいったのも、むしろ自分がおごったために天が罰を与えたのではないかとおののいていたのである。

ともあれ現実の話として、滝沢家には生活費が要った。しかも半盲の状態になってから、「八犬伝」以外の著作はめっきりへり、したがって収入も激減した。

いきおい、一家はますます倹約しなければならなかった。——それどころか馬琴は、倹約を宗伯への鎮魂の行のようにさえ考えた。

七

三月末のある朝だ。

京における犬江親兵衛の活劇をかいていた馬琴のところへ、お路がやってきて、

「お父さま、このあいだ、たけのこを買ってくれたお百姓さんが、またたけのこを掘らしてくれと参ったのですけれど。……」

と、いう。

庭の奥の大竹藪(おおたけやぶ)にはえるたけのこのことだ。先日それを何十本か売った。買った百姓は、四谷の町へ売りにゆくのだという。たけのこはまた新しく出ているはずだ。

「そのお百姓さんに、いろいろたのみごとをしたいのですけれど」

「なんだ？」

「太郎の鯉のぼりの竿をたててもらいたいのです」

「おう、節句がくるな。……それも是非たのめ。それだけか」

「それから、ぶどう棚を作ってもらい、梅の苗木を何本か植えてもらいたいのです」

「ほ？」

「たけのこをただで掘らせてもらえば、むこうもただでやってくれるというのですけれど、いけないでしょうか？」

「ただで？」

馬琴は首をひねって、

「ぶどうがなっても、清右衛門がおらんが」

「私がとりますわ」

お路はきっぱりと答えた。

「お前がやる。……それなら、よかろう。やってもらえ」

お路は立ちながら、

「このうちはひろいから、その気になれば、実のなる木をずいぶんたくさん植えられますわ。……」

と、つぶやいて、にっこりした。

嫁が去ったあと、馬琴はしばらくそのあとを見送っていた。

神田同朋町の家の庭には、それほどひろくもないのに、ぶどう棚や梅、柿、あんず、りんごまであった。自家用ばかりではない。大半は神田の八百屋に売るのである。

そういうことも馬琴は、「清右衛門ぶどう取りおろし候ところ、かれこれ手間どり、薄暮ごろようやくとり終わる。本年は二朱二百文」などと日記にしるした。

妻のお百はなんども舌打ちして、「シミッタレ」と、悪口をいったが、馬琴は、そういう所業は人のものをむさぼるわけではないから、べつに恥じるには及ばないと確信していた。

それはともかく果実の木の手入れも採取もなかなか手間のかかるものだが、同朋町のころはこれを清右衛門がやってくれた。その清右衛門は死んだ。これをお路がやろうというのだ。

「……このごろ、あれはずいぶん変わったようだ」

と、馬琴はひとりごとをいった。

もともと多少意地っぱりなところのある女であったが、これまでは、黙々とこちらのいいつけに従うだけのことが多かった。それが、ここへきたころから、自発的にハキハキ口をきくようになり、このごろは、ときにはお百の愚痴を叱りつけて、お百はもとより馬琴まであっけにとられることもある。

さる日、馬琴が日記に、「転宅以来お路殊に立ちはたらき実に寸暇なし、かれなくばあるべからず」と、しるしたように、まさしく滝沢家はお路を中心にまわりはじめていた。

去年、彼女に小説の聴き役をたのむなど、以前には思いもよらなかったことを馬琴がたのむ気になったのは、苦しまぎれというより、すでにお路が「たよられ役」の地位についたことを物語るものであったかも知れない。

人気（ひとけ）が少なくて、ただ木と草ばかりの土地に住んでいるせいか、このごろはかえって美しくなったように見え、何かのはずみには、老いた馬琴が思わず眼をそらすほどなまなましく見えることがあった。

……二、三日後、百姓がきて、梅の苗木を何本か植えてくれ、またぶどう棚を作ってくれた。

夕方、お路は庭でその百姓と話をしていた。二人の子供もそばではしゃいでいたし、この一両日ちょっと気分のいいらしいしゅうとめのお百も出てきて、新しいぶどう棚を見ていた。

すると、むこうの竹藪の中から、馬琴が出てきた。

ほんの少し前、彼がやや腰のまがりかけた姿でそこへはいってゆくのをみな見ていたが、ただの散策か、あるいは馬琴のことだから、たけのこを掘ったあとの検分でもしているのだろう、と思っていた。

ところが、いま見ると、両腕にいっぱい妙なものをかかえている。

「皮がこんなに残っておる」

彼は、はにかんだような笑いをうかべ、あえぎながらいった。竹の皮であった。

「お百姓。……これは売れんか」

「それは……煮豆屋か一膳飯屋(いちぜんめしや)にでも持ってゆけば……」

百姓は眼をまろくしていった。

「けんど……山ほど持っていって……二十文か三十文でがすぞ。……」

「そうか、それでもいい」

馬琴はいま持ち出した分を地上におき、

「まだ山ほどあるぞ、お百姓、もったいないから、みんな持ってってくれ。……ただし、これは約束外だから、ただにはできんが」

そして、またガサゴソと藪の中にはいっていった。……

あと見送って、お百は、あきれはてたようにつぶやいた。

「何てえまねをするんだ。……へん！　天下の馬琴先生が……竹の皮をひろい集めて一膳飯屋に売ろうなんて。……」

八

天保十年がきた。

七十三歳の馬琴は、「南総里見八犬伝」の総仕上げたる安房大戦をかきはじめる。

――文明十五年十一月末、管領扇谷定正は、十万の大軍の動員を終えた。その年一月、八犬士たちに焼かれた伊皿子城は、その後修復して、さらに威容をましていた。

この動員に、それまで定正と内争ひさしかった山内顕定や古河成氏や長尾景春などが応じたのは、新興里見を滅ぼすことにはみな賛成であったことと、さらにこのいくさにおのれの力をいかんなく発揮して、将来の勢力拡張の具にしようと考えたからだ。彼らはみな、南総一隅の里見など、ただひともみだと思いこんでいた。

ただ、定正の不興を買って蟄居している扇谷家の老臣太田道灌の子新六郎助友が、このたびの里見へのいわれなきいくさは不義と存ずる、と父の意向をつたえて諫言したが、定正はきく耳持たず、陸海からする安房攻撃の作戦計画をすすめた。

　陸は五万の兵をもって下総の二方面から侵入南下するもので、海は同じく五万の兵をもって江戸湾をおしわたって安房の洲崎に敵前上陸するというものであった。

　この情報に、里見家と犬士たちは、勇躍して防戦の準備にとりかかった。これは彼らにとって、仁慈をもって知られる里見王国防衛の大いなる聖戦であった。

　陸の国府台には犬塚信乃、犬飼現八。行徳には犬川荘助、犬田小文吾がかけむかう。海にそなえて洲崎には里見義成が本陣をかまえ、犬坂毛野と犬山道節がこれをまもる。ただこれは敵の大軍を上陸させてはならず、海の上で撃破しなければならないが、海戦には船の数が決定的で、この点とうてい管領方に及ばない。

　そこで、これには智略を要する、と、「智」の珠を持つ犬坂毛野の作戦で、夏のうちに、ゝ大法師と犬村大角が旅の陰陽師師弟に化けて伊皿子かいわいに潜入して、ある行動を開始した。

　さらにまた、かつて里見に征服された上総の一将だがいま管領方に寝返る、という裏切りの武将を作って、ひそかに定正に内応の使者を送り、それがまことである保証に、といって、四人の家族の女性を伊皿子城へとどけてきた。

　もしあとで内応がいつわりとわかれば、人質はみな殺しになるわけだ。その四人の女が、いずれも気品ある老女であったり、しとやかな美女であったりして、まさかこれを犠牲にはすまい、本人たちもそんな苛烈な反間苦肉の役はつとめまい、と信じさせるものがあり、定正もついにこれを城に受けいれたが、この女たちは、妙真、おとね、ひくて、ひとよであった。

一方、この関八州対安房の大戦ちかし、との風聞をきいて、里見方に、河鯉佐太郎とその一党がはせ参じ、なんと越後から、石亀屋次団太以下の侠客陣がはせ加わる。

十二月六日、大戦闘はまずこがらし吹きすさぶ下総からはじまった。

古利根川に面する行徳に待ち受けた犬田小文吾と犬川荘助は、船に武者すがたのわら人形群をのせて、敵の矢弾を消耗させ、ついで対岸の扇谷麾下の千葉自胤、大石憲儀の陣を襲って、千葉、大石をとりことする。千葉はかつて小文吾を幽閉した馬加大記の主であり、大石はかつて荘助を庚申塚の刑場ではりつけにしようとした主であった。

一方、国府台にむかった古河成氏は、三輛の車と六頭の馬を組み合わせた駢馬三連車と称する戦車群をそろえて里見方を包囲したが、これに対して犬塚信乃と犬飼現八は、牙に松明を結びつけたいのししの大群をはなってこれを潰滅させる。

はじめ信乃らは、木曾義仲のくりから峠の故事にならい、火牛をはなつことを考えたのだが、百姓から牛をうばうことをつつしみ、たまたまその秋、畑を荒らすいのししを里見家で狩りをして、殺すはふびんと柵でかこんで飼っていたのを利用したのである。

そして信乃は、古河公方の寵臣横堀在村と新織帆大夫を射殺し、公方の成氏をいけどりにする。みな、かつて芳流閣から行徳の危難に至るまでのかたき役のめんめんだ。

このいくさのさなかに、軍馬として国府台につれてきていた名馬青海波が、突如くびをたかくあげていなないたかと思うと、柵をおどりこえて、うまやからかけ去った。

やがて数刻、颯爽とかけもどってきたが、その背にのせているのは、上洛していたはずの童犬士犬江親兵衛であった。そばに姥雪世四郎と尼崎十一郎が従っている。

彼らは都での主命をはたし、中仙道を通って武蔵にはいったとき、こんどの大戦のことを耳にし、すわ、とばかり戦場ときいたこの下総へひた走る途中、千束あたりで神馬のごとく迎えにきた青海波とめぐりあい、それに親兵衛が打ちのってはせ参じたのであった。

ここで親兵衛は、青海波にまたがって敵軍の中を馳駆して、あたるをさいわい棒でなぎたおしながら、

「ころすな、ころすな……敵を殺しては、仁慈の里見の名にかかわりソーローぞっ」

と、さけびつづけるのであった。

そして彼は、敵将の一人、長尾景春の嫡男為景をいけどった。

かくて、こがらし吹きすさぶ下総の山河のたたかいで、管領方はその大将連や息子たちの多くをいけどりにされ、それ以外の将兵たちも無数に捕虜になったが、下級者の大半はまげだけ切られ、しばられて櫂のない舟にのせられ、利根川に流されただけであった。

九

馬琴はこの最後の大決戦で、これまでの物語に登場し、まだ生きていた敵味方の人間の貸し借りをすべて清算させる。ここにあげたのは代表例だが、ほかのどんな脇役の小者同士でも、善人は善果を受け、悪人は悪果を受ける。

馬琴の「完全主義」のあらわれで、そのきちょうめんさが徹底しすぎてわずらわしいばかりだが、彼は、善悪のツジツマをあわせるためには、小説の面白ささえ犠牲にすることをかえりみない。

このことのみならず、敵味方各個の戦闘描写は精細をきわめ、分量としてもこのフィナーレ近い戦闘だけで、実に「八犬伝」全篇の五分の一——現代の四百字詰原稿用紙にしてこれまた一千枚——を占めるのである。

「八犬伝」前半のあたりは、正常の人がけんめいに異常な物語をかこうとしているかに思われるが、後半、とくにこの戦争部分は、異常の人がけんめいに正常な物語をかこうとしているかのようだ。

馬琴自身は、脳髄の変質を自覚していない。

ついでにいえば、すでに犬江親兵衛が蟇田(ひきた)素藤(もとふじ)をこらす物語で、馬琴はその城を館山としているが、館山は以前、八房(やつふさ)に首をとられた安西景連(あんざいかげつら)のもので、景連が滅ぼされたあとは里見の城となっているはずだが、その失念を馬琴は気がつかない。

それはともかく宗伯の死後から去年あたりまで、当然虚脱感に沈んだ気分になったこともあったが、かかなければ滝沢家の生計がたってゆかないので、しいてかいているうちに、ことしごろから創作上では、また一種の昂揚を感じている。

戦闘場面をかく作者の昂揚もあるが、ここで全篇の総ツジツマを合わせるという作業が、彼本来の志向にピタリとはまりこんできたからだろう。

冬から春へ——毎日毎夜、ししとして馬琴はかきつづけた。彼は右眼が見えないというつらささすら忘れかけた。

「辺土」だけに、自然の趣きはふかい。神田から一里半もあるので、訪れる人はほとんどない。ここへきてもう二年以上になり、おそらく清右衛門が生きていれば恰好の連絡役になったろうが、それが死んでしまったので、娘たちの消息もとぎれがちだ。

二人の孫の声と、原稿を受けとりにくる本屋「文渓堂」の小僧の声以外は、この信濃坂の家にきこえるのは、ただ鳥の声ばかりであった。

最初のうちこそ、そのわびしさに憮然としたけれど、もともとが交際ぎらいの馬琴は、いつしかこういう境涯にあることを、これもまたよし、と考える心理になっていた。だいいち、神田にいたころの不愉快な隣人がいないだけでもありがたい。

彼がここへきてから、世の中では、大坂で大塩の乱が起こったり、将軍家斉公が隠居されて大御所におなりになったり、みな別世界の話のように思われた。

十

すると、五月なかばすぎのある午後だ。

表のほうで、お路と話す声がきこえた。——めずらしや、葛飾北斎の声だ。ただのあいさつではないようだ。

馬琴は立って、出ていった。

「やあ」

と、北斎はいった。例の襦袢一枚の姿に笠をかぶり、杖をついている。

そして、あいさつぬきで、

「いま、お路さんにきいたんだが……」

と、いい出した。

「この信濃坂の下に、普請中の家があるね。あれをやってる大工たちは、ここらのものじゃなくって、江戸の下町のほうからきたのかい？」

ふらりとやってくるたびに、いつでもあいさつらしいあいさつはしたことがなく、のっけから先刻の話のつづき、といった調子の北斎だが、久しぶりに、ほんとうに久しぶりにやってきて、まずこんなとっぴなことをきく。

「いや、知らんな」

と、馬琴はまず受けて、

「それがどうかしたのかね」

と、ききかえした。

「いましがた、あそこを通りかかったら、ちょうど梁だけの屋根の上に立った大工の一人が、じっとこっちを見下ろしてたが……」

と、北斎はうしろをふりかえって、

「おいら、笠をかぶってるし、ちらっとそのほうを見ただけですぐにスタスタ通りすぎたから、まあわからなかったろうと思うが……おいらだとわかると困る」

「だれだい？」

北斎はちょっと照れ笑いして、

「孫の銀八だ」

と、ついで苦汁をのんだような表情になった。そして、馬琴がききもしないのに、

「重信の子さ。こいつが、どこで頭のちょうつがいが狂ったか、大変な乱暴者になりやがってよ。肺病やみのくせに、酒をのんで大あばれして、もう何人か半殺しの目にあわせたそうだが、それが、おやじやおふくろを見殺しにしたのァじじいのこの北斎だと思いこんで、まるで親のかたきのようにおれを追いまわして……おいら、とうとう江戸にいたたまれなくなって、ながらく信州や相州へ逃げてたくらいだ。あんたのところへ、久しくごぶさたしてたのもそのせいさ」

馬琴は黙っている。

そういえば、そんな話はいつか崋山からきいたことがある。あれは宗伯の死んだ年だから、もう四年前のことになるだろうか。あれから四年、まだこの祖父と孫はそんな修羅の悶着をつづけているのだろうか。

「実は十日ほど前、相模の三浦から帰ってきた。前からあんたが四谷信濃坂なんてへんなところへ引っ越したことはきいてたもんだから、是非いちどいってみてやろうと思ってたところへ、きのう急にあんたに知らせたいことをききこんでよ、それで思いたってはるばるここへ出かけたら、なんてこった、信濃坂の入口で、そのおっかねえ孫に見つかるたァ……へっ、天網カイカイとはこのことさね」

と、北斎は苦笑した。

そして、馬琴がききかえす前に、

「とにかく、のみや手斧を本気でふりまわすんだからな、追っかけてきたら、どうしよう?」

と、北斎は、この人物にははじめて見る、ほんとうにこわそうな顔つきをした。

「そうか、とりあえず、いないといっておこう」

と、馬琴はいった。

「だって」

「とにかく、何とか帰ってもらうさ。お路、お茶はいいからお前ここにいて、もし、きたらたのむよ」

「はい」

と、答えたが、お路が困ったような表情をした。あたりまえだ。

馬琴は北斎をうながした。

「さ、奥へはいってくれ」

北斎はやっと笠をとった。

春というよりもう夏のにおいのたちこめた庭を見る縁側を歩きながら、北斎がいう。

「ここははじめてだが……あんたにあうのは、もう何年ぶりになるかなあ」

「こうっと……そうそう、お前さんと鼠小僧の話をした年だから……天保三年、すると、あれから七年たつのか」

「へへえ、なるほどお前さんも年とるわけだ。いくつになった」

と、北斎は馬琴の顔をのぞきこんで、

「や、右眼をどうした」

「どうやら白内障（そこひ）になったらしい」

馬琴も北斎を見かえして、

「私はことし七十三だが、してみると八つ年上のお前さんは……八十一になるはずだね。いや、化け物だなあ」

と、嘆声を発した。

七年見ないあいだに、北斎もたしかに年をとった。げんに、いま杖をついていたようだ。頭に毛は一本もなく、顔のしわもふかい。が、背はまがらず、このやせた手足のなめし皮のように黒びかりしていることはどうだろう。

「お百さんはどうした」

と、その北斎がきく。

「老衰で寝とる。七十六になる。生きてることになんだかんだと不足のいいつづけで、そのくせ、あれもけっこう長生きをしとる」

「ちょっと、お見舞いしようか」

「あとでいい。それより、北斎老、さっき、私に是非知らせたいことがあるとか何とかいったようだが、それは何だ」

二人は書斎にはいった。

「ああそうだ。あんた……崋山君が町奉行所に拘引されたことを知っとるか」

「なにっ？」

馬琴はふりむいた。

「崋山が……いつ？　なぜだ？」

「やっぱり知らなかったか。この十四日朝のことだ。おいらもきのうきいたばかりで、くわしいことは知らんが、何でも、蘭学に深入りした疑いでお呼び出しを受けるとともに私宅改めをやられたところ、崋山君の書斎から、お上にとってお見のがしできん書き物が見つかったってえことだ」

馬琴は呆然と立ちつくしていたが、やがて、

「だから、いわぬことじゃない。……」

と、痛恨こめてつぶやいた。

が、一息おいて、

「しかし、あの仁が、お国に害あることなど、金輪際考えるわけはないが……」

と、力をこめていったとき、表のほうでただならぬ声がきこえた。

「あっ、やっぱりきたっ」

と、北斎が小声でさけんだ。

お路が何かいうのにつづいて、

「何でもいい、北斎じじいを出せ。ここへきたことはわかってるんだ。出せ、出さねえと、家をぶっこわしてもひきずり出すぞ、どきやがれ、女！」

と、わめく声がした。

さすがの馬琴の顔色も変わっていたが、

「わしが出て、いいきかせてやろう」

と、よろめくように歩き出しかけた。

「いや、おいらが出るよ」

北斎が首をふったとき、お路の声がきこえた。

「ここは八犬伝をかいている戯作者滝沢馬琴の家です。馬琴が仕事をしていて、会わない、といったら、お大名でさえ会えないのです。北斎さんはその馬琴のお客です。あなたのような乱暴な方に会わせるわけには参りません。どうしても通るとおっしゃるなら、私をそののみで突いてからお通んなさい！」

それから、表のほうは、へんにしずかになった。

馬琴と北斎は、不安の顔をじいっと見合わせた。……しばらくして、しずかな足音がちかづいてきて、障子をあけたのはお路であった。

「帰りましたわ。……」

血の気のひいた顔で、しかしお路は微笑した。

「八犬伝の馬琴ときいて、気をのまれたようです」

お路が去ったあと、二人の老人は虚脱したような眼を、とじた障子にむけていた。

「驚いたな、どうも……」

ややあって、北斎が大きな息をついた。

「この祖父(じじい)は追いまわしても八犬伝の馬琴にゃ恐れいったと見える。……へんなこともあるもんだ。それとも、いまのお路さんのタンカにヘドモドしたのか。……」

と、首をひねって、

「お路さんは……あんなに気の強いひとだったのかね？」

「ここへきてから、だいぶ気丈になったようだが……それにしても、あれがあんなタンカをきるのははじめてきいた」

と、馬琴も呆(あき)れはてた顔でいった。

十一

やがて北斎は、老衰で寝たままのお百を見舞った。

「まあ、北斎さん、生きてたかえ？」

以前、北斎の悪口ばかりいっていたお百だが、さすがにうれしそうな顔をした。

「あたしゃ、ごらんの通り、もうだめだよ。……それにしても、うちの旦那もしゃくにさわるほど丈夫だと思っていたが、お前さんはそれ以上だ。ちっとも変わらないねえ」

「いや、おいらも旦那も、年がよったよ」

「見たとこは、そりゃ少しは年がよったけどさ、あのこまかいこと、こまかいこと、昔からのことじゃあるけれど、年とってぼけるどころか、このごろいよいよこまかくなったようだよ」

「そりゃ頭の丈夫なしるしだ。それでこそあの八犬伝がかけるんだ」

「何かいたって、あたしゃ関係ないよ。何の因果で、神田で家つきの娘に生まれたあたしが、江戸のはずれで死ななきゃならないのさ。なんのための一生だったか、わからないよ。

……」

お百の愚痴は果てしがなく、これじゃもうだめどころではないではないか、と閉口して、いいかげんで北斎は逃げ出した。

その晩、久しぶりで北斎は滝沢家のごちそうになったが、出たのは、たけのこの煮物、たけのこの木の芽あえ、たけのこの味噌汁、たけのこ飯とお新香だけで、身体に節ができそうだ。

裏に大竹藪があって、けさお路が掘ったばかりだ、と馬琴はいった。馬琴もお路も平然としている。この家では、これがごちそうらしい。

両人とも飲まないが、まねだけ酒が出た。

崋山のことでは、たとえ奉行所に召喚されたといっても、町奉行のほうでもすぐにあの人物はわかるだろうから、心配ないのではないか、と馬琴はいい、それどころか、あの仁の西洋好みだけは気にくわなんだから、これでいい薬になるだろう、とさえいった。

屋根の上を、ぶきみな声で五位さぎが鳴いて過ぎた。

よもやまの話が果てると、北斎はこれからあごのところへ帰る、といった。――娘のお栄も、転々と住所を変えているが、いま本所の達磨横町に住んでいるという。

もう夜はふけた、と馬琴とお路はとめたが、北斎は、

「いや、あしたになったら、また孫があの普請場にきてるかも知れねえ。夜のほうが心配ないと思うよ」

と、いうのであった。

するとお路が、ここから青山六道の辻までゆけば、かごがあるかも知れないから、そこまで私が送ってゆきましょう、と、いい出した。

おいら、かごなんかいらねえ、と北斎はいったが、お丈夫そうでも八十を越えたお方を、本所まで夜の道を歩かせるわけにはゆかない。またこわい人が待ち伏せしているかも知れない。それに私は太郎も連れてゆきますから、とお路はいうのであった。

馬琴の孫の太郎が出てきた。

「ほう、こりゃ。……」

一目見て、北斎は眼をまるくした。

いかにも虚弱な子に見え、こりゃ父親の宗伯の幼いときそっくりじゃないか、といいかけたのだが、あやうくその声をのんで、その年をきき、十二歳ときいて、

「これでも鉄砲同心であらせられるか」

と、北斎は笑った。

「いや、たてまえ上、そうもゆかんから、いまはお路の遠縁の者を名義にして、この子が十六になってからあとをつぐことになっておる」

と、馬琴がいうと、北斎はしばらく黙っていたが、

「十六はともかく、実際は少なくとも廿歳ごろまでは何かとあんたが後見してやらなきゃお役も勤まりかねるだろ。おいらは百まで生きるつもりだが、曲亭さんもそりゃ長生きさせにゃいかんぜ」

と、いい、あわれむように馬琴を見やって、

「それにしても、あんたまだ武家にこだわっているのかね。いまの侍がどんなものか、もうずいぶん前に南北が見せつけてくれたはずなんだが、人間の迷いってえのは怖ろしいなあ」

——神のみぞ知る、これから十年後、すなわち馬琴の死後の翌年、この滝沢太郎が二十二の若さで、七十も年上の北斎と同じ年にこの世を去ってゆこうとは。

それを一年前に馬琴が知らずに死んだのは、天にせめてもの一滴の涙があったといわなければなるまい。

やがて、お路は太郎を連れて、提灯をさげ、北斎といっしょに夜の中へ出ていった。

はじめからあらゆる系累をみずから断ち、風のような自由人であろうとしたあの北斎が、いま捨てた孫の一人に追っかけまわされ、老いてなお江戸に住みかねるていたらくに落ちているとは。——

あの北斎にして、なおかつ浮世のしがらみ、この世の厄というやつから逃げきれなかったのだ。

いいきみだ、などと痛快がる年ではなく、その逆の人生をたどった自分と、とどのつまり同じじゃないか、という感慨に、馬琴は憮然たる思いがした。

十二

外にはすこし風が出てきたようだ。

しかし馬琴の頭には、いま北斎のことより、北斎といっしょに出ていった嫁のお路の姿が濃く浮かんできた。きょうのひるま、北斎の孫とやらを撃退した彼女に対するおどろきが、まだ残っていたせいだろう。

いま、あらためてお路のことを考える。

まず可もない、不可もない、平凡な嫁だと思っていたが、考えてみると、つくづくふしぎな嫁だと思う。

可もない、というのは、だいいちに親がよくない。父親が医者だというのが宗伯の嫁にもらうことにした理由の一つだが、この父親たるや、医学知識に関するかぎりこちらよりはるかに無智で、大酒のみで、金にだらしなく、自分や娘の前で猥談をしゃべって、ゲラゲラ大笑するといったていの人物だ。おふくろのほうは、これまた相手の気持ちなどとんと無神経な、臆面もないおしゃべりで、父親よりもてあます。

ふしぎなことにお路は、この両親に似ず口数が少なかった。それはいいが、以前から馬琴がこぼしているように、女としてははなはだ愛想が悪い。器量は並以上なのに、ほとんど笑顔というものを見せたことがない。

愛想が悪いどころではない。宗伯が生きているころから、決して仲むつまじい夫婦とはいえなかった。客観的にみると、宗伯のほうが筋の通らぬかんしゃくを起こすのだが、それに対して、三度にいちどはお路もやりかえす。二人のけんかをなだめるのに、馬琴はなんど大骨を折ったかわからない。

宗伯ばかりではない。馬琴もいくどかお路の反抗を受けた。

親から見ても宗伯のほうが無体とわかっているのだが——ただ妻のほうがかんにんすべきもの、と考えるばかりでなく、へんに宗伯に気を使うところのあった馬琴は——お路のほうを叱ることのほうが多かったが、ときにお路は口を真一文字にむすんで、きっと馬琴をにらみつけることがある。

不可もない、というのは、みずからすすんで不平や讒訴を口にしないことだ。馬琴もお百も、お路の両親にあまりいい感じを持たず、そのことをしょっちゅうお路にぶちまけるのだが、それについてお路はべつに弁解しない。といって、そのことを両親に告げ口もしないらしい。

ここにお嫁にきてまもなく、お路は思いつめたような表情で宗伯に、

「だまって二分のお金をいただけないでしょうか」

と、いった。

新婚早々のことで、宗伯はそれを与えたものの、例の小心からあとでこのことを父に告げた。

馬琴はお路を呼んで、その用途をきいた。何かを買うための金とも思えず、たいした額ではないのだから、たいていの女ならそのわけを打ち明けるものだが、お路はうつむいたきり、ついにそれをいわなかった。最初から意地っぱりなところはあったのだ。

が――しゅうとの馬琴にさえ、ときに反抗的な眼をむけることがあったとはいえ、がいしていえばお路は、しゅうとに対してだけは素直であった。

出入りの商人、隣人などに対して、たえずいざこざを起こす馬琴は、しかし自分が直接かけあうと談判破裂になる危険があるので――少々ずるいのだが、自分は書斎にいて、家人に口上を伝えさせる。

お百や宗伯でさえひるみ、あるいはやわらげるその口上を、お路だけはなんの細工もしないで、そのまま相手に伝えるのである。

「八犬伝」など読んでいないのに、死んだむこの清右衛門同様、彼女もこのしゅうとに素直な敬意をいだいているように思われた。

そして、不可もないどころか――これは馬琴も心中、感にたえないのだが――宗伯の死んだとき、彼女はまだ三十前で、宗伯自身、自分の死後再婚してもやむを得ないと遺言したのに、彼女は滝沢家を去らず、実家にさえ帰らず、老いたしゅうと、しゅうとめとともにこの四谷信濃坂へもついてきたのである。

むろん、三人の子供にひかされてのことだろうが――馬琴にも不可解の感を禁じ得ないこともあった。

作家のくせに、馬琴はあまり女を知らなかった。

女を知らなければ小説家ではない、などいう通念のなかった時代だが、それでも悪くいえば遊蕩人(ゆうとうにん)、よくいえばすいも甘いもかみわけた通人が多かった戯作者の中で、彼ばかりは、むしろふつう人より女性を知らない。

結婚以前に彼の知っている女性といえば、青年時代まで生きていた母と、同じころ知った何人かの最下級の売春婦だけで、結婚してからは三つ年上のすがめの女房のお百しか知らない。

しいていえば、その母の変型が伏姫や浜路やおぬいなどの聖女烈女となり、売春婦の記憶が船虫(ふなむし)という毒婦になったのかも知れないが、とにかく聡明で優雅な女性はおろか、通常の女性と、いちども心で接触したことがない。

彼にとって、女性はおそれにみちたものか、さげすむべきものか、の二つの印象しかなく、あとは不可解の世界にあり、また自分のほうから努めて壁を作ってきた。

嫁のお路に対しても、まともにその心を理解してやろうとか、その個性を認めてやろうとか、意志したこともない。

そんな馬琴だが、しかし彼の眼からは、どう見てもお路は特別すぐれたところも、変わったところもない、ごく平凡な嫁に見えた。

「――いったいこの嫁は、何を望んでこの家にいるのだろう?」

滝沢家に金のないことは、このごろ馬琴に代わって家計のそろばんをはじいている彼女がいちばんよく知っているはずだ。

それが、最近ようやく、ふしぎな女だ、と馬琴は首をひねることもあったが——何にしても、滝沢家を捨てないことはありがたい。

もともと馬琴の眼から見れば、満点とはゆかないまでも、家事はテキパキとやる女ではあったが、ここへきてからお百がみるみる老衰したこともあって、そのほうの主導権はお路に移った感がある。

いつしか馬琴は、家事については何かと彼女に相談するようになっていた。げんきんなもので、彼はこの嫁に、以前にはおぼえなかったいとしさをおぼえている。だから、お百の敏感なやきもちを、怒るよりも怖れる心理になっている。

いま——風が出て、大竹藪のそよぐ音をききながら、北斎よりもお路のことを、馬琴は考えつづけた。

「おじいちゃん、お母さま、まだ？」

六つになる孫のおさちが、心配そうにはいってきた。

「なに、もうすぐ帰ってくるよ。……それまで、ここにおいで、おとぎ話でもしてやろう」

そういって馬琴は、おさちにかぐや姫の話をきかせてやりながら、ときどき、孫娘と同じような心細げな眼を宙にあげ、夜の風の声に耳をすませていた。

十三

天保十一年がきた。

七十四歳の馬琴は、南総里見家の「聖戦」――陸戦につづく海戦をひたすらかきつづける。

文明十五年十二月六日からはじまった下総のたたかいに接して、七日には管領軍五万の兵は、三浦から千数百そうの船にのり、安房をめざして出撃した。

大将扇谷定正みずから旗艦にのり、二、三十そうの炎硝船(えんしょうせん)もつれていた。

冬の海のことだから、ここ一両日の風向きや風力が大事だが、定正はこの夏から伊皿子城下で評判のたかい陰陽師風外道人とその弟子赤岩百中(あかいわひゃくちゅう)なるものの天測によって船のともづなをといたのである。

定正がこの陰陽師を信じたのは、それだけのいきさつがあるが、実はこれは里見から潜行したゝ大法師と犬村大角(いぬむらだいかく)であった。

一方、伊皿子城内に、里見方からの内応者の家族としてみずから人質となった妙真、ひくて、ひとよ、おとねらは、管領方の情報を刻々里見に知らせる。

このうち、おとねは、みずから扇谷の水軍に加わって、裏切りの水先案内をするといって炎硝船の一そうにのりこむ。

かくて三浦岬を出撃した扇谷水軍は、風外道人の卦の通り順風に送られて江戸湾をおしわたり、十二月八日の暁、安房の洲崎沖に魔影をあらわしたが、このとき風はピタリととまって全艦隊が動かなくなった。

このとき炎硝船が大爆発を起こす。おとねが火なわに火をつけて、炎硝袋の山になげこみ、海にとびこんだあと、船が爆発したのだ。おとねは利根川のほとりで生まれたからその名をつけられたので、若いころ利根川で水練したおぼえのある女であった。

風外道人の計測通り、このころから風は逆風となる。

それと見て洲崎からこぎ出した里見方三百そうの小舟艇群は扇谷方を襲撃した。指揮するのは、犬坂毛野と犬山道節であった。

火攻め水攻めの大海戦ののち、扇谷水軍は潰滅状態になり、大将定正は沈没する旗艦から、家臣に助けられててんま船にのりうつり、あやうく逃亡するが、定正の子や山内顕定の子はいけどりとなる。

命からがら川崎に逃げ上がった定正は、小人数の家来とともに伊皿子城へ逃げ帰ろうとして、多摩川の矢口の渡しで、海をわたってなお追いすがってきた犬山道節に追いつめられる。

このとき、道灌の子、太田新六郎助友がはせつけて道節と一騎打ちし、その間に定正はからくものがれるが、こんどは犬坂毛野の一隊に追いつめられ、お供の大石憲儀の泣訴により、管領定正は、みずからもとどりを切って助命を乞う。

犬坂毛野自身は、このころ伊皿子城を占領し、妙真らを救い出していた。それと知って、ザンバラ髪の敗残の管領扇谷定正は、遠く入間の河越城へ落ちてゆく。……

冬から春へ、春から夏へ、夏から秋へ——馬琴はこの大海戦の執筆に没頭した。

その叙述は、犬士たちの勇戦を中心として、敵味方、微にいり、細をうがつ。

一読、老いを知らぬ脳髄と見えて、老化による瑣末描写としかいいようがない。

この敵味方が、ことごとく善因善果、悪因悪果のケリをつけさせられ、その度はずれの綿密さがかえって物語の面白さを減殺させることは陸戦の場合と同じだが、馬琴はそれをいとわない。

そしてまた、この勝利者たちが徳を説き、敗北者たちが不徳を悔いる。その双方の説教やざんげが物語の興趣を傷つけることを、馬琴は意に介しない。

「——私は、それをかくために小説をかいているのだ！」

この目的意識は、彼の胸中に回復し、いよいよぬきがたいものになった。

「南北よきけ、人間の実とやらをかいて何になる。そんなものは、まわりの世界を見ておればすむことではないか？」

その実の世界とはいかなるものか。

見よ、私の子の宗伯は、生まれて以来塵ほどの悪もなさぬのに、病むための一生としか思われない生涯をおえたではないか。私の友の崋山は、どうみても罪など犯さぬ人間なのに、捕らえられ、罪人同様に江戸を放逐されたではないか。

——崋山が在所において蟄居の申し渡しを受けて、家族ともども三河の田原へ送られたのはこの一月のことだ。

その他、これといった罪も悪も犯さないのに、何らかのかたちで苦しみつづけている人々は無数にある。むしろそれこそが人間の実の世界の大半といっていいのではないか。

「だから、正義が悪とたたかい、正義が悪に勝つ過程をえがいてこそ小説の存在意義があるのだ」

馬琴はこのとき、地獄極楽の観念を創造した宗教者と同じ存在になっていた。

「だから……架空事であっても、私は正義の物語をかくのだ。だから私は、伝奇小説によって、まちがった実の世界の集積——歴史を正すのだ！」

この自負の昂揚するところ、彼は読者への手紙ともいうべき回外の随筆に、世の愚夫愚婦よ、わが稗史によって仁義八行の道理を知れ、といわんばかりの文言をかく。

馬琴はしかし、この八犬伝の終局の「聖戦」を隻眼でかいたのである。

いや、このあたりにかぎらない。ずっと以前からのことだ。彼の右眼が失明したのは、もう六年前からのことだ。

そして、この天保十一年秋に至って、生きながらついに彼を殺すような打撃が訪れた。白内障が残る一眼にも移ってきたのだ。

これまた突然のことではない。——左眼もまたかすむのをおぼえたのはおととしの春からで、以後彼は、片目どころか、かすむ一眼でかいてきたのである。

それまでは半切(はんせつ)に十一行というのが、彼のふつうのかきかたであったのだが、しだいにそれが九行になり、七行になり、はては五行四行の大きな字となり――この十一月、犬山道節が扇谷定正を追撃するあたりから、本屋がどうしても解読し得ないといい出す状態になった。

文字をかくことはおろか、自分が書画を見ても、さながら雲霧の中にあるごとく、わずかに昼夜の別がわかるばかりであった。

馬琴はほぼ両眼の明を失ってしまったのである。

しかも、「八犬伝」はまだ完結していなかった。――

十四

天保十二年がきた。

筆をとらぬ七十五歳の馬琴は、机の前に凝然(ぎょうぜん)と座っていた。

飯田町中坂の下駄屋にむこにはいって、「高尾船字文(たかおせんじもん)」をかいて以来四十七年、彼はその机を変えたことはない。「南総里見八犬伝」をかき出してからでも二十八年、彼はその机による姿勢を変えたことがない。

同じ机に、同じ姿勢で座っていて、しかし曲亭馬琴は、眼科的に一文字をもかけないのであった。

「八犬伝」は、終わろうとして終わっていない。

全盲にちかい状態で、日常生活の不便はいうまでもない。

絶望に凍りついたまま年を越えてから、馬琴は、「八犬伝」についてはもはや口述筆記よりなすすべはない、と考えた。

が、筆記してくれる人間がどこにいる？

彼は一人の弟子も持たなかった。それは京伝のいったように、小説は教え、教えられてかけるものではない、と信じるからであった。彼は一人の友人らしい友人も身ぢかに持たなかった。それは人と接触すると自分も疲労し、また人を疲労させることを知っているからであった。

これらの自意識からくる孤独の性癖と、さらに眼が見えているころから、創作中の自分の苦渋ぶりを他人に見せることを嫌悪する感覚が、いま気ごころの知れぬ他人のだれかを探して、口述筆記の相手にすることを拒否させた。

しかし「八犬伝」は完結させなければならない。――

焦燥の波がひしめいて、身体をふくれあがらせるようなのに、鉄壁の箱にとじこめられて、闇黒の軒に彼は苦悶した。

寒風が吹きあれる一月早々のある朝だ。

「お父さま」

火鉢に火を持ってきたお路が、おずおずといった。

「八犬伝を……私がかいてはいけないでしょうか？」

「なんじゃと？」

馬琴は、模糊たる眼を嫁のほうにふりむけた。

「お前が……八犬伝をかく？」

「いえ、あの……いつかのときのように、お父さまに口でお話しいただいたのを、私がかくのです」

馬琴には見えなかったが、お路はすこし顔をあからめていた。

いつかのように？——馬琴は、お路に、犬江親兵衛の物語を話してきかせたことを思い出した。そうだ、あれはもう三年ばかり前のことになる。

「お路がかく。……」

しばしの沈黙ののち、馬琴は声もなく笑った。

「だいいち、お前、あの部分はともかく、八犬伝を読んではおるまい」

「いえ、読みました」

「なに、読んだ……いつ？」

「去年の秋からですわ」

お路は、はじらいながらいった。

「お眼がどちらも悪くなられてから……なんとか、いつかのようにお話ししていただいて、それを私がかいたらと考えまして、ひまのあるかぎり読ませていただきました」

馬琴はこの嫁の、家事から子供の世話、自分たち老父母の面倒、庭の手入れから薬作りまで、ひとりでひき受けて、ひと息つくいとまさえないような日常を思い、いつ「八犬伝」を読むなどいうことをやったのだろう、と心中におどろいた。

「読めたか」

「字や言葉がむずかしくって……それでも、みなフリガナがついているので、なんとか読みました」

「いつか私のしゃべったのは、物語の筋だ。本にかく文章はあの通りだぞ。それをお前がかくというのか。お前は漢字を知っているのか」

「いいえ。……存じているのは、いろは、ばかりでございますけれど。……」

お路が蚊の鳴くような声でいった。

医者の娘に生まれたとはいうものの、両親に教育心などまるでなかったと見えて、彼女が学問らしい学問や、芸事らしい芸事をまったく教えられないで嫁にきたことは、馬琴も承知している。

「でも、お父さまが八犬伝をかけなくなり、かけなくなっても、毎日、じっと、そうして机の前に座っていらっしゃるのを見ると……」

お路は顔をあげて、馬琴を見つめた。

「一字、一字、口で教えていただけますなら、お路にも何とかできるのではないか、と考えまして……」

馬琴は黙りこみ、また影のように座った姿を見せただけであった。

十五

それから数日後、雪になったある夜ふけ、馬琴が寝室としている書斎から厠(かわや)へ、手で雨戸をさわりながら寒い縁側を歩いてゆくと、薬研(やげん)をひく音がしていたある部屋から、つと行灯(あんどん)が出てきて、馬琴のそばにより添った。

「お気をおつけ下さいまし、お父さま」

「お路か。……もう真夜中を過ぎていると思われるが、あまり根(こん)をつめないのがいいよ」

薬研の音は、夕食後からつづいていた。

「いいえ、お母さまが、どうも今夜お具合がお悪いようで……ときどき、ごようすを見にゆくためにこうして起きていたのでございますが」

と、お路は答えた。

暮からもう寝たきりの老妻お百であった。

「お百が……どんな風じゃ」

「べつにお苦しみもなさいませんが……夕方から、何をおうかがいしても、何もおっしゃらないので……」

お百の老衰はここへ移ってきたころからのことだ。いまさら気にしてもしかたがあるまい。

「ふうん」

馬琴が手洗いをすませるまで、お路は外に待っていて、また寝室にみちびこうとした。が、お路がいた部屋の前あたりまでくると、馬琴は立ちどまった。

「しばらく、私も手伝ってやろう」

「まあ、お目が悪いのに……」

「いや、何十年ものあいだ、夜起きて、かいたり読んだりする習慣に空白ができて、何とも始末がつかん。いままでも暗い中に眼をパチパチさせておったのじゃ。……いや、眼をパチパチさせても無益のわざじゃが」

馬琴はさびしく笑った。

「薬研くらいは盲でもひける。ひかせてくれ。……それにお前に話がある」

馬琴は薬研の前に座らせてもらった。

やがて、手の感触を思い出そうとするように、だまって薬研を動かしているしゅうとを、しばらくお路は見まもっていたが、

「外は雪ですわ。……」

と、いった。

「そうか。どうりで、しんしんと冷えると思った。……」

と、馬琴は答えた。

そのあとは、寂寞とした夜に、ひくい薬研の音ばかりであった。

ふっとお路は、ふしぎな幸福感をおぼえた。幸福感などおぼえるはずのない今なのに。

滝沢家にお嫁にきてから、正直なところお路はいちども幸福を感じたことはなかった。

もっとも、実家にいたときだって、両親の性格からいろいろともめごとの多い家庭で、彼女も決して幸福ではなかったから、嫁にきてからは、世はこうしたもの、どこにいっても女はひたすらがまんすべきものと心得てきょうまできたに過ぎない。

それが、今夜、雪のふる静かな夜ふけ、盲目のしゅうとと、小さく二人だけ座っていて、彼女はふしぎなしあわせにふっと酔ったのであった。

「お路」

と、馬琴がいい出した。

「こないだのお前の話な」

「は？」

「私の口述をお前が筆記してくれるという。——あれを、やはりやってもらおうと思う」

こちらにむけられたうす白いしゅうとの眼は、凝然とひかっていた。

「お前の考えている以上の難行苦行となるが、やってくれるか？」

二つ、三つ、大きな息をして、

「はい！」

と、お路が答えたとき、馬琴が見えない眼をふっと宙にあげた。

「妙な音がしたぞ。だれか、倒れたような――」

はっとしてお路が立ちあがり、縁側に出て、かけていった。お百の部屋のほうへだ。

すぐにかけ戻ってきて、

「たいへんです、お母さまが、そこに――」

と、いい、行灯(あんどん)をとって、また出ていった。

縁側に、お百がうつ伏せに倒れていた。

「お母さま！　お母さま！」

行灯をおいて、お路は抱きあげた。

枯木のような七十八のしゅうとめの身体がぐらぐらとゆれ、すがめの眼がぎろっとお路をにらんで、

「ちくしょう」

と、つぶやいたが、すぐにまた意識を失ったようだ。

背中に悪寒(おかん)のようなものをおぼえ、あわててお路がしゅうとめの身体を縁においたとき、手さぐりで馬琴がやってきて、しゃがみこみ、鼻に手をあてて、

「息はある」

と、つぶやき、

「はばかりにでもゆこうとしたものか。……」

と、いった。

しかし、ここは厠よりもっとこっちだ、とお路は考え、いまののしりを思い出し、身体のうごかぬはずのしゅうとめが床からはい出して、自分たちのいた部屋をうかがいにきていたのではなかろうか、という疑惑が頭に浮かぶと、唇がふるえ出した。

——しかし、「八犬伝」はその翌日、一月六日から再進行をはじめた。

馬琴が書斎でお路に口述筆記をはじめたのを、知っていたか、知らなかったのか、うつろな眼を天井に投げたまま、ほとんど反応なく横たわっていたお百が、灰のあたたかみの消えるように息をひきとったのは、それから一ト月ばかりたった二月七日のことであった。

そのとき馬琴は、さすがに悵然として、

「私の女房になって、結局お百はしあわせでなかったかも知れん」

と、つぶやいたが、すぐにまた、

「しかし、八犬伝の仕事をつづけるためには、このほうが好都合かも知れん」

と、いった。

さびしい信濃坂の家に、幼い孫二人のほかは、馬琴とお路ただ二人となった。

十六

「八犬伝」のかき残された部分——それは安房攻防戦の終わりごろから、戦争の終結、勝敗の将兵の処遇、敵味方の戦死者を祀る里見方の慰霊祭とつづく。

事前に犬江親兵衛が上洛して、室町御所へ進物し、根まわしした甲斐もあって、管領軍を破った里見は賞揚され、敗れた扇谷定正にはきびしいとがめがあった。——

定正を、ともに天をいただかずと久しく狙った犬山道節も、あれだけ定正に屈辱を与え、かかる結末を見た以上、ここで恩讐を捨てることにした。

そして犬塚信乃もまた、とりことなって前非を悔いた古河の足利成氏に、改めて父から伝えられた「村雨」を返還する。——

あえて無謀と知りつつ、筆記の業を申し出たお路は、それが無謀の極限を超えたものであることをどこまで承知していたろうか。

あえて難行苦行と口にした馬琴も、それが難行苦行の域を超えたものであることを、どこまで覚悟していたろうか。

たとえば、里見方の恩讐へだてなき大施餓鬼、夕映えの洲崎の海に無数の舟を浮かべ、ヽ大法師を導師とする法会の場面だが。——

「……そのときヽ大は、阿耨多羅三藐三菩提の識算ある数珠を取出つ推揉て、又偈を唱へ章を誦し、念仏十遍声の中に、数珠をうち揮りうち払ふ、縦横無碍の法力に、奇しきかな識算の八つの玉を串きし数珠の緒弗と振断離られて、海へ夾と入よと見へける。那時遅し這時速し、渦く潮水に波瀾逆立て、百千万の白小玉、忽焉として立升る。白気と倶に中空に、冲りて宛衆星の、烏夜に晃くに異ならず、又其許多の白小玉、亦只数万の金蓮金華と変じて赫奕。光明粲然、没日と共に西に靡きて、撝銷す如くに見えずなる随に、天には残る二藍の瑞雲の中に音楽聞えて、暮果るまで奏々たり。……」

これを、漢字をまったく知らない人間にかけというのだ。

こういう文章がかぎりもなくつづくのだ。

教える者は、文字をかいて教えることができない。口で教えようにも、漢字の偏、旁から知らない。

「刹」の字を教えようとして、刂を「リットウ」といってもわからない。「歴」の字を教えようとして、厂を「ガンダレ」といってもわからない。「戒」の字を教えようとして、戈を「ホコガマエ」といってもわからない。

かつて杉田玄白らが、一冊の辞書もなくオランダの解剖学書「ターヘル・アナトミア」を全訳するという奇蹟のような偉業をなしとげたが、それについて玄白は、「まことに艫舵なき船の大海にのりいだせしがごとく」と、そのときの困惑ぶりを表現した。

これはオランダ語ではなく漢語だが、偏も旁も知らない、そもそも漢字が読めないのでは辞書はないにひとしい。まして、教える者は盲目なのだ。

十字二十字のことに半日ついやしてヘトヘトになり、はては泣き出すお路を、馬琴がときにはなだめ、ときには叱る。

馬琴が当惑したのは、文字を教えることもさることながら、それより文字を読ませることであった。

博引旁証の彼は、おびただしい和漢の古書から無数に故事やことわざを引用するが、万一それに誤りがあっては笑いものになるから、念のため必要な書物を探させる。が、その個所を探しあてることも、読むこともお路にはできないのだ。

さらに苦悶をおぼえたのは、この読み書きにひっかかって、数行の文章さえ、いわゆる馬琴調の「名文」でつづることがむずかしいことであった。言葉や構想は奔流のごとくわき出してくるのに、それは数文字ごとにせきとめられ、寸断される。

この苦しみの中に、しかし馬琴ははじめて、自分が「八犬伝」をかきつづけるのは、生活のためでも孫の未来のためでもなく、人に頭を下げずに生きるためでも現実から逃避するためでもなく、それどころか小説を完結させようという目的のためですらなく、ただおのれの内部からあふれてくる物語自体のためであることを知った。

実に曲亭馬琴は、有名なクレッチマーの気質分類の中の、筋肉型・粘着性気質の極限的な典型であると思われるが、一方、精神病者の症状にしばしば見られる「作話症」に近い、嘘ばなしの天才なのであった。

おそらく馬琴は、彼が生涯悲願した大儒者の運命を得られたとしても、匿名をもってしても必ずや荒唐無稽の小説をかいたであろう。

それは、眼をつぶされ、鉄鎖につながれて石臼をひかされた旧約聖書の怪力者サムソンの苦しみに似たものがあった。

それでも、さすがの彼も、いくどか疲労困憊(こんぱい)して、

「お路、もうつづかぬ」

と、気息えんえんとなり、

「八犬伝の未完は、天命と思ってあきらめよう」

と、口述の唇をとじてしまうことがあった。

そんなとき、

「いいえ！　いいえ！」

と、さけび出すのはお路であった。

「お父さま、申しわけありません。お路の無学を叱って下さい。お路の馬鹿を嘆いて下さい。でも、あきらめないで下さい。せっかくこれまでこのお仕事をつづけてきたのです。もう少し、がまんして下さい、お父さま！」

かつて——作者は本人の水準より三段も五段もひき落としてかかなければ世に迎えられるものではない、など読者を馬鹿にしたようなことを、お路にもいい、著書にもかいた馬琴だが——実は彼は、いつでも全力投球した。

それをまともに、捕手お路は受ける。

しかも、泣きながらも彼女は、決してミットを——筆をはなそうとはしなかった。

十七

四谷信濃坂の草屋にも、花は咲き、若竹はのび、梅の実はみのった。

しかし二人は、花も見ず、たけのこも掘らず、梅の実も売らなかった。

混沌たる苦悶の中に、お路は神秘な法悦をおぼえていた。

もともとお路は、人生に何か一つの目的を定め、それにひたむきにつきすすむ性格の女性であったにちがいない。

その目的が何か、彼女は知らなかった。いまやお路はそれを見つけたのである。

老い、盲いて、自分に助けを求めているのは、傲慢で、執拗で、吝嗇で、だれにも好かれない孤独な老人であったけれど、同時に、頭でも意志でも身体でも、その強靭さにおいて世にもまれなる男であった。

お路はときどき、ふっと、夫宗伯の生前、このしゅうとが自分に、まれにやさしいふるまいを見せると、あとで夫がひきつけのような状態を起こしたことがあるのを思い出した。

このしゅうとを、いまふつうの意味で男性とは意識しなかったけれど、彼女は苦悶の相手にふさわしい人を得、法悦の目的にところを得たのである。

それは苦痛が深ければ深いほど、よろこびもまた深いという、殉教の心理にちかい法悦といおうか。かいてゆくのは八犬士の「聖戦」だが、これはお路にとってもまさしく「聖戦」であった。

六月であったか、七月であったか、お路にははっきりしたおぼえがない。ある夕方、いちど北斎が訪れてきたことがある。

北斎は太郎に案内されて、縁側づたいにやってきて、夏のことであけはなしたままの障子のむこうにあらわれた。

お路にそれは見えたが、盲目の馬琴には見えない。ちょうど、想いを凝らし、けんめいに口述しているところであったので、物音もきこえなかったらしい。

お路も、机から顔をあげて、ちらっと見ただけで、すぐにかぶりをふって、ひたすら筆を走らせつづけた。

北斎は呆然とした表情で、しばらくこれを眺めていたが、やがてひとことも声をかけないで、彼にはめずらしく一礼して姿を消した。――

彼が、この日ここへ姿を見せたのは、また久しぶりに信州のほうから帰って、本屋の文渓堂にたちより、そこで馬琴が両眼ともとうとう盲いて、嫁のお路の筆記で「八犬伝」を口述しているということをきいて、そのようすを見るためと――同時に、去年一月、三河の在所に追放された崋山一家が、田原藩士とはいえ、江戸生まれの江戸育ちの身で、なれぬ農耕生活で実に悲惨な暮らしをしているので、江戸の知人や画家仲間が援助金を送ろうという運動を起こしていることをきいて、北斎もたちまち賛成し、馬琴にもそれをすすめるためにやってきたものであった。

――が、あとになってみると、この崋山に対する知人たちの友情はかえってあだとなり、人の不幸をよろこぶ小人たちのあいだから、御公儀をないがしろにしたふるまいだという風評がたてられ、秋になって、この比類ない誠実さと憂国の魂を持つ人物は、悲壮な自刃に追いこまれてしまうのである。

「実の世界」の不条理をこれほど如実にあらわした悲劇はない。

しかし北斎は、この日は何もいわないで立ち去った。

彼は、ものに憑(つ)かれたように語りつづける盲目の馬琴と、それを一心不乱に筆記しているお路の姿に、この世にあり得ない苦闘と法悦の溶けあった世界を見て、いいようもなく心打たれたのであった。

夕焼けの残光に暗く染まった信濃坂を、ひとり下りながら、

「あれは絵になる」

と、画狂北斎はつぶやいた。

かつて滝沢家の生活は絵にならないと評し、そんなことはもう忘れていたが、この日北斎は、その二人の姿のかなたに、雲霧をまいて天翔(あまが)ける八犬士たちの壮美な幻影すら見たような気がしたのだ。

それはまさしく虚と実の冥合(みょうごう)した世界であった。

そしてまた北斎は、説教と講釈に充満した馬琴の小説を幽霊船と悪口したが、いまはそれが、説教講釈自体が、巨大な伽藍(がらん)にこだまする神秘荘厳な音楽のように思われてきた。

……

お路のほうは、北斎を見て、いましばらく待ってくれ、というつもりで首を横にふったのだが、あとで北斎が去ったときいても、べつに気にかけなかった。彼女は別の世界にいた。

十八

お路はそのとき、八犬士が里見家の姫君たちと結婚する大団円のあたりをかいていたのである。

里見義成には、花のような八人の姫君があった。大戦の翌年、これと結婚することになった八犬士は、八本の緒（お）によるくじびきをひくのだが、犬塚信乃がちょうど五番目の浜路姫と結ばれるのはいいとして、十になる犬江親兵衛が、十九歳になる第一の姫君に当選してしまったのである。

馬琴にはめずらしくユーモラスな、そして西洋童話のようなフィナーレであった。

口述筆記をはじめて八カ月、お路自身もまた別世界の女に変わっていた。

最初のうち、漢字はおろか、テニヲハも句読（くとう）も知らない、わずかにかく仮名（かな）も、筆の根もとをにぎり、手首を机につけてかく、いわゆるにじりがきのありさまであったお路が、このころになると、馬琴の口述のままにほぼスラスラと、それどころか驚くべきことに、本屋が「これは先生のお筆か」とたずねたくらい、字体までも馬琴そっくりの文字をかくに至ったのである。

　これを、馬琴のえがく神変をしのぐ奇蹟といわずして何といおう。

「八犬伝」の文章の音楽性は、最後まで変わらない。

　馬琴は生涯、聡明で優雅な女性と接触したことがない、といったが、彼は最後に至って、思いがけずほんのすぐそばに、世のいかなるすぐれた女性にもまさる最良の女性を見いだしたのだ。

「八犬伝」の世界を、江戸草創期における「虚の江戸神話」とするならば、この怪異壮大な神話を生み出した盲目の老作家と女性アシスタントの超人的聖戦こそ、「実の江戸神話」ではあるまいか。

　そして、お路自身も、この八カ月の苦闘で、江戸文学史に流星のような光芒をひいてその名を残すのである。

「八犬伝」が完成したのは、この年天保十二年八月二十日のことであったが、あとがきの「回外剰筆」に、馬琴はお路のことを記する。

「……一字毎に字を教へ、一句毎に仮名使を誨るに、婦人は普通の俗字でも知るは稀にて、漢字雅言を知らず、仮名使てにをはだにも弁へず、偏旁すらこころ得ざるに、只言葉のみをもて教へて写する吾苦心はいふべうもあらず、况て教を承て写く者は夢路を辿る心地して、困じて果てはうち泣くめり。……」

この文章も、お路自身がかくのだ。かきながら、お路は嗚咽した。

「縫刺の技、薪炊の事などこそかれが職分なれ、文墨風流の事に代らせて、困じながらも倦でよく勉にあらざれば、這十巻を綴り果して、局を結ぶに至らんや。……」

口述する七十五歳の老馬琴の、盲いた両眼からも、涙がしずかにつたいおちた。

「噫嘻、盧生の栄華は五十年、本伝作者の筆労は正に是二十八年、就か夢にあらざりける。……」

信濃坂の空を、雁のむれが鳴いてわたっていった。

最後の原稿をとりにきた文渓堂の番頭が、ことしの秋は、御改革のため、神田祭も行われるかどうかわからない、と、いった。

盲目のまつげに冷ややかな秋の気をおぼえてしばたたきながら、馬琴は、この眼で神田明神の祭を見ることのできないのはいうまでもないとして、もうあのなつかしい神田囃子の太鼓の音をきくこともあるまい、と思い、胸の中でつぶやいた。

「吾ヲ知ル者ハ、ソレタダ八犬伝カ
吾ヲ知ラザル者モ、ソレタダ八犬伝カ
デンデンカチカチ、デンカチカチカチ……」

おれは「八犬伝」だけの男ではないぞ、と、いいたいのである。

馬琴は、まだいばっていた。

「南総里見八犬伝」
世界伝奇小説の烽火（ほうか）、アレキサンドル・デュマの「三銃士」に先立つこと三年。

（完）

解説

縄田一男

いま、山田風太郎一代の傑作『八犬伝』を読み終えて、さて、この解説を書くべく筆を執ったのはいいが、様々な思いが入り乱れて、容易に書けそうもない。

ただ後から考えると、風太郎さんは、自身を論じる際に有効となるべきサインを様々出してくれていて、たとえば

「ぼくはモームが好きでね」

といったことがある。

どのような話の中でだったか、急にモームが飛び出して来たので思わずキョトンとしてしまったのだが、風太郎さんがいちばん好きなモームの作品は恐らく自伝的作品『人間の絆』だったのではあるまいか。この長編は、既に父を亡くしている主人公が、母をも亡くすという決定的な場面からはじまる。実際に五歳のときに父を亡くし、次いで中学一年から二年に上がるときに母を亡くした風太郎さんがこの作品をどう読んだだろうか。それを思うだけで胸がしめつけ<ruby>ら</ruby>れそうな思いがする。そして『人間の絆』の主人公もまた、若き日の風太郎さん同様の医学生であった。

またこんなこともいわれた。

「ぼくは芥川龍之介の切支丹ものが好きでね。特に「奉教人の死」なんか」

何であのとき、滝沢馬琴を主人公とした「戯作三昧」のことを聞かなかったのであろうか。いまになって後悔することばかりである。

そしてあれは『八犬伝』の連載がはじまった頃であったろうか。風太郎さんはとんでもないことをいい出した。

「原稿はもう全部渡してあるんだ。ただ最後をどうするか。結末だけ悩んでいてね」

あの「虚実冥合」のくだりである。それは、馬琴の『南総里見八犬伝』を〝虚の世界〟で描き、それを書く馬琴の生活を〝実の世界〟で描き、最後で二つの世界が一つになるという画期的企てであった。

もとより『南総里見八犬伝』は、馬琴畢生の大作であり、本書で風太郎さんは、現代人が読んで退屈な箇所をバッサリと削り、痛快無比の一大伝奇小説に仕立てているが、いつか作者はこんなことをいったことがある。

「『八犬伝』のテーマは、書いている人間と書かれたものはまったく違うものだということなんだ」と。

成程、馬琴の私生活は無茶苦茶だが、『南総里見八犬伝』は、そんな馬琴の私生活を投ずることなく、勧善懲悪、因果応報の論理が理路整然と貫徹された世界であるといえる。

さて、馬琴には愛読者が多く、内田魯庵は、一九八四年から八五年にかけて刊行された岩波書店版『南総里見八犬伝』第十巻付録に収録された、『八犬伝談余』において次のように記している。

　当時馬琴が戯作を呪う間にさえ愛読というよりは熟読されて『八犬伝』が論孟学庸や『史記』や『左伝』と同格に扱われていたことを知るべきである。

　これは、恐らく作中で記されている「彼（馬琴）は、善悪のツジツマをあわせるためには、小説の面白ささえ犠牲にすることをかえりみな」かったおかげであろうと思われる。

　では、その馬琴を、現代最高の戯作者山田風太郎はどうとらえたのであろうか。

　これは既に廣済堂文庫版『八犬伝』の解説で細谷正充の指摘するところだが、馬琴の台詞「ある史実があって、その根を変えずに葉を変える。根を変えないからこそ稗史――伝奇小説となる（中略）史実に従ってうそをつく。私は戯作者としてこの約束事を守っているつもりだ」はそのまま山田風太郎が自身の小説作法を明かしたエッセイ「伝奇小説の曲芸」に重なるものであった。そして馬琴が『南総里見八犬伝』は、『水滸伝』の日本化にありといったように風太郎さんの忍法帖は、『水滸伝』にちなんで百八人の忍者を登場させようと書いていったものだった。

　こうした作者と馬琴の自己同一化は、作品のかなりはじめの方から書かれているが、それをしながら作者は馬琴の矛盾に満ちたありさまを次々に分析していく。それは、『南総里見八犬伝』の中にも如実にあらわれ、実社会では道理が成り立たぬから、せめて物語の中では「勝利者たちが徳を説き、敗北者たちが不徳を悔いる。その双方の説教やざんげが物語の興趣を傷つけることを、馬琴は意に介しない。／「――私は、それをかくために小説をかいているのだ！」／この目的意識は、彼の胸中に回復し、いよいよぬきがたいものになった（中略）／その実の世界とはいかなるものか」ということになる。

そして、その後、馬琴は、実の世界で起こった息子宗伯や友人渡辺崋山の不幸を嘆くのである。つまり、馬琴の狙いは、彼の荒唐無稽なる虚――たとえばそれは、画中の虎が飛び出すことであり、しかしそれは、十二支の動物はなるだけ使ってやろうという馬琴の子供らしいまでの完璧主義のあらわれといえる――が悲惨な現実を呑み込んでいく過程にあったのではないか。

だからこそ馬琴は、虚の世界が実の世界におおわれていく『東海道四谷怪談』を許すことが出来ないのだ。

あの中村座における鶴屋南北と馬琴のやり取りを思い起こしていただきたい。

「あたしは、この浮世は善因悪果、悪因善果の、まるでツジツマの合わない、怪談だらけの世の中だ、と思っておりますんで。――」

馬琴はうめくようにいった。

「ツジツマの合わん浮世だからこそ、ツジツマの合う世界を見せてやるのだ」

「しかし、それは無意味な努力ではございますまいか？」

「お前さんの世界は有害だ」

そして、再び、先に引用した内田魯庵の文章をここに引用したい。彼は実に馬琴の全き理解者であったといわねばなるまい。

魯庵は記している。少し長くなるが、そのくだりをここに抜き出しておきたい。

馬琴は若い時、医を志したので多少は医者の心得もあったらしい。医者の不養生というほどでもなかったろうが、平生頑健な上に右眼を失ってもさして不自由しなかったので、一つはその頃は碌な町医者がなかったからであろう、碌な手当もしないで棄て置いたらしい。が、不自由しなかったという条、折には眼が翳んだり曇ったりして不安に脅かされていたのは『八犬伝』巻後の『回外剰筆』を見ても明らかである。曰く、「（戊戌即ち天保九年の）夏に至りては愈々その異なるを覚えしかども尚悟らず、こは眼鏡の曇りたる故ならめと謬り思ひて、俗に本玉とかいふ水晶製の眼鏡の価貴きをも厭はで此彼と多く購ひ求めて掛替々々凌ぐものから（中略、去歳庚子即ち天保十一年の）夏に至りては只朦々朧々として細字を書く事得ならねば其稿本を五行の大字にしつ、其も手さぐりにて去年の秋九月本伝第九輯四十五の巻まで綴り果し」とあるはその消息を洩らしたもので、口授ではあるが一字一句に血が滲み出している。その続きに「第九輯百七十七回、一顆の智玉、途に一騎の驕将を懲らすといふ一段を五行或は四行の大字にものしぬるに字行もシドロモドロにて且墨の続かぬ処ありて読み難しと云へば其を宅眷に補はせなどしぬるほどに十一月に至りては宛がら雲霧の中に在る如く、又朧月夜に立つに似て一字も書く事得ならずなりぬ」とて、ただ筆硯に不自由するばかりでなく、書画を見ても見えず、僅かに昼夜を弁ずるのみなれば詮方なくて机を退け筆を投げ捨てて嘆息の余りに「ながらふるかひこそなけれ見えずなりし書(ふみ)巻川(まきがは)に猶わたる世は」と詠じたという一節がある。何という凄惻(せいそく)の悲史であろう。同じ操觚(そうこ)に携わるものは涙なしには読む事が出来ない。

そして恐らく昭和の御世に滝沢馬琴の〝凄惻の悲史〟に涙する男がもう一人いたのである。

それが天才、山田風太郎であった。

これも前述の細谷正充の解説に依るが、馬琴が戯作者になろうと思いついたのも、作者がデビュー作「達磨峠の事件」を「宝石」の懸賞小説に応募したのも同じ二十四歳のとき――作者はこの偶然をどう感じたであろうか。

そして見るがいい、次の文章を。

――いま、夕闇の中に燃える迎え火の中に、彼は闇黒時代のかなたに円光のように浮かぶ幸福な父と母と、そして幼かった自分たちの姿をえがいた。

父上、母上、と馬琴は胸の中でつぶやいた。

この文章の彼、もしくは馬琴を、山田誠也（風太郎）青年と置き換えて、何の不都合があるものか――。

山田風太郎さんの『八犬伝』の最後は、〝虚実冥合〟。その中で、馬琴と亡き長男の嫁お路が行う共同作業は、現実世界を超え虚の世界、文壇における江戸神話にまで昇華していく。今回、この箇所を久しぶりに読んで、しかし、内容は熟読しているにもかかわらず、私は、何度も涙し、遂にはそれは号泣に変わり、一時間ほど茫然自失の態であった。

本書を読了された方は、私の気持ちは、お分かりになるに違いない。ここで私は、先に記した芥川龍之介の「戯作三昧」のラスト近くの文章をここに掲げたい。

「あせるな。そうして出来るだけ、深く考えろ」

馬琴はややもすれば走りそうな筆を警めながら、何度もこう自分に囁いた。が、頭の中にはもうさっきの星を砕いたようなものが、川よりも早く流れている。そうしてそれが刻々に力を加えて来て、否応なしに彼を押しやってしまう。

彼の耳には何時か、蟋蟀の声が聞えなくなった。彼の眼にも、円行燈のかすかな光が、今は少しも苦にならない。筆は自ら勢を生じて、一気に紙の上を辷りはじめる。彼は神人と相搏つような態度で、殆ど必死に書きつづけた。

頭の中の流は、丁度空を走る銀河のように、滾々として何処からか溢れて来る。彼はその凄じい勢を恐れながら、自分の肉体の力が万一それに耐えられなくなる場合を気づかった。そうして、緊く筆を握りながら、何度もこう自分に呼びかけた。

「根かぎり書きつづけろ。今己が書いている事は、今でなければ書けない事かも知れないぞ」

しかし光の靄に似た流は、少しもその速力を緩めない。反って目まぐるしい飛躍の中に、あらゆるものを溺らせながら、澎湃として彼を襲って来る。彼は遂に全くその虜になった。そうして一切を忘れながら、その流の方向に、嵐のような勢で筆を駆った。

　この時彼の王者のような眼に映っていたものは、利害でもなければ、愛憎でもない。まして毀誉に煩わされる心などは、とうに眼底を払って消えてしまった。あるのは、唯不可思議な悦びである。或は恍惚たる悲壮の感激である。この感激を知らないものに、どうして戯作三昧の心境が味到されよう。どうして戯作者の厳かな魂が理解されよう。ここにこそ「人生」は、あらゆるその残滓を洗って、まるで新しい鉱石のように、美しく作者の前に、輝いているではないか。……

　そして再び記す。この文章の馬琴と記されている箇所を風太郎と書き換えて何の不都合があろうか。贔屓の引き倒しではない。私は心の底からそう思っている。

　そして最後に本書の読者にひとつ打ち明け話をしたい。

　風太郎さんはこうもいっていたのだ。――「ぼくはその後の八犬伝を書きたいんだ。馬琴が完結させたあとのね」。

　ああ、馬琴を超える者、馬琴にあらず、そは、ただひとり風太郎のみ――。

（なわた・かずお　文芸評論家）

この作品は一九八三年四月二日～十一月十四日朝日新聞夕刊に連載され、一九八三年朝日新聞社から単行本として刊行。その後、一九八六年朝日文芸文庫に、一九九八年廣済堂文庫に収められました。本文中、今日からみれば不適切と思われる表現がありますが、書かれた時代背景と作品価値とを鑑み、そのままとしました。

八犬伝 下

山田風太郎傑作選 江戸篇

二〇二一年 二 月一〇日 初版印刷
二〇二一年 二 月二〇日 初版発行

著者 山田風太郎
発行者 小野寺優
発行所 株式会社河出書房新社
〒一五一-〇〇五一
東京都渋谷区千駄ヶ谷二-三二-二
電話〇三-三四〇四-八六一一（編集）
〇三-三四〇四-一二〇一（営業）
http://www.kawade.co.jp/

ロゴ・表紙デザイン 粟津潔
本文フォーマット 佐々木暁
本文組版 株式会社創都
印刷・製本 凸版印刷株式会社

Printed in Japan ISBN978-4-309-41795-0

笊ノ目万兵衛門外へ

山田風太郎　縄田一男〔編〕　41757-8

「十年に一度の傑作」と縄田一男氏が絶賛する壮絶な表題作をはじめ、「明智太閤」、「姫君何処におらすか」、「南無殺生三万人」など全く古びることがない、名作だけを選んだ驚嘆の大傑作選！

婆沙羅／室町少年倶楽部

山田風太郎　41770-7

百鬼夜行の南北朝動乱を婆沙羅に生き抜いた佐々木道誉、数奇な運命を辿ったクジ引き将軍義教、奇々怪々に変貌を遂げる将軍義政と花の御所に集う面々。鬼才・風太郎が描く、綺羅と狂気の室町伝奇集。

柳生十兵衛死す　上

山田風太郎　41762-2

天下無敵の剣豪・柳生十兵衛が斬殺された！　一体誰が彼を殺し得たのか？　江戸慶安と室町を舞台に二人の柳生十兵衛の活躍と最期を描く、幽玄にして驚天動地の一大伝奇。山田風太郎傑作選・室町篇第一弾！

柳生十兵衛死す　下

山田風太郎　41763-9

能の秘曲「世阿弥」にのって時空を越え、二人の柳生十兵衛は後水尾法皇と足利義満の陰謀に立ち向かう！『魔界転生』『柳生忍法帖』に続く十兵衛三部作の最終作、そして山田風太郎最後の長篇、ここに完結！

現代語訳 南総里見八犬伝　上

曲亭馬琴　白井喬二〔現代語訳〕　40709-8

わが国の伝奇小説中の「白眉」と称される江戸読本の代表作を、やはり伝奇小説家として名高い白井喬二が最も読みやすい名訳で忠実に再現した名著。長大な原文でしか入手できない名作を読める上下巻。

現代語訳 南総里見八犬伝　下

曲亭馬琴　白井喬二〔現代語訳〕　40710-4

全九集九十八巻、百六冊に及び、二十八年をかけて完成された日本文学史上稀に見る長篇にして、わが国最大の伝奇小説を、白井喬二が雄渾華麗な和漢混淆の原文を生かしつつ分かりやすくまとめた名抄訳。

花闇

皆川博子 41496-6

絶世の美貌と才気を兼ね備え、頽廃美で人気を博した稀代の女形、三代目澤村田之助。脱疽で四肢を失いながらも、近代化する劇界で江戸歌舞伎最後の花を咲かせた役者の芸と生涯を描く代表作、待望の復刊。

みだら英泉

皆川博子 41520-8

文化文政期、美人画や枕絵で一世を風靡した絵師・渓斎英泉。彼が描いた婀娜で自堕落で哀しい女の影には三人の妹の存在があった——。爛熟の江戸を舞台に絡み合う絵師の業と妹たちの情念。幻の傑作、甦る。

怪異な話

志村有弘〔編〕 41342-6

「宿直草」「奇談雑史」「桃山人夜話」など、江戸期の珍しい文献から、怪談、奇談、不思議譚を収集、現代語に訳してお届けする。掛け値なしの、こわいはなし集。

江戸の都市伝説 怪談奇談集

志村有弘〔編〕 41015-9

あ、あのこわい話はこれだったのか、という発見に満ちた、江戸の不思議な都市伝説を収集した決定版。ハーンの題材になった「茶碗の中の顔」、各地に分布する飴買い女の幽霊、「池袋の女」など。

弾左衛門の謎

塩見鮮一郎 40922-1

江戸のエタ頭・浅草弾左衛門は、もと鎌倉稲村ヶ崎の由井家から出た。その故地を探ったり、歌舞伎の意休は弾左衛門をモデルにしていることをつきとめたり、様々な弾左衛門の謎に挑むフィールド調査の書。

江戸の非人頭　車善七

塩見鮮一郎 40896-5

徳川幕府の江戸では、浅草地区の非人は、弾左衛門配下の非人頭・車善七が、彼らに乞食や紙屑拾い、牢屋人足をさせて管理した。善七の居住地の謎、非人寄場、弾左衛門との確執、解放令以後の実態を探る。

弾左衛門とその時代

塩見鮮一郎　40887-3

幕藩体制下、関八州の被差別民の頭領として君臨し、下級刑吏による治安維持、死牛馬処理の運営を担った弾左衛門とその制度を解説。被差別身分から脱したが、職業特権も失った維新期の十三代弾左衛門を詳説。

赤穂義士　忠臣蔵の真相

三田村鳶魚　41053-1

美談が多いが、赤穂事件の実態はほんとのところどういうものだったのか、伝承、資料を綿密に調査分析し、義士たちの実像や、事件の顚末、庶民感情の事際を鮮やかに解き明かす。鳶魚翁の傑作。

安政三天狗

山本周五郎　41643-4

時は幕末。ある長州藩士は師・吉田松陰の密命を帯びて陸奥に旅発った。当地での尊皇攘夷運動を組織する中で、また別の重要な目的が！　時代伝奇長篇、初の文庫化。

幕末の動乱

松本清張　40983-2

徳川吉宗の幕政改革の失敗に始まる、幕末へ向かって激動する時代の構造変動の流れを深く探る書き下ろし、初めての文庫。清張生誕百年記念企画、坂本龍馬登場前夜を活写。

熊本城を救った男　谷干城

嶋岡晨　41486-7

幕末土佐藩の志士・谷干城は、西南戦争で熊本鎮台司令長官として熊本城に籠城、薩軍の侵攻を見事に食い止めた。反骨・憂国のリベラリスト国士の今日性を描く。

坊っちゃん忍者幕末見聞録

奥泉光　41525-3

あの「坊っちゃん」が幕末に?!　霞流忍術を修行中の松吉は、攘夷思想にかぶれた幼なじみの悪友・寅太郎に巻き込まれ京への旅に。そして龍馬や新撰組ら志士たちと出会い……歴史ファンタジー小説の傑作。

著訳者名の後の数字はISBNコードです。頭に「978-4-309」を付け、お近くの書店にてご注文下さい。